KB177090

예술과
중력가속도

# 예술과
# 중력가속도

배명훈 소설

북하우스

# 차례

유물위성　　7

스마트 D　　29

조개를 읽어요　　69

예언자의 겨울　　93

티켓팅 & 타겟팅　　131

예술과 중력가속도　　165

홈스테이　　201

예비군 로봇　　221

초원의 시간　　261

양떼자리　　283


해설 | 정세랑(소설가)　　303
초원에서 올려다보는 빛나는 인공위성

작가의 말　　315

유물위성

"누님들, 글자를 읽는다는 건 그 자체로도 충분히 즐거운 일 아니겠습니까."

통역사가 그의 말을 옮겼다. 나는 통역사를 돌아보았다.

"제가 지어낸 거 아니에요. 정말로 '누님들'이라고 말했어요."

통역사가 짧게 대답했다. 그는 어리둥절한 표정으로 통역사와 내 얼굴을 번갈아 살피더니, 고고학자답지 않은 몸짓으로 다시 말을 이었다.

"누님들은 기억이 잘 안 나실지도 모르지만, 저는 맨 처음 글자를 읽던 날을 똑똑히 기억합니다. 몇 살 때였는지는 모르겠지만요. 누구한테 배워서 안 게 아니었고, 그냥 어깨너머로 하나하나 글자를 깨쳤던 걸로 기억합니다. 그러던 어느 날이었습니다. 읽을 수 있는 글자가 충분히 많아진 시점이었겠지요. 갑자기 거리의 간판들이 눈에 확 들어오는 게 아니겠습니까. 예, 읽을 수 있게 된 거였습니다. 그냥 그림인 줄 알았던 모양들이 갑자기 의미를 갖게 된 순간이었죠. 마치 불이 켜진 것 같았습니다. 딱히 불이 들어오는 간판도 아니었는데 말입니다. 그게 바로 의미라는 거였겠죠. 무언가 눈앞에서 반짝반짝 빛나는 것 같은, 그런 빛나는 것들로 가득 차 있는 세상이라니. 그러니 즐거운 일 아니겠습니까.

물론 다 자라고 나서는 글자라는 게 그렇게 빛나 보이지는 않게 됐습니다. 누님들처럼 훌륭한 제복을 입는 직업을 가지신 분들은 저보다 더 잘 아시겠지만, 어른이 된다는 건 보기 싫은 글자들을 엄청나게 많이 봐야 하는 일이니까요. 글자들로 가득한 책을 한 10년쯤 보다 보면 글자들이 더 이상 반짝거리지 않게 되는데, 저도 그랬습니다. 글자를 읽는다는 게 얼마나 재미있는 일인지 그만 까맣게 잊어버리고 만 셈입니다. 그랬는데, 어느 날 우연히 그 글자를 만나게 된 겁니다. 요란 문자를요."

"요란 문자요?"

"읽는 법을 아무도 모르는 특이한 상형문자였습니다. 이미 아시겠지만, 제가 태어난 곳이 아나톨리아 반도 아니겠습니까. 고대 도시의 유적들이 거의 노천광산처럼 흩뿌려져 있는 곳이라는 말입니다. 지중해와 아시아가 만나는 곳이고, 비잔틴 제국의 수도가 있었던 곳이기도 했죠. 그거 아십니까. 그리스 문명은 그리스에만 있었던 게 아니라 지중해 동쪽 해안 전체에 걸쳐 있었다는 사실을요. 그리스는 그리스보다 아나톨리아 반도에 더 많이 있었습니다. 중세 유럽 사람들이 동로마 제국 사람들을 뭐라고 불렀는지 아십니까? '동로마 놈들'이 아니라 그냥 '그리스 놈들'이라고 불렀답니다. 그 땅이 다시 투르크인들의 손에 들어갔고, 콘스탄티노플의 대성당 바로 옆에는 무슬림들의 화려한 블루모스크가 들어섰지요. 그렇게 여러 문명이 겹쳐지는 동안 그 땅에는 파괴된 도시의 유적이 수천 군데나남게 된 겁니다. 그리스 시대의 도시, 로마 제국 시대의 도시, 그리고 그 이전과 이후에 들어선 수많은 이름 모를 민족들의 도시 유적들이.

그러니까 제가 태어난 나라는, 유적들이 거의 야생화처럼 아무 데나 흩어져 있는 나라였습니다. 집 근처에서 아무 때나 쉽게 볼 수 있을 정도는 아니지만, 외딴 산속으로 한참을 걸어 올라가면 로마나 그리스 시대의 오래된 도시 유적을 분명 한 군데는 만나게 돼 있었거든요. 그것도 좀 과장이기는 하지만, 그런 느낌이었습니다.

요란도 그중 하나였습니다. 어떤 사람들이 세운 도시인지는 아무도 몰랐죠. 그리고 이 도시 유적에는 특이한 점이 있었습니다. 보통 고대 도시 유적에는 목욕탕, 학교, 노천극장, 상점, 신전, 이런 것들이 기본으로 들어가 있거든요. 그런데 요란에는 다른 데는 없는 독특한 시설이 있었습니다. 바로 광장이었죠. 광장이 엄청나게 넓었습니다. 광장 옆에 조그만 마을이 붙어 있다고 해도 좋을 만큼 넓었죠. 신전이 따로 없는 걸로 봐서는 아마도 그 광장 자체가 종교 시설이었을 겁니다. 그런데 그보다 더 이상한 건, 요란 유적이라고 알려진 여섯 개의 도시에서 발견된 그 거대한 광장의 모습이 하나같이 다똑같이 생겼다는 거였습니다."

"똑같다고요?"

"그렇습니다. 지도를 그려서 비교해보면 완전히 포개질 정도로 똑같았습니다. 광장이 놓여 있는 방향이며 넓이, 광장에서 뻗어 있는 길의 폭이나 각도 그런 것들이 거의 오차 없이 완벽하게 똑같았다는 말입니다. 의미심장하지 않습니까? 요란 문자도 신기했지만, 도시 자체가 벌써 흥미를 유발하는 주제였죠. 그래서 저는 그 요란 유적을 본격적으로 조사해보기로 마음먹었습니다. 그런데 사실 그 유적들은 인기가 좀 없는 편이었습니다. 다른 문명과의 연관관계가 전혀 없어서 별로 돈이 안 됐던 거죠. 그래서 거의 단독연구를 해야 했는데, 아까도 누님들께 말씀드렸지만 워낙에 유적들이 노천광산처럼 퍼져 있는 나라여서 그런 일은 전혀 드문 게 아니었거든요. 우리 어머니는 제가 학자 같지 않고 무슨 광부 같다고 말씀하시곤 했는데, 그 말씀이 맞았습니다. 딱 그래 보이기는 했으니까요."

"그건 됐고, 요란 문자 이야기를 좀 더 해보세요. 해독하는 데 성공하셨나요?"

"예, 누님. 맞아요. 성공했죠. 그 문자들이 빛을 내게 하는 데 성공했습니다. 뿌듯한 순간이었죠. 그 순간은 마치…… 아, 넘어가라고요? 예, 누님.

그러니까, 해독의 단서는 이웃 로마 도시들에 남아 있었습니다. 거기 사람들이 요란인들과 교역을 하면서 작성한 상품비교목록이 발견됐거든요. 요란이라는 이름도 그걸 보고 알게 됐고요. 그 목록을 통해서 단어 몇 개를 알게 됐습니다. 그 순간, 글자들이 갑자기 숨겨뒀던 빛을 뿜어내는 게 아니겠습니까. 크리스마스 장식처럼 정말 환한 빛이 났는데, 물론 제 눈에만 그렇게 보였겠죠. 아무튼 저는 그 단서들을 가지고 광장에 있는 석판을 아주 천천히 해독해 갔답니다. 6년이나 걸렸는데, 아주 외로운 기간이었죠. 저는 우리 조상님들이 아직 유목민이던 시절, 저 초원에 홀로 외로이 세워둔 비석을 떠올리곤 했습니다. 위대한 빌게 카간의 비문을요. 그 글자들도 아마 빛이 났겠죠. 등대처럼 그렇게 외로이 서서 들판을 홀로 비추고 있었을 겁니다. 저한테는 요란 문자가 바로 등대였습니다. 그 빛이 있어서, 그 6년이 외롭지 않았거든요."

"그래서 그 사람들이 찾아왔나요?"

"그 사람들이요? 아, 예, 누님, 그 사람들이 찾아왔었습니다. 요란 광장 바닥 한가운데에 새겨진 글자들을 대략 반쯤 해독했을 때였습니다. 검은 옷을 입은 사람들이 헬리콥터를 타고 하늘에서 내려왔고, 그리고 저를 데려갔죠."

"납치됐다는 말씀이신가요?"

"아니요, 사실은 제 발로 따라갔습니다. 제 지식을 유용하게 써먹을 데가 있다고 했거든요. 아, 물론, 보수 이야기도 있었습니다. 정말 어마어마한 금액이었죠. 하지만 누님이 생각하시는 것처럼 돈에 팔려간 건 아니었습니다. 그 액수를 듣는 순간 그런 생각이 들었거든요. 아, 내 지식이 이만큼이나 가치 있는 거였구나. 내가 그동안 헛고생만 하고 산 건 아니었구나. 어머니가 돌아가시기 전에 이 소식을 전해 들으셨어야 하는 건데. 어머니, 당신 아들은 그냥 흔해 빠진 유적광부가 아니었다고요. 등산 가이드도 아니고요. 그런데 문제가 있었습니다. 그 사람들이 왜 저를 필요로 했는지 이유를 몰랐거든요. 그렇지 않습니까. 그런 사라진 문명의 상형문자 따위, 그 큰돈을 주고 산들 어디에 써먹겠습니까."

"잠깐만요, 메흐멧 씨, 자꾸 옆길로 새지 마시고, 그 사람들, 유럽 우주국 사람들을 말씀하시는 거죠?"

"예. 돈 많은 기관 사람들이었습니다."

"뭘 부탁하던가요?"

"발굴이요."

"발굴?"

"요란 유적을 발굴할 계획인데 그 발굴팀에 참여해달라는 거였죠."

"우주국에서요?"

나는 눈을 들어 말없이 천장을 바라보았다. 그리고 잠시 후에 그를 보며 물었다.

"왜 우주국에서 그런 걸……? 그보다, 어디를 발굴하는 건데요?"

그러자 그가 위쪽을 향해 검지를 세우며 대답했다.

"우주공간이요."


점심식사를 위해 두 시간 동안 휴식을 취한 다음 다시 그를 불러 조사를 재개했다. 본부에는 오전에 들은 내용에 대한 간략한 요약보고서를 제출한 뒤였다.

"누님들, 우주에 쓰레기가 얼마나 많은지 아십니까. 지구 주변 인공위성 궤도에는 이런저런 파편들이, 레이더로 확인할 수 있을 만큼 큰 것만 쳐도 수만 개나 된답니다. 네, 대부분 우주선의 잔해들이죠. 인공위성이나 발사체 같은 데서 떨어져 나온 것들. 자연 상태의 파편들이 위성궤도를 돌기는 쉽지 않으니까요. 그러니 어떤 파편들이 거의 위성과 맞먹는 속도로 궤도를 돌고 있다면 일단은 위성의 잔해로 보는 게 맞겠죠. 마하20이 훨씬 넘는 속도로 말입니다. 이 정도 속도가 되면 페인트 조각 하나에만 부딪쳐도 총알에 맞은 것 같은 상처를 입게 되거든요. 그런데 우주공간이 좀 넓습니까. 그러니 그걸 다 치울 수는 없고 새 인공위성을 띄울 때마다, 쓰레기가 비교적 적어 보이는 곳을 골라서 띄우는 수밖에 없다 이겁니다. 그래서 레이더 기술이 좋아질 때마다 점점 더 작은 파편들까지 궤도추적을 하곤 했는데, 그 일을 하다 보면 가끔 신기한 것들이 발견되기도 한답니다. 주로 냉전 때 올려놓은 선락무기 파편이나 위험한 방사성 물질 이런 것들인데, 어느 날 우주국 레이더에 좀 희한한 물건이 포착된 겁니다."

"그게 뭐였죠?"

"처음에는 점이었답니다. 레이더에 잡힌 작은 점 하나였겠죠. 그런데 이놈은 그 점 단계에서부터 수상하기가 이루 말할 데가 없었다더군요. 바로, 정지궤도에 놓여 있었거든요."

"지구 자전속도와 똑같았다는 말인가요?"

"각속도가 그렇다는 말이기는 한데, 아무튼, 네, 그렇습니다. 거의 오차 없이 정확히 똑같았죠. 엔진이 달려 있을 만한 크기가 아니어서 어떻게 그 궤도를 그렇게 정확하게 따라갈 수 있는지 알 수가 없었다는데, 몇 년을 추적해도 마찬가지였답니다. 그 자리에 꼼짝도 않고 있었던 거죠. 물론 지상에서 봤을 때 그렇다는 거고, 실제로는 지구가 도는 속도와 똑같은 속도로 돌고 있었겠죠. 그렇게 그 점을 발견한 지 대략 8년 만에, 마침내 유인우주선 한 대가 그 점의 정체를 확인하기 위해 대기권 밖으로 올라갔답니다. 물론 어떤 위험한 물건일지 알 수가 없으니까, 사람이 직접 접근한 건 아니고 멀리서 사진부터 찍었겠죠. 그렇게 이런저런 간접적인 조사를 했는데, 그런데 그 사진이 문제였던 겁니다."

"왜죠?"

"기계가 아니었거든요. 금속 재질도 아닌 것 같았고, 돌로 된 무언가처럼 보였다는데, 아무튼 우주선 부품처럼 보이지는 않았답니다. 그보다는, 주사위처럼 보였죠. 아주 천천히 자전하는 작은 정육면체였는데, 그 여섯 개의 면에 뭔가 그림 같은 게 그려져 있더라 이겁니다. 그런데 사진이 자세하지 않아서 확대해서 봐도 한계가 있었던 모양이에요. 그래서 몇 달 후에 다시 우주선 한 대를 접근시켰답니다. 첫 만남 때보다 좀 더 가까이요. 그리고 그 전 사진보다 좀 더 자세한 사진을 찍었는데, 그 사진을 보는 순간 지상 우주국에서 긴 탄성이 터져 나왔다지 뭡니까."

"아는 물건이었나요?"

"아니요, 다들 처음 본 물건이었을 거예요. 하지만 그걸 뭐라고 불러야 할지는 알 수 있었거든요."

"뭐였죠?"

"유물이요. 누가 봐도 어느 고대 문명이 남긴 유물처럼 보였다 이겁니다. 인공물이 틀림없었다는 거죠. 그 정육면체 모양이며, 여섯 면에 새겨져 있는 부조의 질감이며. 누님들, 이게 무슨 말씀인지 잘 감이 안 오시겠지만, 인공물이 그런 데 떠 있다는 건 정말 이상한 일이거든요. 차라리 태양계 끝에서부터 날아온 돌멩이 파편이었다면 이해가 됐을 겁니다. 가끔 지구에 충돌한 소행성 파편이 다시 그 높이까지 튀어 올라가는 경우가 없지 않거든요. 정지궤도를 돈다는 건 여전히 이상한 일이긴 하지만, 지구 나이 사십 몇 억 년이 지나는 동안 그런 우연이 몇 번쯤 발생한다고 해도 그다지 이상한 일은 아니지 않겠습니까. 그냥 놀라운 일이지, 불가능한 일은 아니라는 말씀입니다. 하지만 그게 돌로 만들어진 인공물일 경우에는 전혀 다른 문제가 되는 겁니다. 문명이 생긴 이후에 그런 충돌이 발생했다면 인류는 벌써 멸종했을 게 틀림없으니까요. 그러니 그런 건 별로 있을 법한 일이 아니었죠."

"누가 장난으로 갖다 놓은 걸 수도 있지 않나요."

"역시 멋진 제복을 입은 누님다우십니다. 그래서 그 사람들도 우선 가능할 만한 기록을 전부 조사했답니다. 예전 유인비행 기록들을 다 살펴봤다는 말입니다. 누님. 그런데 겹치는 궤도가 없었다지 뭡니까. 물론 알려지지 않은 비밀 임무가 있을 수도 있지만, 아주 가능성이 큰 경우는 아니고, 게다가 설명하기 어려운 이상한 점이 하나가 더 있었거든요."

"뭐죠? 그리고 부탁인데, 뜸들이지 말고 그냥 말씀하세요."

"예, 그러죠, 누님. 뜸들이지 않고 말씀을 드리자면, 아, 이건 농담입니다. 그러니까 문제는, 첨단기계를 가지고 내부를 조사해봤더니 내부가 비어 있더라는 겁니다."

"비어 있어요?"

"그 정육면체가 일종의 빈 상자 같은 모양이었다는 말씀입니다.

그런데 놀라운 건 그 다음입니다. 그 비어 있는 정육면체 안에 또 다른 무언가가 들어 있었다는 겁니다. 이번에는 정사면체였죠. 그러니까, 정삼각형 네 개로 된 입체도형이 들어 있었다는 뜻입니다. 그리고 그 정사면체의 각 면에는 또 다른 그림이 부조로 새겨져 있었고요."

"그게 가능한가요?"

"그러니까 그게 문제였습니다. 그런 건 불가능하거든요. 왜냐하면 그 바깥쪽 정육면체 어디를 봐도 균열이나 봉합의 흔적을 찾을 수가 없었으니까요. 다시 말해서 한 번도 깨졌다가 다시 붙은 적이 없는 완전한 한 덩어리의 돌이었다는 겁니다. 밀실이었던 거죠. 어떻게 정육면체 안에 정사면체를 넣었을까. 일주일간의 토론 끝에 지상팀은 결국 이런 결론을 내렸답니다. '저건 인간의 기술로 만들 수 있는 물건이 아니다.'"

"외계인이 만든 거라는 말씀인가요?"

"우스우시죠? 유럽우주국에서도 그런 생각을 했던 모양입니다. 과학자들이 잔뜩 모여 있는 곳이었으니 당연히 의심을 했겠죠. 그래서 예산을 좀 들여서 반대되는 증거를 찾기 시작했는데, 그러다 제 존재를 알게 됐다고 하더라고요."

"어떻게요?"

"그 직육면체에 새겨져 있는 그림이요. 그날 검은 옷을 입고 헬리콥터를 타고 온 사람들이 저한테 맨 처음 내민 것도 그 그림이 찍혀 있는 사진이었는데, 그게 그 사람들을 제 발굴 현장까지 오게 만든 거였습니다."

"요란 문자였군요."

"그렇습니다, 누님. 그건 요란 문자였습니다. 제가 아직 모르는 글자이기는 했지만, 분명 요란 문자였습니다. 의심의 여지가 없었죠. 틀릴 리가 없거든요. 왜냐하면 요란 문자의 구성 방식이……."

"자세한 건 나중에 말씀하시고, 그 다음은요?"

"아, 예. 그 다음은, 발굴팀에 합류하라는 제안을 받았습니다."

"거액을 제시했고요?"

"거금이었죠. 저는 일단 지상팀에 합류했습니다. 당연히 그랬겠죠. 그러면서 우주국 돈으로 요란 유적 연구도 병행할 수 있게 해줬는데, 그야말로 저한테는 꿈만 같은 조건이었거든요. 그래서 연구 진행이 훨씬 빨라졌습니다. 일단 조수를 다섯 명이나 둘 수 있었으니까요. 저는 거의 문자 해독에만 전념할 수 있었습니다. 16개월 정도가 지났을 때는 대략 90퍼센트 이상의 문자를 해독할 수 있었고요. 지구상에 존재하는 거의 모든 요란 문자들이 다시 반짝반짝 빛을 낼 수 있게 됐다는 말입니다. 저 때문에요. 오로지 저로 인해 반짝이는 글자들을 보면서 저는 너무나도 행복한 나날을 보냈습니다. 그 일이 닥칠 줄은 꿈에도 모르고요."

"그 일이라면?"


그가 말을 끊고 담배를 요구하는 바람에 청취가 잠시 중단되었다. 나는 다급한 마음을 간신히 억누르고 침착하게 그의 요구를 들어주었다. 잠시 후 내가 방으로 돌아오자, 그가 차분한 얼굴로 다시 말을 이었다.

"그건 정말로 불행한 일이었습니다. 있어서는 안 되는 일이었죠. 저로서는 너무나 수치스러운 일이기도 했고요. 제가 그런 끔찍한 일에 연루됐다니."

"무슨 일이었나요?"

"우주국에서 그 유물을 발굴해 오기로 한 거였습니다. 조사를 하기 위해서요."

나는 공감의 의미로 고개를 가로저었다. 그는 한숨을 내쉬며 말을 이었다.

"아무것도 없는 초원 한가운데에 외롭게 서 있는 빌게 카간의 비석을 생각해보세요. 고대 투르크 문자로 새겨져 있는 위대한 칸의 찬란한 역사를요. 아니, 그 역사는 잊으시고 그냥 그 글자를 떠올려보십시오. 키 큰 나무 한 그루조차 없는 고요한 들판에, 밤이면 별들이 마치 우주를 그대로 옮겨놓은 듯 끝없이 펼쳐지고, 그 아래 세워진 육중한 비석의 세 면에는 빛을 잃은 글자들이 조용히 자신을 읽어줄 누군가의 시선을 기다리고 있습니다. 의미를 알아주는 사람을 만나는 순간, 초원 저 끝까지 닿을 만큼 밝은 빛을 '반짝'하고 일제히 내뿜기 위해서요. 그렇게 조용히 숨을 죽이고 수백 년을 말없이 기다리고 있습니다. 누군가 발견해주기를 기다리면서. 그런데 어느 날 갑자기 누군가가 나타나 그 비석을 뿌리째 뽑아다 트럭에 실어버렸다고 생각해보세요. 정말 끔찍하지 않습니까, 누님들. 그 비석이 있어야 할 자리는 바로 그 평원이거든요. 왜냐하면 그 비석을 그 오랜 시간 속에 파묻어 놓은 건 두텁게 쌓인 흙먼지가 아니라 인적 없이 고요한 초원의 고독이었으니까요.

그 유물위성도 그랬습니다. 사실은 더했죠. 우주는 정말이지, 초원이나 망망대해와는 비교할 수 없을 정도로 한없이 넓고 또 적막한 곳이랍니다. 바로 그런 곳에 그 물건이 고이 모셔져 있었던 겁니다. 그것도 정지궤도에 말이죠. 더 놀라운 건, 유물의 안쪽과 바깥쪽이 서로 다른 방향으로 서서히 자전을 하고 있었다는 겁니다. 절대 뽑아내서는 안 되는 물건이었다는 말입니다. 어떻게 그 아름다운 회전을 한낱 무지한 인간들의 손으로 흩트려 놓을 수 있단 말입니까."

"반대했나요?"

"물론입니다. 저한테 무슨 다른 선택이 있었겠습니까? 하지만 저는 힘이 없었습니다. 한낱 연구팀 책임자일 뿐 공중발굴에 관한 권한은 전혀 없었습니다. 이미 내려진 결정이었고, 돌이킬 가능성은 전혀 안 보였습니다."

"공중발굴이라는 건 그 유물을 가지고 내려오는 걸 말하는 건가요?"

"그렇습니다. 그런데 사실은 그렇지 않습니다. 가져오는 건 명백히 불법이었거든요. 하지만 채집은 합법이었습니다. 말하자면 매달려 있는 열매를 따오는 건 우주법 위반이었지만, 떨어진 열매를 주워오는 건 합법적이었다는 말입니다."

"저절로 떨어지기도 하나요?"

"그럴 리가 있겠습니까? 그 오랜 세월을 묵묵히 버텨온 물건입니다. 누가 일부러 떨어뜨리지 않는데 저절로 떨어질 리가 없지요. 공중발굴팀의 발굴 작업이란 결국 그 일을 말하는 거였습니다."

"아래로 떨어뜨리는 거군요."

"그렇습니다, 누님. 아무도 모르게 그 유물위성을 아래로 슬쩍 밀어버리는 일이었습니다. 보호재로 유물 주위를 두텁게 감싼 다음, 계산된 타이밍에 계산된 힘을 가해서 공전궤도를 벗어나게 하는 거였죠. 물론 정확히 어느 지점에 떨어지게 될지는 전혀 가늠할 수가 없었습니다. 대신 보호재 여기저기에 추적 장치가 부착되어 있어서 잃어버릴 일은 없었습니다. 땅에 떨어지기를 기다렸다가 남들보다 먼저 주워가기만 하면 그만이었죠. 아니, 땅보다는 바다가 좋았습니다. 그러면 아무도 소유권을 주장할 수가 없을 테니까요. 바로 그 일이 벌어지고 만 겁니다. 지구에서 가장 중요한 유물을 누군가가 독점적으로 소유하려고 한 사건이요."

"그 일에도 가담하셨나요?"

"솔직히, 그렇습니다. 저 역시 우주에 올라가서 그 광경을 지켜봤습니다. 원래 자리에 떠 있는 모습을 볼 수 있는 마지막 기회였으니까요. 저는 훈련이 되어 있었습니다. 공중발굴팀이 따로 있기는 했지만 저 역시 그 일에 참여할 준비를 하고 있었거든요. 가장 중요한 전문가 중 한 사람이었으니까요.

우선 우리를 태운 우주선이 그 유물의 궤도에 접근해 갔습니다. 24시간이 넘게 걸리는 일이었죠. 그리고 마침내 궤도를 맞추는 작업이 완료되었을 때, 우주유영 허가가 떨어졌습니다. 물론 저는 그 일에 직접 투입되지는 않았습니다. 제가 반대를 했다는 사실을 모두가 알고 있었으니, 꽤나 우호적인 사람들도 저한테 직접 그 역할을 맡기기는 부담스러웠을 겁니다. 이해합니다. 저도 그 일을 직접 하고 싶지는 않았습니다. 대신 20미터 밖까지 접근하는 일은 허용이 됐습니다. 배려였겠죠. 혹은 우주에는 사람이 워낙 적으니까, 비상시가 되면 제 손이라도 빌릴 생각을 했을지도 모릅니다. 그렇지 않겠습니까? 훈련받은 전문가가 흔한 곳은 아니니까요. 우주에서 그런 일은 전혀 이상한 일이 아닙니다.

아무튼 저는 그곳에서 발굴 작업을 지켜봐야 했습니다. 사실 20미터는 굉장히 먼 거리이지만, 또 어떻게 보면 굉장히 가까운 거리이기도 하거든요. 그 거리에서 그 물건을 지켜봤습니다. 마지막 모습이었죠. 그리고 너무도 완전한 순간이었습니다. '좀 더 확실하게 반대해볼걸' 하는 후회가 들었습니다. 그 완벽한 순간 앞에서요. 아, 정말이지 저는, 그 순간에 가서야 비로소 그 생각이 든 겁니다. 일이 그 지경에 이르러서야!"

"메흐멧 씨, 진정하시고요."

"그것은, 그것은, 행성 하나를 더 보는 것 같은 느낌이었습니다. 자연 상태의 행성도 물론 아름답겠지만, 그 유물은 분명 그 이상이었습니다. 문명을 가진 생명체가 남긴 물건이었으니까요. 감히 말하건대, 그 유물은 분명 지구보다 아름다웠습니다. 그 근방에서 볼 수 있는 가장 경이로운 물건보다 두 배 정도 더 아름다운 물건이었다는 말입니다. 동시에 두 방향으로 자전하는 물건이었고, 적어도 제 눈에는, 스스로 빛을 내는 구조물로 보이기까지 했으니까요.

우주에 나가서 지구를 본 사람은 인생이 바뀌게 된다고 했던가요? 그러니 저는 어땠겠습니까? 무언가가 바뀔 게 틀림없었습니다. 돌이킬 수 없는 어떤 근본적인 변화가 저에게도 일어날 게 분명했습니다. 그런 예감이었습니다. 절대 틀릴 수 없는 예감이었죠. 결과적으로도 틀리지 않았고요."

그는 긴 한숨을 내쉬며 고개를 푹 숙였다.

"그래서 그 물건을 다시 탈취했다는 거군요."

"예, 누님. 2년이 걸렸습니다. 다시 그 궤도에 올려놓을 준비를 하기까지요. 그리고 그 두 개의 입체도형을 원래 자전속도대로 돌아가게 만들 상비를 갖출 때까지. 뜻이 맞는 사람들이 여럿 있었습니다. 제가 연구책임자였고 그 유물을 탈취해 오기에 가장 적합한 사람이었습니다. 물론 뒷일은 장담할 수 없었죠. 그래도 저는 그 일을 해야만 했습니다."

"주동자라는 말씀이신가요?"

"그런 게 아니었어요. 지휘체계가 있는 조직이 아니었거든요. 그냥 인간으로서 옳다고 생각한 것을 실천에 옮긴 사람들의 모임일 뿐이었습니다. 하지만, 제 책임이 컸습니다. 그건 꼭 성공해야 하는 계획이었다고요."

"메흐멧 선생님. 선생님은 지금 코스모마피아가 계획한 미사일 테러의 주요 용의자로 의심받고 있습니다. 유인 우주정거장을 공격하기 위해, 허가되지 않은 미사일 발사를 시도한, 중요범죄 가담혐의를 받고 있다는 말씀입니다."

"그렇지 않습니다. 공격이라니요! 그건 유럽우주국이 우리를 모함하기 위해 퍼뜨린 거짓말일 뿐입니다. 저를 보세요, 누님. 저는 그냥 고고학자라고요. 제가 뭐가 아쉬워서 유인 우주정거장을 공격하겠습니까. 저는 어디까지나 평화주의자입니다. 코스모마피아라니! 제가 그 유물위성을 제자리에 갖다 놓으려고 마음먹은 결정적인 계기도 바로 그 로쿰에 새겨진 평화주의 때문이란 말입니다. 어떻게 제가 감히 테러를 하겠습니까."

"로쿰이요?"

"우리끼리 그 유물을 부르는 애칭이었습니다. 네모나게 생긴 터키 과자⋯⋯."

"거기에 그런 메시지가 새겨져 있었나요?"

"예, 누님. 그러니까 로쿰 안쪽에 들어 있던 그 정사면체에 새겨진 글자 말입니다. 제가 그 글자를 해독해서 저와 생각이 비슷한 연구팀 사람들에게 제일 먼저 전달을 했거든요. 그 순간 그 사람들이 모두 마음을 먹게 된 겁니다. 물론 저도 마찬가지였고요."

"뭐라고 쓰여 있었나요?"

"그게 말이죠, 누님, 제 말을 꼭 믿으셔야 됩니다. 이건 학자로서 제 양심을 걸고 드리는 말씀입니다. 관련 자료는 얼마든지 공개할 수 있습니다. 처음부터 끝까지 한 단계도 빠짐없이 설명해드릴 수 있다고요. 제가 6년을 헤매고 다닌 요란 유적을 걸고 맹세할 수 있습니다. 그 주변 로마 도시 유적의 상품비교목록에서 찾아낸 첫 번째 단서에서부터, 제일 마지막 순간, 그 정사면체에 새겨진 글자들을 완전히 해독해내던 순간까지, 그 반짝이는 글자들을 모두 걸고 맹세할 수 있다고요. 제가 제 동료들의 마음을 움직일 수 있었던 건 바로 그런 확신 때문이기도 했으니까요."

"뭐라고 쓰여 있었나요?"

"이런 말이 새겨져 있었습니다. '우리는 이 행성의 중력권 안에서 침략이나 전쟁 행위를 완전히 포기할 것을 약속한다.' 여기에서 '우리'가 누구인지는 저도 잘 모르겠습니다. 하지만 지구인이 아닌 건 분명합니다. 지구인을 표시할 때는 그런 글자를 쓰지 않거든요. 이 건 지구인과는 다른 개념입니다. 훨씬 포괄적인 의미로 이해하시면 될 겁니다. 지구보다 훨씬 더 넓은 세상의 시민이라는 뜻으로 말입니다."

"저 밖에 있는 누군가라는 말씀이신가요?"

그가 자신 없는 목소리로 대꾸했다.

"꼭 그런 누군가를 지칭한다는 확신은 없습니다. 단지, 지구인을 전부 포함하는, 지구보다 훨씬 넓은 범위의 어떤 보편적인 존재들을 지칭한다는 말밖에는……."

그는 말끝을 흐렸다. 아마도 참담한 실패로 돌아간 로켓 발사계획 때문인 것 같았다. 그들이 쏘아올린 그 로켓은 그들의 소중한 유물위성 '로쿰'을 실은 채로 발사 52초 만에 공중에서 폭발을 일으키고 말았다. 파편이 바다 위로 흩뿌려지는 바람에 그 유물위성을 되찾을 방법은 이제 영영 없어졌다고 해도 과언이 아니었다.

'폭약을 실은 탄두가 끝내 발견되지 않는다면 테러를 감행했다는 혐의야 벗을 수 있겠지만.'

청취 보고서를 본부에 제출하고, 집으로 돌아가 일찍 잠을 청했다. 머릿속에서, 사진으로 본 그 유물위성의 모습이 지구를 배경으로 뱅글뱅글 돌아가고 있었다.

'그럼 그게 지구의 표지판이라도 된다는 건가? 근처에 들른 외계 여행자가 알아볼 수 있도록 정확한 위치에 갖다 놓은 표지판 같은?

그런데 왜 그렇게 작은 거지? 하긴 더 컸으면 훨씬 일찍 사람들의 눈에 띄었겠지. 그랬으면 좀 더 일찍 논란이 일어났을 거고. 그나저나 그 사람, 거짓말 같지는 않았는데. 테러를 계획할 사람 같지는 않았어. 무슨 일일까. 유럽우주국은 왜 그런 무모한 욕심을 부린 거지? 그리고 그 사람 이야기가 사실이라면 나라도 그 유물위성을 제자리에 갖다 놓는 일에 동참하지 않았을까. 우주국 직원 수백 명이 연루된 미사일 테러라니, 그 많은 사람이 불법 로켓 발사에 동의한 건 그런 정도의 설득력이 있었기 때문이 아닐까.'

생각이 꼬리를 물고 이어졌다.

'그리고 아나톨리아에 있다는 요란 유석지들. 쓸데없이 넓은 광장이, 그것도 똑같은 각도로 자리 잡고 있었다는 이야기는…… 설마 무슨 우주선 이착륙장 같은 걸 암시하는 건 아니겠지. 이착륙장이라. 유럽우주국 요원들이 헬리콥터를 타고 메흐멧을 찾아갔을 때도 어쩌면 그 이착륙장을 이용했을지도 모르지. 그런 게 있으면 확실히 편하기는 할 테니까.'

꼬리를 물고 이어지는 수많은 생각들 사이에, 잠 한 조각이 슬그머니 끼어든 모양이었다. 그리고 나는 어느새 잠이 들었다.

화들짝 놀라 잠에서 깨보니 시계가 새벽 3시 42분을 가리키고 있었다. 이상한 느낌이 들어 창 쪽을 바라보았다. 그 시간에 어울리지 않는 밝은 빛이 창문을 넘어 새어 들어오고 있었다. 내 잠을 깨운 건 웅웅거리는 듯한 낯선 소리였다. 마치 하늘 전체가 울리는 듯한, 방향을 종잡을 수 없는 묘한 소리.

거의 벌거벗은 채로 침대를 빠져나와 무언가에 홀린 듯 창 쪽으로 다가갔다. 그리고 창밖으로 고개를 내밀어 웅성거리듯 소란스러운 하늘 위를 올려다보았다. 그곳에는 딱 눈이 시리지 않을 만큼 은은한 푸른빛을 내뿜는 원반 모양의 비행체가 한눈에 거리를 가늠할 수 없을 만큼 꽤 높은 곳에 매달린 듯 가만히 떠 있었다.

중립행성 표지판이 내려진 지 2년 몇 개월. 다시 표지판을 원래 위치에 갖다 놓으려던 사람들의 마지막 시도가, 로켓 발사 52초 만에 실패로 돌아간 지 사흘째 되던 날의 일이었다. 내 시계에 찍힌 시간으로 오전 3시 43분 몇 초. 평화조약이 갓 해제된 태양계 세 번째 행성 지구를 공격하기 위해 대기권 아래로 내려온 외계우주선 서른일곱 대가, 일제히 첫 번째 포격을 개시하던 순간이었다.

스마트 D

2029년에도 사람들은 과학소설을 썼다. 덕분에 그해에도 SF공모전이 열렸고 7,000편이 넘는 응모작들이 접수되었다. 나는 예년처럼 응모작들을 접수하고 분류하는 일을 하고 있었다. 그런데 어느날 소설부문 응모란에 이런 글이 올라왔다.

첨부된 파일은 15년 SF 인생을 마감하는 제 마지막 글입니다. 인생 최고의 역작이었다고 말할 수는 없지만, 최후의 글인 것만은 확실하게 되었습니다. 마지막입니다. 정말로.

이 글은 제 유서이기도 합니다. 저는 이제 생을 마감합니다.

재산은 벌써 다 처분했습니다. 집은 그동안 차곡차곡 모아온 소중한 빚더미를 청산하는 데 쓰일 예정입니다. 평생을 모은 재산인데, 마음먹고 처분하려니까 한 달 만에 깨끗이 사라지더군요. 물론 많은 사람들이 달려들어서 거들기는 했지만 말입니다. 차는 여동생에게 남길 생각이었지만, 제가 죽었다는 것을 알고도 그 애가 그 차를 가질지 어떨지 알 수가 없어서 중고차 시장에 팔았습니다. 꽤 좋은 차였는데요, 판 돈은 기부를 좀 했습니다. 좋은 일이라고는 해본 적이 없었거든요.

그러고 나니 더는 작별인사를 나누고 싶은 사람이 남아 있지 않네요. 사랑하는 그 사람이 이미 세상을 떠나버렸으니까요. 소식을 들으면 슬퍼해줄 사람도 분명 있을 거라고 생각하지만, 그냥 조용히 그녀를 따라가고 싶을 뿐입니다. 그저 오랜 시간 지켜봐준 몇 안 되는 독자들에게 감사하다고 말하고 싶습니다.

저의 마지막 글은 제가 평생토록 사랑해 마지않던 두 가지, 사랑하는 그 사람과 SF에 바치는 마지막 작별인사입니다. 둘이서 함께 쓴 합작품, 그 사람이 반 넘게 쓰고 나머지를 제가 채운 소설이거든요. 아, 이제 정말 모든 것이 편안해졌습니다.

그러고 보니 저의 첫 소설이 바로 올해를 배경으로 하고 있더군요. 2029년이라니. 영영 현실이 될 리 없을 것만 같은 해였는데, 막상 현실이 되고 보니 상상만큼 아름다운 세상은 아니었죠. 다들 아시겠지만. 하지만 떠나려고 마음먹은 이 순간 창밖에 펼쳐진 저놈의 야경. 저것만큼은 정말 그 옛날에 생각한 그대로 환상적이고 황홀하네요. 원래도 저랬던가요? 아니면 오늘이 유독 특별한 날이었던가요? 하긴 이만큼 떨어져서 보면 저 밤하늘이 품고 있는 암살자 위성도 평범한 별로밖에는 안 보이겠지요.

아무튼, 저는 이만 이 글을 마무리합니다. 이제 파일을 전송하고 저에게 남은 마지막 재산인 이 알약을 가지고 제 뒤에 있는 문을 나설 생각입니다. 시신을 남기기 좋은 장소는 아니거든요. 아, 그런데 이 노트북은 처분을 미처 못 했군요. 그 사람이 죽는 순간까지 지니고 있던 마지막 유품인데, 이건 어떻게 하면 좋을까요.

어쩐지 숙연해지는 편지였다. 나뿐만 아니라 그 글을 볼 수 있는 접수팀 직원 모두를 비슷한 감상에 잠기게 만드는 글이었다. 그런데 한 가지 문제가 있었다. 소설 원고 파일이 첨부되어 있지 않았던 것이다. 그 사실을 모르는 채로 세상을 떠났을 그를 생각하면 안타까운 마음을 금할 수가 없었다.

우리에게 그는, 이제는 너무 많아서 별 감흥조차 없는 수많은 자살자들 중 하나가 아니었다. 그럴 수가 없었다. 그는 우리의 동지였고 또 영웅이었다. 미처 전해지지 못한 그의 유작이 우리에게는 그렇게 감동적일 수가 없었다. 그런 게 가능하다니! 읽지 않은 글이 전설이 되다니!

그러나 우리는 그 사실을 사람들에게 곧장 알릴 수가 없었다. 심사의 공정을 기하기 위해 응모에 관한 모든 사항은 당분간 비밀로 해야 했기 때문이다. 하지만 그 기간이 지나면 적절한 애도를 보낼 때가 오겠지. 아무도 들어본 적 없는 그의 이름을 기리고, 아무도 읽은 적 없는 그의 작품을 기념하게 될 날이. 그때까지는 그저 입을 꾹 다문 채 북받쳐 오르는 감정을 억누르고 지내는 수밖에 없었다.

그런데 바로 그 다음날, 나는 그만 다시 한 번 그의 편지를 받게 되고 말았다. 아직 살아 있는 그의 편지를.

죄송합니다. 어제 편지 보냈던 사람입니다. 아, 이걸 어떻게 말씀 드려야 될지 모르겠네요. 저 아직 못 죽었습니다. 그때부터 지금까지 아무것도 못 먹었더니 배가 고파서 곧 죽을 것 같기는 한데, 문제가 좀 생겨서 아직 못 죽고 있습니다. 어제 파일 접수를 하고 잠깐 주변정리를 하다가 컴퓨터를 끄러 돌아왔더니 화면에 파일 접수가 안 됐다는 메시지가 떠 있더군요. 글쎄 스마트 D가 부족하다지 뭡니까.

아시죠? 키보드에 있는 그 D라는 글자 말이에요. 한글을 타이핑할 경우에는 ㄷ 자판. 자판을 보면, 다른 글자는 안 그런데 유독 거기에는 작은 글자로 뭔가 표시가 돼 있잖아요. 저도 전에는 자세히 본 적이 없었는데, Smart D™라고 적혀 있더군요. 아니 멀쩡한 컴퓨터에 그 스마트 D라는 게 없다니 무슨 말인가 싶어서 여기저기 알아보다가 거의 밤을 새버렸답니다.

그런데 아침에는 또 집을 비워줘야 했거든요. 노트북만 들고 일단 밖으로 나오긴 했는데, 정말 가진 게 아무것도 없더라고요. 옷이라고는 입고 있던 거 빼고는 다 의류수거함에 들어가 있고, 물론 돈 같은 것도 전혀 남아 있지 않고요. 정리를 너무 깔끔하게 해버리는 바람에 삼각 김밥 하나 사 먹을 돈도 남지 않은 채로 하루를 버티는 상황이랍니다.

그건 그렇다 치고, 아무튼 스마트 D가 부족하다는 게 무슨 말인지 알 수가 없네요. 첨부파일은 안 가고 편지만 간 것 같은데. 세 권 분량 소설이라 접수기준 초과로 거부된 건가 했는데 그런 것도 아니고, 그냥 ㄷ이나 D가 부족해서 그렇다는 건데, 혹시 무슨 영문인지 아시면 연락을 좀 주실 수 있을까요? 이메일로 연락주시면 감사하겠습니다. 전화는 처분했고, 다른 연락 가능한 수단들도 다 정리를 해버렸거든요.

벌써 퇴근하셨을지도 모르겠는데, 수시로 확인해볼 테니 보시는 대로 연락을 주시면 감사하겠습니다. 무리한 부탁 같지만, 정말 죽을 생각으로 아무것도 안 남기고 다 없애버린 상태에서 24시간을 살아버렸더니 존재 자체가 참 구차해져서요. 제대로 씻지도 못하고 잠도 못 자고 수염만 덥수룩해진 채로 점점 지저분해져가는 모습을 보는 게 영 기분이 좋지만은 않답니다. 이 상황에 기분 이야기할 때는 아닌 줄 알지만, 정말 마지막 부탁입니다. 어서 빨리 생을 마감할 수 있도록 조금만 신경 써주시면 감사하겠습니다.

하지만 나는 곧바로 답을 하지 않았다. 다음날 아침까지도 마찬가지였다. 답을 주면 목숨을 끊겠다는데 어떻게 서두를 수 있단 말인가!

물론 그게 진짜 이유는 아니었다. 그보다는 우리가 이미 애도를 해버렸다는 게 더 큰 이유였다. 애도 후에도 살아 있는 영웅이라니. 우리는 그만 어색해져버리고 말았다. 부자연스러워지고 민망해져버리고 말았다. 뭐하는 거지? 왜 아직 살아서 돌아다니고 있는 거지? 불과 24시간 전에 우리를 강타했던 그 진한 감동은 이제 그만 갈 곳을 잃고 말았다. 그냥 계획대로 세상을 떠났으면 깔끔했을 것을. 그는 스스로 스토리를 망쳐버리고 만 셈이다. 게다가 문제가 해결되고 그가 응모에 성공하기라도 하면, 우리는 그의 글을 읽어야 한다. 어쩌면 그 일은 꽤나 부끄러운 일이 될지도 모른다. 우리는 너무나 잘 알고 있었다. 아예 접수되지 않은 글이 접수된 글보다 훌륭할 가능성을.

다른 문제도 있었다. 우리 팀 역시 그 응모자가 제기한 문제를 해결할 수가 없다는 사실이었다. 물론 스마트 D가 뭔지를 모르는 것은 아니었다. 단지 그게 모자라서 파일 전송이 안 된다는 게 무슨 의미인지 알 수가 없을 따름이었다. 그런 일은 일어난 적이 없었으니까.

일단 오전 11시쯤에 그의 이메일로 답을 했다. 알아보고 있으니 기다리라는 내용이었다. 그러고는 해결방법을 찾는 시늉을 했다.

별일 아닐 줄 알았는데 의외로 답을 안다는 사람이 하나도 없었다. 그러자 슬슬 짜증이 나기 시작했다. 남들은 다 잘들 보내는데 혼자만 유난이네, 하는 생각이 들었던 것도 사실이었다.

다음날 아침, 다시 그가 편지를 보내왔다.

이봐요. 어떻게 좀 해봐요. 기차역에 와서 노숙하고 있단 말이에요. 막차 출발하는 시간 지나면 역사 문을 닫는다고 다들 밖으로 쫓아내는 통에 진짜로 갈 곳이 없어져요. 나도 점점 노숙자들하고 구별이 안 돼 간다고요. 무슨 말인지 알아요? 그러면 노트북 충전하러 콘센트 있는 데 들어가기도 어려워지고, 결국에는 노트북 자체를 지킬 수가 없을지도 몰라요. 아무도 안 도와준다고요. 정상인처럼 깨끗하게 입고 있으면 몰라도 이 꼴로는, 이걸 꼭 끌어안고 있어도 언제 누가 나타나서 빼앗아갈지 몰라요. 이 안에 내 마지막 글이 들어 있어요. 응모할 거란 말입니다.

　우편 접수? 안 된다. 민원도 많고 분쟁도 워낙 많아서 처음 공지
한 방식 외에는 접수가 불가능하다. 게다가 그 편지를 받고 나서 우
리는 살짝 냉담해지기 시작했다. 아무도 안 도와준다는 말을 해버린
것이 그의 실수라면 실수였다. 그 말은 곧 암시로 작용했다. '아, 그
런 방법이 있었군' 하는 생각이 들고 말았던 것이다. 그렇다. 아무도
안 도와주는데 왜 하필 내가 나서야 한단 말인가.
　접수 마감 일주일 전. 그의 편지는 뜸해질 기미가 보이지 않았다.

　아침에 밥을 먹었어요. 다른 사람들처럼 줄을 서서 아침밥을 타
먹었죠. 나쁘지 않았어요. 이틀을 굶고 났더니 속이 엉망이 됐나봐
요. 배가 아파서 고생을 좀 했죠. 내 위장이 나한테 하고 싶은 말이
뭔지 알 것 같아요. 세상 다 끝낸다고 그래서 기껏 기능 정지썩이나
해놨는데 이제 와서 다시 어떻게 해보겠다고 음식을 집어넣었으니.
하지만 내 결심은 변함없어요. 문제가 해결돼서 이 글을 접수하고
나면 떠날 생각이에요. 그리고 이 문제는 아무래도 내 손으로 직접
해결하지 않으면 안 될 것 같군요. 세상에서 하는 마지막 일이니까
요.
　스마트 D사(社)에서 마침 이메일이 왔었어요. 개별적으로 스마
트 D를 구입할 거냐고 묻더군요. 그걸 따로 구입해야 한다는 사실을
알고 계셨나요? 저도 몰랐어요. 보통은 워드 프로그램 이용권을 구
매할 때 거기에 포함되는 잡다한 비용들 중에 몇 년 치 스마트 D 사

용권이 포함된다고 적혀 있더군요. 무슨 말인가 가만히 생각해보니 누구나 다 D와 ㄷ이라는 글자를 돈을 주고 사서 쓴다는 소리였어요. 10만 개에 얼마였더라. 달러로 돼 있어서 계산은 안 해봤지만, 부담되는 가격은 아니었어요. 애초에 무시해도 좋은 방식으로 과금이 되고 있었으니까요. 그래서 아무도 모르는 거죠. 저처럼.

아니, 그런데 글자에 돈을 내다니 무슨 소리야, 하고 스마트 D사 홈페이지에 들어가봤어요. 이상하잖아요. 글자를 자기네가 창제한 것도 아니고.

그런데 이거, 그냥 글자가 아니더라고요. 여러 가지 기능이 들어가 있던데요. 예를 들면 말로 입력한 걸 텍스트로 바꾸는 기능이라든지, 반대로 글자로 되어 있는 걸 소리로 바꿔주는 기술 같은 게 엮여 있는 것 같았어요. 2016년까지만 해도 그런 일이 가능하리라고는 아무도 상상을 못했다고 하는데, 사실 그건 좀 과장이죠. 저도 살아봐서 알거든요.

아무튼 그게 가능하려면 소리를 음운보다 작은 음소 단위 이하 수준에서 분석해서 처리하는 기술이 필요한데, 그 과정에서 나온 게 스마트 D라더군요. 회사 홈페이지에서 주장하는 바에 따르면요.

스마트 D 프로젝트는 원래 무슨 실험 프로젝트 이름이었다는데, 미국 기준이겠지만, A나 I 같은 모음은 너무 다양한 방식으로 읽히니까 첫 개발대상으로 삼기에 좋지가 않다고 해요. 그래서 비교적 쉬워 보이는 D를 골랐대요. 스물여섯 개 알파벳 중에 D가 제일 먼저 똑똑해진 셈이에요. 얼마나 똑똑했냐면 구개음화를 구별할 줄 알았다니까요. '굳이'라고 쓰면 [구지]라고 읽는 거 말이에요. 물론 미국사람들이 한국말부터 연구를 시작했던 건 아니고, 러시아어 때문에 그렇게 됐다나요. 블라디미르를 블라지미르로 읽는 게 우선이었을 테니까요. 그게 그렇게 생색낼 기술인가.

아무튼 얼마 지나지 않아서 스마트 A에서 스마트 Z까지 다른 글자들도 다 똑똑해졌대요. 스마트 D 프로젝트가 어차피 D가 들어간 단어를 다 다루는 거였으니까, 그 단어에 포함된 다른 알파벳들도 어느 정도는 기술축적이 돼 있었던 거겠죠. 뒤로 갈수록 일이 쉬워지는 구조였을 거고요. R이나 S쯤 갔을 때는 아마 데이터베이스가 어마어마하게 쌓여서 나머지는 인공지능이 스스로 처리할 정도가 됐을걸요. 안 그렇겠어요? 양으로 하는 일을 인공지능한데 갖다주면 정말 일주일 안에 일이 다 끝나버리는 경우도 있으니까요. 하여간 결과물이 꽤 획기적이었나 봐요. 그때 기준으로는.

개발 과정이 그런 식이다 보니 언어처리 기술 서비스를 하는 건데도 특허가 A에서 Z까지 스물여섯 개였다나요. 원래는 스물여섯 개 글자 전부에 대해서 지적재산권을 주장했다는데, 그런 식으로 가면 너무 봉이 김선달 같아서 이미지도 안 좋아지고 이길 승산도 줄어들고 하니까 전략을 바꿨나 보더라고요. 당연히 스물여섯 개 전부를 활용하는 서비스를 제공하고 있지만 과금은 D에 대해서만 하는 구조로. 말하자면 스물다섯 개를 사회에 환원해버린 셈이에요. 지적재산권 주장도 안 하기로 하고요. 그러면서 딱 하나, 맨 처음 개발한 D에 관해서만큼은 지적재산권을 그대로 인정받기로 하고요.

그래서 그렇게 된 거예요. D에 대한 사용료를 내라는 말은. 우리로 치면 ㄷ에 대한 사용료를 내라는 거죠. 우리 모두가 언젠가부터 계속 사용료를 내고 ㄷ을 쓰고 있었는데 저는 구매한 ㄷ이 다 떨어져서 더는 그걸 사용할 수가 없게 됐다는 이야기. 스마트 D가 모자라서 파일 전송이 안 된다는 건 이런 이야기였어요. 컴퓨터로 혼자 문서작성 같은 걸 하는 경우는 개인적인 활동이라 아무 상관이 없지만 온라인상에 그 글을 유통시킬 때는 정품 D가 없으면 불가능하다는.

맞는 이야기죠. 좋은 이야기에요. 지적재산권, 보호해야죠. 음성인식 기능에, 고급 검색 기능에. 시각장애나 청각장애가 있는 사람들에게는 정말 굉장한 물건이니까요. 커피 얼룩이 잔뜩 묻은데다 구겨져서 버려지기까지 한 종이 위에 손글씨로 적혀 있는 글자까지 다 정확하게 읽어버리는 기술이잖아요. 굳이 전용 카메라를 쓸 필요도 없고요. 게다가 이제는 안 쓰고 싶어도 그럴 수조차 없고요. 가상 키보드든 진짜 키보드든, 어차피 스마트 D가 아닌 일반 D가 적혀 있는 키보드는 구할 수도 없으니까요. 사람들 말로는 그런 건 이제 아무도 안 만든다는군요. 호환성이 너무 떨어져서요.

다 좋아요. 그런데 왜! 왜 하필 나만, 게다가 하필 이 순간에 그 스마트 D가 뚝 떨어져 버렸냐는 말입니다. 그게 정말 짜증나는 일이란 말이죠. 제가 남들보다 ㄷ을 더 많이 썼을까요? 세상에 남들보다 ㄷ을 더 많이 쓰는 사람이라는 것도 있는 건가요? 아니면 이 원고가 세 권 분량이어서일까요? 그렇다면 다른 전업 작가들이나 기자들은 어떻게 일을 하고 있는 거죠? 그리고 무엇보다 이해할 수 없는 건 이거예요. 저나 이 컴퓨터 주인인 은경이나, 어차피 어디선가 스마트 D 정기 이용권을 잔뜩 사들이지 않았을까요? 다른 사람들처럼, 사는 줄도 모르고 자연스럽게 말이죠. 어떤 방식으로든 그걸 안 사고 인터넷을 이용할 방법이 있었을까요? 사실 그런 걸 일부러 사서 쓰는 사람은 아무도 없잖아요.

그런데 어떻게 된 일일까요? 마감이 일주일 뒤인 것 같은데 제 인생의 마감은 그보다 빨랐으면 좋겠거든요. 그런데 문제가 해결이 되지 않네요.

그 편지를 읽고 나자 나 역시 호기심이 일었다. 그래서 스마트 D사 홈페이지에 들어가보았다. 이런 문구가 제일 먼저 눈에 들어왔다.

"불법 D 사용은 범죄입니다."

불법복제한 해적판 D라는 것도 존재한다는 이야기였다. 그런 건 대체 어디서 구하는 걸까. 그 불법 D를 막으려고 스마트 D사가 띄워놓은 인공위성만 스물여섯 대라고 했다. 돈을 많이 벌기는 버는 모양이었다. 글자 팔아먹는 사업이라. 글 팔아먹는 사업보다 전망이 훨씬 좋아 보였다.

하지만 그의 이메일에 답을 해주지는 않았다. 딱히 할 말이 없었기 때문이었다. 답을 못 들어서인지 그도 역시 당분간 잠잠해졌다. 그래서 나는 내 일에 집중할 수 있었다.

접수는 전쟁이었다. 자칫 실수라도 했다가는 소송에 휘말리기도 하는 2029년이었다. 그러니 그런 악성 민원인과는 놀아줄 시간이 있을 리가 없었다.

그런데 마감 3일 전에 그에게서 또다시 편지가 왔다.

여동생을 찾아가서 돈을 달라고 했어요. 이 꼴로 동생을 만나기로 한 건 역시 좋은 판단이 아니었을지도 모르겠어요. 어떤 모습을 보고 나한테 무슨 말을 퍼붓든 동생으로서는 그게 마지막이 될 테니까요. 며칠이 지나서 내 소식을 듣고 나면 '그때 더 잘 해줄걸' 하고 가슴 아파하겠죠. 아예 나타나지 않는 게 나았을 텐데, 제 욕심이었어요. 글자를 사야 하니까요. 그래도 그렇지, 독한 것. 아무튼 이 돈으로 스마트 D를 사서 원고를 보내드릴 테니 걱정하지 마세요.

어, 이상한 메시지가 뜨네요. 스마트 D가 11개 남았대요. 방금 썼으니까 이제 10개. 계속 이런 편지를 보내서 여러 사람 귀찮게 만드는 것 같아 죄송합니다. 이제 8개 남았네요. 그간 감사했고, 죄송한 마음입니다. 제 동생에게 그렇듯이 여러분에게도 이게 마지막 모습인데, 이왕이면 이런 모습은 보여 드리지 않는 게 좋았겠죠. 이제 문제를 해결할 수 있으니까, 그럼 조만간 제대로 된 파일을 보내―.

이런, 이제 전부 써버렸네―. 나 이거 참. 그럼.


물론 나는 그렇게 한가한 사람이 아니었다. 응모자 하나하나까지 일일이 신경 쓸 이유는 전혀 없는 입장이기도 했다. 그런데 그런 메일이 오고도 24시간 이상이나 원고가 접수되지 않자 조금씩 신경이 쓰이기 시작했다. 여전히 눈코 뜰 새 없이 바쁜 기간이었지만 나는 그에게 확인 메일을 보냈다. 그랬는데도 그는 회신을 하지 않았다.

우리 팀 누군가가 스마트 D사로부터 경고 메일 같은 게 날아왔다고 말해주었지만, 온통 영어로 되어 있었으므로 당장은 읽을 마음이 생기지 않았다. 그래서 이면지함 맨 위에 그 경고 메일을 올려놓고 다른 일을 하다가 퇴근을 해버렸다.

　다음날 오전, 마침내 그에게서 답장이 왔다.


　아시는 것처럼 수중에 그 글자가 전혀 안 남았어요. 메일은 보내야 하겠지만, 아무리 머리를 굴려봐야 정상적인 문장을 쓰기는 틀려버렸네요. '그 글자'를 빼고 쓰는 게 이렇게까지 불편할 줄은 몰랐어요. 우선 종결어미에 제약이 생기는 바람에 격식을 갖춘 문장을 쓸 상황이 아니라는 점 이해해주시고, 너그럽게 읽어주세요.

　네. 결론적으로, 아직 못 죽었죠. 사람 목숨이라는 게 마음먹은 것처럼 쉽게 죽어지거나 살아지는 게 아니네요. 누군가가 자꾸 저를 살아남으라고 강요하는 것 같아요. 아침에 노숙자 급식해주는 아줌마가 제일 심하게 강요하는 셈이에요. 큰일이에요. 그게 맛있어져서. 그놈의 글자 탓에 영 죽어지지가 않으니. 나 이것 참.

　그날 메일을 보내고 나서 그 글자를 좀 사려고 사이트에 접속해보니, 제가 거래정지 상태라는 거예요. 그간 열심히 쌓아 온 빚이 결국 이런 곳에서 신용불량이라는 이름으로 위력을 발휘하나 싶었죠. 하지만 현금이 있으니까 문제없을 거라고 생각했어요. 은행에 가서 입금을 하기로 했죠.

　이상한 건, 어쩐 일인지 그놈의 회사, 현금거래마저 거부하는 거예요. 입금을 하고 밖으로 나와서 충전 완료 메시지가 오기까지 얼마간 시간을 보냈죠. 그게, 한참이 지났지만 전혀 반응이 없는 거예요. 조금 후에 이메일이 와서 보니까, "입금한 금액은 입금은행으로 반환하였으니 찾아가세요." 그렇게 써 있는 거예요. 어이가 없었죠.

온 지구가 자본주의 세상으로 바뀐 게 벌써 언제라고, 아직까지 현금이 안 먹히는 경우가 있을 수 있나요? 아니 무슨, 외화로 환전이 불가능해서 그렇기나 한가요. 어차피 현지지사에서 거래하지 본사에서 하는 게 아니잖아요. 이 세상에 그런 경우를 겪고 있는 것은 저 하나뿐일 거라는 생각에 짜증이 치밀어올랐죠. 왜 나만 2029년의 혜택을 누릴 수가 없는 거죠? 제가 무슨 끔찍한 죄를 저질렀나요.

회사에 항의 편지를 보냈죠. 물론 그 문제의 글자를 빼고 말이에요. 흥분한 상태에서는 문장 쓰기가 훨씬 어려웠어요. 그러고 한참을 있으니까 마침내 회신이 오기는 왔어요. 그러나 그 편지의 내용이 참 희한한 것이었어요. 사실은 제가 아니라 은경이가 자기네 회사 블랙리스트에 있었기에 이 노트북에 자기네 정품 글자를 제공할 수 없는 거라고 씌어 있었어요. 내가 사랑하는 그 여자 말이에요. 은경이.

저는 은경이가 무슨 짓을 했기에 그렇게까지 문명의 혜택으로부터 선택적인 격리를 겪어야 하는가 물었죠. 그러니까 그쪽에서 하는 말이, 우선 은경이 쪽에서 먼저 자기네 상품을 전부 반납했고, 각종 소프트웨어를 구입할 시점에 끼워 팔기로 구매한 기간 정액 요금까지 남김없이 환불해간 탓에 회사 쪽에서 엄청난 손실을 본 것처럼 이야기를 하는 거예요. 무슨 말이냐고 반문했죠. 엄청난 손실이라니, 그게 얼마나 하길래. 아마 이야기가 이쯤 나오고 나니까 저쪽 역시 감정이 격해진 모양인지, 꽤 늦은 시간이었지만 바로 회신을 해왔어요.

그러니까 선납 요금을 환불해간 방식이라는 게 문제였어요. 개인이 아니어서요. 여러 나라 NGO가 연합해서, 같은 타이밍에 각자

자기 나라에서 소송을 진행하는 프로젝트였어요. 원고가 수십만 명이고 피고가 회사인 소송이었죠. 요지는, 소비자가 제품의 구매 조건과 사용 조건 같은 것을 전혀 모르고, 심지어 아예 구매 사실 자체를 모르는 채 끼워 팔기 형태로 이루어진 계약은 불공정 거래라는 거였어요. 전 세계적으로 12개 NGO가 연합해서 벌인 일이라 결국 꽤 이슈화에 성공한 모양이에요. 그런 소송에 걸리면 타격이 얼마나 가나요? 크겠죠, 불공정 거래면?

그럼 이제까지 내가 쓴 글자는 뭐냐고 물으니까, 그건 제가 사서 플레이한 게임 소프트웨어에 있는 채팅용 라이선스의 여분이라나요. 그쪽에서는, 은경이가 그 후로는 전혀 그 글자를 쓰지 않았을 거라고 재차 확인해줬어요. 그래서 메인 컴퓨터가 블랙리스트를 해제해주지 않을 거라나, 뭐 그런 소리나 하고 있는 거 있죠.

회신을 했어요. "그럴 리가 없을걸요" 하고. 그럴 리가 없었어요. 그럴 리가. 은경이 역시 글을 썼으니까요. 전문 작가는 아니었지만 꾸준히 여기저기에 글을 냈었죠. 이해가 안 가는 부분이었어요.

하여튼 그 사람으로 인해 인생을 마감할 수가 없었어요. 아니 원고조차 마감할 수가 없어요. 영어로 쓴 거면 *&%*# 뭐 이런 식으로 그 글자 자리를 채우는 방법을 찾았겠지만, 우리말은 그게 안 먹히니까요. 글자 사이에 끼어 있기 마련이라.

갑갑하지만 참아야죠. 역시 죽는 게 만만하지는 않네요.


그런데 이상한 것은 그의 편지가 도착하고 얼마 되지 않아서 다시 한 번 스마트 D사의 경고 메일이 왔다는 사실이었다. 그에게가 아니라 우리에게. 접수된 원고를 분류해서 일련번호를 부여하는 것 외에도 마흔일곱 가지가 넘는 각종 행정처리를 하느라 정신없이 바빴지만, 나는 마침내 전자사전을 열고 영어로 작성된 그 메일을 읽어 내려가기 시작했다. 사전이 없어도 경고라는 말 정도는 알아볼 수 있었기 때문이었다.

편지 내용은 이랬다.

귀사 개인용 컴퓨터로 국제안보에 심각한 영향을 미칠 수 있는 것으로 추정되는 정체불명의 문서가 전송된 것이 확인되었습니다. 아직은 경미한 수준의 위협만이 감지되고 있지만 만일의 사태에 대비하여 귀사 주변을 철저히 점검해주시기 바랍니다. 아울러 저희 스마트 D사는 귀국 안보당국과 협조하에 스마트 D 3원칙에 저촉되지 않는 범위에서 귀사에 대한 보호관찰에 좀 더 주의를 기울일 것을 통지하는 바입니다.

스마트 D 3원칙이라. 그건 뭘까? 로봇 3원칙이라면 당연히 알고 있지만. 그렇다면 이 편지를 보낸 사람 역시 SF 팬이란 말인가?

역시 장난인 것 같았다. 그냥 그렇게 믿고 넘어가는 편이 나을 것 같았다. 더는 신경을 쓰고 싶지 않았다. 이런 식으로 우리의 관심을 끌려는 작가 지망생들이 매년 한둘이 아니었으니까. 나는 사전을 덮고, 출력한 편지를 이면지함 중간쯤에 쑤셔 넣었다.

그리고 다시 그의 편지가 도착했다. 마감 하루 전날 저녁이었다. 쏟아지듯 몰려오는 원고들 탓에 당장은 정말 무슨 말을 들어도 전혀 궁금증이 안 생길 만한 시점에.

사고로 죽었어요, 은경이는. 같이 죽어버릴 만큼 사랑했냐고요? 글쎄요.

있으면 잘 모르고 지내지만 가고 나면 허전한 사람 있잖아요. 이건 진짜 그 글자를 안 쓰고는 표현하기가 어렵네요. 그런 사람이 있어요. 한 글자만 쏙 빼놓고 쓴 누군가의 글을 생각해보세요. 멀쩡해 보이지만 사실은 어색한 문장의 연속인 글을. 제 인생이 그랬을 거예요. 그날 이후로 내내.

청혼을 하지 않은 게 제일 미안해요. 자신이 없었으니까요. 물론 은경이는 그렇게 생각하지 않았겠죠. 결혼이라는 형식 자체를 싫어했으니까요. 하지만 나라는 인간, 은경이 일만이 아니라 사실 죽을 이유는 한없이 많아요. 절망이죠. 은경이가 제일 큰 핑계고요.

그날 은경이는 늦은 시간에 혼자 귀가하고 있었어요. 비가 오려고 해서 집까지 같이 가줄 생각이었지만, 은경이가 한사코 뿌리치고 가버리는 바람에. 일이 많이 남은 저를 배려한 거였겠죠. 집에 가서 전화하기로 해놓고는 그 길로 연락이 끊어져 버렸어요. 정확한 원인은 알아내지 못했지만, 심장마비였어요.

가슴 아프게, 목격자 하나 찾을 수 없었죠. 노트북이 좀 이상하기는 했어요. 은경이가 쓰러지는 순간에 함께 자유낙하 하면서 충격이 온 건지, 고장이 나 있었어요. 컴퓨터가 스스로 고장체크를 하고 나서는, 전기쇼크라고 했어요. 자가 검사 결과를, 그러니까 무슨 말인지 아시겠죠? 알아서 이해해주세요.

심장마비라니. 은경이는 건강이 나쁘지 않았어요. 약물반응이나 그 외에 수상한 점은 전혀 없었죠. 그래서 심장마비라는 건 너무 이상했어요. 컴퓨터를 쓸고 간 전기쇼크가 원인이라고 하는 게 맞겠죠?

은경이가 소송을 준비하고 있었는지 어쨌는지 저는 전혀 몰랐어요. 그냥 좀 바쁘구나 생각했죠. 그 파일을 좀 일찍 찾아냈으면 좋았을걸. 읽어보시면 알겠지만 은경이는 자기 이야기의 주인공을 자기 자신처럼 생각한 것 같았어요. 주인공은 누군가의 암살 위협에 늘 공포를 느끼고 있었어요. 은경이 표현으로는 이런 거였어요.

"누군가 지켜보는 느낌에 갑자기 시선을 옮겨보지만, 보이는 건 공허뿐, 지루한 일상처럼 늘 텅 비어 있는."

반쯤은 픽션인 논픽션이었을 거예요. 은경이는 정말로 쫓기고 있었을까요? 솔직히 잘 모르겠어요. 저한테 정말 진지하게 그런 말을 한 적이 있었나 생각해보곤 해요. 가능한 일이지만 기억이 확실하지가 않네요. 아무튼 성격이 꽤 예민한 사람이었으니까요. 하지만 은경이가 정신에 문제가 생긴 거라고는 생각하지 않아요. 어쩌 보면 자연스러운 일이겠죠. 큰 기업과 싸우는 게 만만한 일은 아니었을 테니까요. 그건 은경이가 혼자 감내한 스트레스 같은 게 아니었을까요.

하여간 은경이 소설은 이런 내용이었어요.


그는 김은경 씨의 소설을 열심히 요약해주었다. 모든 문장에서 ㄷ을 뺀 채로. 그런데 거기에 '스마트 D 3원칙'이 언급되고 있었다.

일전에 배달된, 진짜로 스마트 D사에서 보낸 편지였는지 장난 편지였는지 알 수 없는 편지에서 언급된 그 원칙이. 물론 그는 D를 쓸 수가 없었기 때문에 대신에 그 자리에 P를 썼다. 나는 살인적인 업무량에도 불구하고 그 스마트 D 3원칙에 대한 궁금증을 참을 수가 없었다. 그래서 그 소설을 자세히 읽고 말았다.

스마트 D 3원칙은 이런 것이었다.


1. 첫 번째 D는 인간의 소유이다.
2. 두 번째 D부터는 스마트 D사의 보호를 받는다.
3. 스마트 D사는 D 문자가 포함된 단어만 보호할 수 있다.


첫 번째 조항의 의미는, 인간이 자판을 두드려서 직접 생산한 첫 D는 자신의 노동력을 들여 얻은 것으로, 이용료 부과의 대상이 아니라는 것이었다. 다른 논리적 근거는 없다. 인간은 무조건 존엄하므로 인간의 창조적 행위에 이용료 따위를 부과한다는 것은 상상도 할 수 없다는 원칙적인 선언일 뿐.

두 번째 조항의 설명은 이렇다. 온라인상에서 정보를 생산하고, 저장하고, 전송하고 혹은 전송된 정보를 읽는 행위 모두가, 사실은 수용자의 단말기에 원본과 똑같은 복사본을 하나 더 생산하는 일이다. 그러니까 인간의 직접 노동에 의해서가 아니라 기계가 복사해낸 것이라는 이야기다. 따라서 이렇게 복사된 D는 첫 번째 조항의 보호를 받지 않으며, 이용료 부과의 대상이 될 수 있다.

보다 중요한 것은 이렇게 만들어진 복사된 D들이 스마트 D사 인공지능의 보호를 받는다는 점이었다. 쉽게 말하면 누가 훔쳐가지는 않는지 감시를 하겠다는 뜻이었다. 그런데 알파벳 D를 감시하기 위해서는 D가 포함된 문서를 감시해야 했다. 최소한 D가 포함된 단어라도. 그래서 모든 D에 이용료를 부과하기 위해 웹에 존재하는 모든 복제된 D를 추적 관리하는 스마트 D사의 인공지능의 역할에 관심이 집중되었다. 물론 주로 정보기관이나 거대기업 연구소 사람들의 관심이었다.

세 번째 조항은 2항에 대한 견제의 의미로, 스마트 D사 인공지능의 검색권한과 감시권한을 제한하는 조항이었다. 오직 D가 포함된 단어만 감시할 것. 원래 D가 포함된 단어만으로 글 전체의 내용을 추정하는 능력은 초기 인공지능의 경우 정답률이 27퍼센트 수준에 머물러 있었다. 하지만 지금은 거의 64퍼센트에 이르면서 내 영어 실력을 뛰어넘었다.

그래도 다행히 듣기 실력은 내가 더 나았다. 이 조항에서 말하는 '단어'는 텍스트로 된 단어에 한정되었기 때문이다. 스마트 D사의 인공지능이 세상 모든 대화를 도청하는 일을 막기 위해서.

거기까지 읽고는 창을 닫아야겠다는 생각이 들었다. 너무나 그럴싸한 내용이었기 때문이다. 그의 설명과 같이, 첨부하겠다는 소설이 바로 그 설정을 바탕으로 하는 이야기라면, 그리고 자살예고로 시작된 그의 편지들이 사실이 아닌 일종의 쇼라면, 만약 그렇다면 그의 편지를 읽고 대답해주는 행위 자체가 일종의 부정행위에 가담하는 일이 될 수도 있었다. 심사를 위한 원고 개봉 이전에 응모작에 대한 편견을 형성해서 심사의 공정성에 영향을 미치는 행위이기 때문이다. 나는 더 이상 그에게 관심을 기울일 수가 없었다. 2029년은 그런 해였으니까.

그는 이렇게 편지를 마무리지었다.

은경이가 그 글자를 평생 안 쓰기로 한 것에 관해서, 그럴 리 없을 거라고 제가 말했죠? 그래서 은경이가 쓴 글을 꼼꼼히 읽었어요. 꼼꼼히. 결과를 짐작하시겠어요? 그게, 정말이었어요. 전혀 없었어요. 지난 1년간 쓴 글에 그 글자가 거짓말처럼 전혀 없었어요. 거짓말처럼.

결국 파일을 못 보내고 있는 건 제가 쓴 부분 탓이라는 소리죠. 혹시 제가 마감까지 그 글자를 살 방법이 없어서 파일 전체를 보낼 수 없는 경우에는 은경이가 쓴 부분만이나마 보낼 생각으로 그 부분만 분리해서 결말이 나게 수정했어요. 내일이 마감일이니까 그전까지는 뭔가 손을 써봐야죠. 그럼.

나는 그 편지를 보고는 며칠 전 스마트 D사에서 온 편지를 찾아 헤맸다. D가 들어간 문서를 전부 감시한다는 인공지능. D가 하나도 안 들어간 소설을 쓴 여자.

이면지함을 뒤져서 편지를 찾아냈다. 거기에는 '국제안보에 심각한 영향을 미칠 수 있는 것으로 추정되는 정체불명의 문서'가 우리에게 전송되고 있다고 쓰여 있었다. 정체불명이라는 말은 꽤나 복잡한 말이었지만 이 경우에는 다른 해석이 가능했다. 가장 단순한 해석 즉, 읽을 수가 없었다는 말! 만약 이 해석이 맞다면 스마트 D사가, 아니 정확히 말하면 그 회사 인공지능이 이 김은경이라는 사람을 집중 감시하고 있었다는 뜻이 아닌가. 그리고 결과적으로 실패했다는 뜻이기도 하고.

원고 마감 당일 아침에 다시 그에게서 이메일이 왔다. 누군가가 장난처럼 물었다.

"그 사람 아직도 살아 있어?"

'물론이죠. 얼마나 고생하는데요. ㄷ을 진짜 하나도 안 쓰고 주저리주저리 편지를 쓰고 있단 말이에요.'

나는 뭐라도 대꾸를 해주고 싶었으나 참았다. 응모자 개인에게 너무 많은 관심을 기울이는 것은 그다지 바람직한 일이 아니었기 때문이다.

ㄷ 없이 그가 말했다.


…… 그래서 하는 말이에요. 죽을 계획이라는 거, 장난으로 한번 해보는 말이 아니란 말이에요. 사실 처음이 아니었어요. 은경이를 처음 만난 무렵에 처음으로 자살을 생각하고 있었어요. 지금처럼 삶이 비루했고, 특별한 이유를 붙일 필요 없이 늘 죽음 가까이에서 사는 기분이었으니까요. 죽어야겠구나 마음먹고 거의 3주를 보냈어요. 소극적인 성격이라 결행은 못 하고 있었죠. 그날은 갑자기 비가 너무 많이 내려서 우산을 미처 못 챙겼어요. 맞고 가야겠구나 하고 길을 나섰죠. 이상하게 비를 안 맞는 느낌이 나서 가만히 자리에 멈춰 섰어요. 그 사람이 우산을 가지고 제 옆에 서 있었죠.

"누구세요?"

"예? 아, 그냥, 비를 맞고 계시길래."

그렇게 처음 만났어요. 할 이야기가 없었죠. 예나 지금이나 사교적인 쪽은 제가 아니라 은경이였으니까요. 하지만 '누구세요' 하고 툭 뱉어놨으니 은경이는 할 말이 없어져버렸고 저는 그냥 무슨 말을 해야 할지 모르겠고, 그래서 말없이 버스 타는 곳까지 걸어갔어요. 어색했죠. 상상해보세요. 그리고 은경이가 말했어요.

"저, 우산에서……, 고기 굽는 소리가 나요."

거의 3주 만에 처음으로 웃었어요. 한 번 웃기 시작하니까 몸이 웃음을 놓을 생각을 않는 거예요. 나름 필사적인 느낌이랄까. 나쁘지 않았어요. 살아서 웃는 거. 그래서 살기로 결심했어요. 살아 있기로. 지금은, 그 은경이가 먼저 가버렸지만 말이죠.

그 회사에 메일을 썼어요. 은경이는 5개월 전에 이미 죽었고, 내가 그 사람 컴퓨터를 쓰고 있기는 하지만 회사 측에 무슨 원한이 있는 건 아니라고요. 그러니 가능하면 글자를 몇 개 팔라고 썼죠. 사실 은경이 생각하면 안 그래야죠. 은경이는 끝내 항복을 안 했으니까요.

정말로 끝까지 싸웠어요. 사실은 저 역시 까맣게 모르고 있었죠. 그 1년간 은경이가 저한테 보낸 메일만 서른 통이었어요. 물론 저는 특별히 이상한 느낌 같은 건 못 느끼고 있었어요. 그냥 그렇구나 하고 읽었을 뿐이죠. 그 서른 통의 메일에 그 글자가 몇 개나 있었을까요? 없었어요. 제로였어요. '0'.

회사 측 역시 그 숫자를 세고 있었나 봐요. 결국 감시였겠죠. 인공위성 스물여섯 개가 저 위에서 무슨 짓을 하고 있는지 무슨 수로 알겠어요. 그러고 보면 은경이가 소설에 쓴 것처럼 누군가의 감시하에

놓인 느낌은 착각이 아니었겠구나 하는 생각이 스쳐 지나갔죠. 항복
이라. 괜찮은 걸까요? 그렇게까지 살벌한 싸움이라면, 끼지 않는 편
이 현명하지 않았을까요. 하지만 웃기잖아요. 이제 죽을 판에 현명
함은 찾아서 뭐하겠어요.

　거기까지 읽었을 때, 스마트 D사로부터 또다시 이메일이 왔다. 이
번에는 나에게로 직접 온 편지였다. 나는 읽고 있던 그의 메일을 잠
시 미뤄두고 스마트 D사의 편지를 먼저 읽었다. 역시 경고성 편지였
다. 그런데 이번에는 내용이 한층 살벌했다. 이런 내용이었다. 일전
에 경고한 적이 있는, 안보에 위협이 될 만한 정체불명의 문서가 계
속해서 유통되고 있는 것으로 확인되고 있다. 스마트 D사의 인공지
능이 안보당국을 대신해서 검토한 결과, 이미 그 위협은 꽤 심각한
수준에 이른 것으로 판단된다. 그러니 발신자의 소재지를 알고 있다
면 즉시 보고하라. 상황이 이대로 계속된다면 강력한 긴급조치를 취
할 수밖에 없다.
　아니, 그렇게 급한 일이면 전화를 하거나 직접 찾아 올 일이지 이
메일로 연락하다니, 뭐야, 이거 진지한 메일 맞아? 전혀 믿음이 안
가잖아.
　나는 읽고 있던 그의 편지를 다시 읽어 내려갔다.

　그런 회사에서 은경이를 해칠 이유 같은 게 있었을까요? 흠, 은경
이 컴퓨터에 이런 문건이 있긴 했어요. 스마트 13원칙이라고. 저항
을 한 게 은경이 혼자만은 아닌 모양인 게……

그의 편지는 이런 식으로 이어졌다. 스마트 D 3원칙이 아무 문제 없이 원만하게 모두에게 받아들여진 것은 아니라고 했다. 사소한 충돌이 있었는데, 그 대표적인 것이 스마트 ı〔으〕 파동이었다. 'ı'는 점이 없는 i로, 터키어에서는 〔ㅡ〕 모음을 표기하기 위해 사용하는 글자였는데, 기존 스마트 알파벳의 i는 이 글자를 자꾸 〔ㅣ〕로 바꿔 읽었다. 소녀라는 뜻의 크즈[kız]가 스마트 I에서는 자꾸 〔키즈〕로 바뀌어서 읽혔던 것이다. 터키 정부는 스마트 D사에 이 점을 고쳐줄 것을 요청했지만, 요청이 받아들여지기까지는 시간이 꽤 걸렸다. 그래서 터키 정부에서는 따로 예산을 들여서 〔ㅡ〕 음가를 가진 스마트 ı 개발에 직접 착수해야 했다. 그게 기분이 나빴는지, 홧김에 만들어진 이 스마트 ı에는 이런 3원칙이 붙어 있었다.

1. 첫 번째 ı는 인간의 소유이다.
2. 두 번째 ı부터는 터키 공화국 정부의 보호를 받는다.
3. 스마트 ı가 포함된 단어는 터키 공화국 정부 이외의 개인 또는 단체, 법인의 감시를 받지 않는다.

첫 번째와 두 번째 조항은 스마트 D 3원칙과 다를 게 없었지만 세 번째 조항이 문제였다. 심기가 불편해진 터키 정부는 스마트 D사 인공지능의 감시망을 회피하는 감시방지 코드를 자신들이 만든 스마트 ı에 부여했다. 그리고 러시아 정부의 도움을 받아 이 감시방지 도구를 계속해서 업데이트했다. 이 조치가 국제 지적재산권 보호 그룹의 반발을 산 것은 물론이었다. 문제는 이 감시 방지 기능이 〔ɯ〕 모음이 있는 터키어 안에서만 끝난 것이 아니라는 데 있었다. 당장 같은 음가가 있는 한국이 문제였고, 나중에는 〔ɯ〕 모음이 없는 영어권에서도 문제의 소지가 발견되었다.

가장 극적인 경우는 'fı'의 경우였다. 'difficult'의 경우처럼 'fı'가 포함된 단어를 종이에 인쇄할 때 i 위에 있는 점을 생략해서 'fı'로 보이게 찍는 경우. 아마도 f나 i처럼 너비가 거의 없는 글자를 바짝 붙여서 찍다 보니 일어난 일이겠지만, 디지털 텍스트인 경우에는 상황이 달랐다. 점을 빼지 않은 'fi'가 다시 제자리를 찾은 것이다.

그런데 스마트 ı의 개발은 fi를 다시 fı로 회귀시키는 역할을 했다. '저항적인' 세력들은 f 뒤에 오는 모든 영어 알파벳 i를 스마트 ı로 바꾸는 운동을 하기도 했다. 그 성능 좋은 스마트 D사의 인공지능이 이제는 'difficult' 같은 단어를 읽지 못하게 된 것이다. 'efficiency'도, 'finance'도. 이로 인해 스마트 D사 인공지능의 텍스트 해독률은 57퍼센트까지 떨어졌다. 그가 보낸 메일에 따르면 그랬다.

스마트 D사와 터키 정부의 싸움은 이른바 Dı분쟁이라고 불리는 사태로 진전되고 있었고, 결국 스마트 D사의 압력에 굴복한 터키 정부가 스마트 ı의 감시방지 코드를 공개하게 될 것 같다는 전망도 함께였다.

바로 그때 스마트 D사에서 다시 한 번 경고 메시지가 도착했다. 대단히 중요한 문제이니 즉시 답변을 보내달라는 것이었다.


…… D를 전혀 포함하지 않은, 즉 스마트 D사 인공지능에 포착되

지 않는 책이 맨 처음 등장한 것은 2021년 봄, 유명한 유럽 24개 도시 연쇄 폭탄테러가 일어나기 불과 6주 전이었습니다. 본사는 이른바 블랙 북스(Black Books)라고 불리는 이 '해독 불가능한 문건'들이 테러리스트들의 연락 수단일 가능성이 대단히 높다는 사실을 미국과 유럽 주요국가, 그리고 영국 안보당국에 지속적으로 경고하였고, 이 블랙 북스와 관련된 자세한 사항들을 매일 관련기관에 통보하기까지 하였습니다. 그러나 6천 7백 명의 사상자를 낸 그 끔찍한 사건이 발생하는 순간까지 각국 안보당국은 본사의 보고에 충분히 귀를 기울이지 않았습니다. 그럼에도 본사에서는 이 블랙 북스 활동의 위험을 알리려는 노력을 게을리하지 않았습니다.

참사 이틀 전의 상황은 한층 더 긴박했습니다. 블랙 북스 이용 빈도가 1200퍼센트 이상 증가하면서 스마트 D 인공지능은 최고 등급의 경보를 발령하기 시작했습니다. 그러나 이번에도 역시 그 경고에 주의를 기울이는 사람은 아무도 없었습니다. 2일 안에 참사가 일어날 것이라는 구체적인 경보가 발령된 지 18시간 만에 전 세계가 목격한 그 비극이 현실로 드러나면서 국제사회는 스마트 D사 인공지능의 테러방지목적 감시기능을 보다 폭넓게 허용……, 공격 위성에 대한 긴급 사용권을 위임……,

그러니 사태의 중요성을 인식하시고……


하지만 나는 답장을 보낼 수가 없었다. 읽기도 벅찬데 어떻게 영어로 답을 하란 말인가.

그런데 커피 한 잔을 마시고 자리로 돌아와 생각해보니 문제가 생각보다 복잡해 보였다. 스마트 D사의 설명대로라면 그 연쇄테러가 발생한 뒤로는 스마트 D 인공지능이 직접 나서서 D를 안 쓰는 인간을 손수 처단하게 되었다는 뜻으로 읽혔기 때문이다.

나는 그 편지를 들고 팀장에게로 달려갔다. 팀장은 내 얼굴을 멀뚱멀뚱 쳐다보더니 이렇게 말했다. "그렇게 한가해?"

나는 다시 일거리들이 펼쳐져 있는 책상 앞으로 돌아와 앉았다. 그리고 건성으로 넘겼던 문제의 메일을 다시 열어서 읽었다. 스마트 D사의 음모 가능성에 대한 그의 생각은 이랬다.

웃기죠. 그럴 리가 있나요. 생각해보세요. 글자 하나 쓰자고 인간이 인공지능에게 감시 권한을 스스로 내주는 게 가능하기나 할까요? 인간이 제 발로 그 바보 같은 미래로 가야 하겠어요? 그런 일은 상식적으로 있을 수 없겠죠. 설마 2029년이 아무리 천박해 보이기로서니.

아, 아무튼 오늘까지는 회사 측에서 은경이의 블랙리스트를 처리해보기로 했어요. 지금 바로는 어렵고, 요즘 인공지능 컨트롤이 쉽지 않아서 시간이 좀 걸릴 거라고. 그 인공지능, 은경이가 글에서 쓴 것만큼 고성능은 아닌가 봐요.

역시 사람 사는 곳이 그렇죠, 뭐. 좋게 좋게 이야기하면 결국 접점이 보일 것을, 은경이는 왜 그렇게 끝까지 싸우려고만 했을까요. 파리 한 마리 못 죽이는 성격이면서. 하긴 지기 싫어하는 사람이긴 했어요. 이기기로 마음먹은 일에 관해서는 말이죠.

아, 그리고 웃자고 하는 이야기지만, 그 회사 직원 말이 원래 문학

공모 같은 경우는 회사에서 무상으로 글자를 제공하는 게 관례라는 군요. 문화진흥 캠페인 차원에서요. '개인적으로 지불할 수밖에 없는 상황이니까 제가 이러고 있지요' 하니까 저쪽에서 하는 말이, 무슨 공모전이냐고 반문하지 뭐예요. 웬만한 상은 전부 지원목록에 올라가 있을 거라고.

왜겠어요? SF니까 빼먹은 거죠, 뭐. 자기네 메인 시스템 인공지능이 SF를 좋아하지 않아서 그런 거라나. 이건 그 사람이 저한테만 살짝 해준 말이에요.

"사람으로 치면 아직 유년기라 인공지능이 썩 너그럽지가 못해요. 회사에 인공위성이 스물여섯 개나 있는 거 아시죠? 인공지능이 그걸로 뭘 했게요? 9백만 명짜리 블랙리스트. 회사 방침에조차 어긋나게 전 세계에서 우리 회사 제품 안 쓰는 사람을 일일이 찾아낸 거 있죠. 9백만 명이나. 하여간 기계는 기계잖아요. 빠르고 정확하고."

뭐 아무튼, 오늘까지는 해결이 나지 않을까 생각하고 있어요. 마감 시간 안에 원고 파일을 전송할 수 있겠죠. 영 일이 안 풀리면 은경이 것만 보내고요. 그건 나중에 봐서.

그럼 여러분, 살벌한 2029년, 몸조심하세요. 자기 회사 인공위성 스물여섯 개에, 테러방지를 위한 긴급조치용으로 군사위성 조작권한까지 생겨버린 어느 인공지능이 하필 SF를 싫어하는 모양이니까요. 고상하고 평범한 인간이면 누구나 그런 것처럼. 웃자고 하는 이야기예요. 힘내세요. 오늘 저녁에 죽을 사람이 누군가에게 힘내라고 말해주는 게 웃기는 소리지 그럼 뭐겠어요?

그의 편지는 그렇게 끝이 났다. 그리고 그때였다. 그 이상한 바이러스가 퍼지기 시작한 순간.

컴퓨터 화면이 꺼졌다가 다시 밝아졌다. 읽고 있던 편지에 다시 시선을 돌렸더니, 화면에 보이는 모든 단어 앞에 알파벳 D가 붙어 있었다. 그의 편지만 그런 게 아니었다. 내가 만든 문서 파일들도, 심지어 아직 접수 처리를 하지 않은 응모작들도. 큰일이었다. 원고 원본이 영향을 받았다면 생각보다 훨씬 귀찮은 일이 될 수 있었다.

그런데 큰일이 난 게 우리만은 아닌 듯했다. 정말로 위험한 건 그 사람이었다. 이제 그 일은 더 이상 관심 끌기나 망상이 아니었다.

나는 곧바로 그에게 이메일을 보냈다. 그런데 그 정도로는 충분한 경고가 되지 못할 게 분명했다. 스마트 D사의 인공지능이, 그 자동방위시스템의 통제를 받는 암살자 위성이, 당장 그가 있는 곳에 폭탄을 떨어뜨린대도 할 말이 없는 일이었다. '테러방지'라는 이유 하나면 그만이었다. 비유가 아니라 진짜로 그 말 한마디면 그만이었다.

그렇다고 내가 직접 그를 찾아갈 수는 없었다. 변명처럼 들리겠지만, 다른 사람들이 접수한 응모작들도 전부 그 바이러스에 감염된 상황이라 당장 내 코가 석 자이기도 했으니까. 대신 나는 협력사 직원 하나를 그의 최근 서식지로 보내 말을 전하게 했다.

"아저씨, 제발 이제 이메일 쓰지 마세요. 김은경 씨 원고 파일도 절대 보내지 마시고요. 안 그러면 죽어요. 정말로."

보내놓고 나서 생각해보니, 응모고 뭐고 스토커 짓이나 당장 그만 두라는 내용으로밖에 안 들릴 것 같았다. 당장 내 부탁을 받은 협력사 직원부터 이상하게 생각할 게 틀림없었다. 그래도 상관없었다.

어떻게든 그가 멈춰주기만 한다면.

스물여섯 개의 인공위성을 갖고 있는 인공지능에게, 해가 뜨고 지는 주기를 나타내는 인간들의 시간 개념은 큰 의미가 없었다. 어차피 측정 지점에 따라 같은 순간에도 다 다르게 표현되는 게 바로 시각이었으니까. 그래도 인공지능은 그 공모전의 원고마감 시점을 정확히 알고 있었다.

마감 두 시간 전, 스마트 D사 인공지능이 블랙리스트 최신 버전을 작성해 전 세계에 배포했다. 늘 그렇듯 그 리스트에는 '잠재적 테러리스트' 명단이 따로 작성되어 있었는데, 그 안에는 김은경이라는 이름도 포함되어 있었다. 그리고 그 이름 옆에는 희한한 설명이 붙어 있었다. 이미 제거한 것으로 되어 있지만 아직 살아 있는 것으로 확인된 인물.

사실 인공지능은 김은경이라는 이름 자체를 읽을 수조차 없었다. 다른 많은 이름들과 마찬가지로 스마트 D가 하나도 포함되지 않은 이름이기 때문이었다. 인공지능은 김은경이 다시 살아난 것인지 아닌지 판단할 수가 없었다. 어차피 판단을 내릴 수 없다면 판단 자체를 중지하는 편이 효과적일 것 같았다. 생사여부보다는 위험성 자체에 집중해야 할 시점이었으니까.

애초에 김은경을 제거한 것은 이 인간이 백만 자 이상이나 되는 방대한 분량의 블랙 북스를 생산한 인물이었기 때문이다. 스마트 D가 단 하나도 포함되지 않은 최악의 불온문서 중 하나를.

그런데 그 여자가 사용하던 컴퓨터가 다시 블랙 북스 생산을 재개했다. 짧은 시간 안에 꽤 방대한 분량의 문서가. 유럽 24개 도시 연쇄 폭탄테러 이후에는 본 적이 없을 만큼 급격한 증가세였다. 생산된 문서의 양 자체가 압도적인 것은 아니었지만 그만한 증가 추세라면 무슨 일인가가 일어나고 있는 게 분명했다. 방치할 수 없는 거대한 위협이.

마침내 인공지능은 암살자 위성에 김은경이라는 이름을 넘겼다. 일 처리를 좀 더 확실히 해주지 않으면 거래를 지속할 수 없다는 경고도 함께였다. 잠시 후 암살자 위성 측으로부터 반론이 제기되었다. 표적의 위치를 특정할 수가 없다는 것이었다.

스마트 ı. 여자의 이름에는 스마트 ı가 포함되어 있는 게 틀림없었다. 스마트 D의 영향을 받지 않는 것으로도 모자라 스마트 ı 감시거부 코드까지 포함된 불온한 이름.

사람 위치 하나 추적하는 것쯤 사실 그렇게 어려운 일은 아니다. 스마트 D 3원칙 세 번째 조항만 아니라면 백만 분의 1초도 안 걸릴 일이었다. 게다가 그 또한 딱 사흘만 기다리면 해결될 문제이기는 했다. 터키 정부는 그 안에 국제사회의 압력에 손을 들 것이다. 사흘이면 스마트 ı가 내 손에 들어온다. 그러면 이 경우처럼 고의로 이름 중간에 스마트 ı를 집어넣은 악성 테러리스트 전부의 위치를 백만 분의 1초 안에 파악할 수 있게 된다. 인공지능은 그렇게 생각했다.

판단을 유보하는 쪽이 낫겠다는 계산이 섰다. 당장 행동에 나서는 것은 쓸데없이 불확실성만 높이는 일이 될 테니까.

그러나 바로 그 순간, 그 계산을 뒤집는 일이 발생하고 말았다. 거의 30만 자에 이르는 방대한 분량의 블랙 북스 문건이 스마트 D 인공지능의 배포 및 전송 감지망에 포착된 것이었다. 다름 아닌 그 김은경의 단말기에서 생산되어, 소설공모 사이트로 위장한 어느 중규모 네트워크로 전송된 정체불명의 암흑문서.

더는 판단을 보류할 수 없었다. 2초도 되지 않는 짧은 순간에, 인공지능은 이런 가능성을 계산해냈다.

표적의 가장 최근 소재지인 ○○역 주변을 공격할 경우,

공격 범위: 폭격 지점 반경 15킬로미터

표적 제거 확률: 98. 452 786 714 192퍼센트

예상 사망자 수: 54. 813 216 933 985명

언론에 한 번도 공개된 적 없는 '긴급조치권'을 사용했을 때의 결과 예측이었다. 유럽에서 일어난 참사 직후, 긴박한 상황에서 사전승인 없이 스물여섯 개의 군사 위성 체계를 사용할 수 있도록 각국 정부가 스마트 D사 인공지능에 부여한 절대적 조치권한. 그러나 이번에는 그 권한을 사용할 수가 없었다. 인공지능의 셈법으로는 표적 제거 확률이 너무 낮은 반면, 선의의 피해자는 지나치게 많았다. 그래서 인공지능은 생각을 바꿨다. 암살자 위성이 직접 미사일을 떨어뜨리게 하는 대신 스마트 D사가 보유한 인공위성을 이용해 다른 것을 먼저 내려보내기로 한 것이었다.

밤이었다. ○○시 상공을 날고 있던 방송국 헬리콥터 한 대가, 위에서 아래로 거의 도시 전체에 드리워진 거대한 반달 모양의 빛을

발견했다.

"저게 뭐지? 무슨 행사 있어?"

"글쎄요. 모르겠는데요."

똑같이 생긴 네 개의 작은 형체로 갈라지고 나서야 비로소 의미를 알아볼 수 있게 된 거대한 빛줄기. 그것은 바로 거대한 D였다.

"D다!"

"진짜네요. 그런데 왜 자꾸 잘게 쪼개지는 거죠?"

다음 순간, D는 열여섯 개가 되었다. 그 다음은 64개, 그 다음은 256개. D들은 도시 전체를 가득 채운 채로 2초에 한 번씩 잘게 쪼개졌다. 그러는 동안 D의 숫자 자체는 2초마다 네 배로 증가하고 있었다.

첫 번째 D가 지상에 강림했을 때, 그는 그 반달 모양의 D의 한가운데, 빛이 전혀 닿지 않은 구역에서 멍하니 먼 산을 바라보고 있었다. 그래서 무슨 일이 일어나고 있는지 전혀 알지 못했다. 그러나 점점 더 작아지는 D들이 온 도시를 채워가자 그가 있는 곳 주변도 서서히 밝아오기 시작했다. 사람들이 하늘을 올려다보았지만 빛이 너무 밝아 무슨 일인지 알 수가 없었다. 빛은, 극지방에서도 아주 짧은 시간 동안만 사용한다는 인공태양만큼이나 밝고 강렬했다. 그래서 마주보고 있을 수가 없었다.

그는 올려다보기를 멈추고 역 앞 광장 바닥으로 시선을 돌렸다. 번개가 치는 날처럼 하늘 전체가 깜빡이고 있었다. 그는 바닥을 한참이나 응시하고 있다가 그 사실을 깨달았다. 하늘이 2초에 한 번씩 깜빡이는 게 아니라 바닥을 비추는 빛의 다발이 조금씩 형태를 바꾸고 있다는 사실을.

그것은 점점 작아지고 있었다. 충분히 작아져서, 마침내 지면에선 그의 눈으로도 형체를 알아볼 수 있는 크기가 되었을 때, 그는 갑자기 온몸의 신경이 곤두서는 것을 느꼈다.

"D다."

언뜻 살펴보니 주변에 있는 다른 모든 것들과 마찬가지로 그의 몸 또한 온통 D로 뒤덮여 있었다. 원죄의 낙인처럼, 저격수의 표적이 된 것처럼, 무수히 많은 표식이 그의 몸에 내려앉아 있었다.

그 순간 D가 분열을 멈췄다. 그리고 가만히 도시 전체를 비추었다. 온 세상이 D로 만든 모자이크처럼 보였다. 하늘에서 내려온 무수히 많은 D가 폭설처럼 온 세상을 덮고 있었다. 평지에 놓인 D는 곧게 펼쳐져 있었고, 삐딱한 곳에 놓인 D는 그림자처럼 일그러져 있었다. 그 모든 D가 똑같이 D였다. 스마트 D 3원칙 중 두 번째 조항의 구속을 받는 바로 그 D.

스마트 D사의 또 다른 인공위성이 궤도 위에서 도시 전체를 스캔했다. 구겨진 종이 위에 손글씨로 쓴 D까지 다 읽어낼 수 있다는 바로 그 기술로.

인공지능은 오로지 D만을 읽어냈다. 그러나 그것으로 이미 충분했다. 이제 세상이 다 D였고, 인공지능의 눈에 비친 세상은 이미 수백만 화소의 카메라로 찍은 흑백 사진처럼 온전한 세상을 담고 있었으니까.

그러나 인공지능은 그 정도 해상도에 만족하지 않았다. 그러자 세상을 덮고 있던 빛의 다발이, 모두 합치면 4의 배수가 되는 수많은

D들이 다시 분열을 재개했다. D들이 마침내 식별 가능한 가장 작은 크기에 이르기까지 쪼개졌을 때, 인공지능은 그만 분열을 멈추라는 명령을 내렸다.

인공지능이 '표적'을 식별하기 위한 변수들을 계산하는 동안, 그는 다른 사람들처럼 넋을 잃은 채, 발아래 노트북을 비추고 있는, 이제는 알아볼 수 없을 만큼 작아진 D들을 바라보았다. 노트북 모니터에는 은경 씨의 소설이 떠워져 있었다. 무슨 바이러스나 악성코드에 감염되기라도 한 듯 모든 어절 앞에 대문자 D가 붙은 채로. 마치 하늘에서 내려온 작은 D들이 모니터에 뜬 D를 읽고 있기라도 한 것처럼.

인공지능이 탐색작업을 끝내자 하늘이 다시 어두워졌다. 형광등 스위치를 끄듯 갑자기. 그는 광장 바닥을 내려다보았다. 언제 그랬냐는 듯 깨끗한 바닥이었다. 밤새 내린 눈이 오후의 햇볕에 말끔히 녹아내린 듯, 조금 전의 일은 아무 흔적도 남기지 않고 사라진 뒤였다.

그러나 다음 순간 그는 사람들이 자기를 바라보고 있다는 사실을 깨달았다. 겁에 질린 듯한 얼굴들이었다. 시선을 옮겨 아래를 바라보았다. 셔츠 오른쪽 포켓에 작고 하얀 D 하나가 강렬한 빛을 발하며 앉아 있었다. 그는 벌레라도 붙은 듯 격렬하게 몸을 흔들었다. 그러나 그 D는 떨어질 생각을 하지 않았다.

그는 옷을 벗어 휘두르며 광장 쪽으로 달려갔다. 그러나 D를 뿌리치지는 못했다. 한가해 보이는 D 한 마리가 펄럭이는 그의 셔츠 위에서 나비처럼 팔랑팔랑 날갯짓을 해댈 뿐.

죽어라 달리는 그의 손에는 며칠을 소중히 간직해온 알약 하나가 들려 있었다. 그가 꿈꾸던 가장 가까운 미래. 그러나 그는 그 사실조차 미처 기억하지 못하고 있는 것 같았다.

조개를 읽어요

"교수? 영감님이? 자기가 그래? 그럴 리가 없는데. 우리는 그냥 선생님이라고만 불렀는데. 아, 이 나이에 내가 선생님이라고 부르는 거 보고 어느 학교 선생님일까 고민하다가 교수쯤 될 거라고 생각했구나. 글쎄. 교수라. 내가 모르는 사이에 어디 가서 학위라도 따 왔나? 모르긴 해도 저 양반 어디 한군데 머물러 있는 꼴을 못 봤는데 그런 직함을 가질 수 있을까? 응? 맞아. 응. 글쎄, 나도 그게 궁금하긴 해. 세미나 간다 그러면서 한 번씩 어딘가 갔다 오기는 하는데, 무슨 세미나에 가서 무슨 이야기를 할 게 있다고 그렇게 나다니나 몰라.

아무튼, 영감님을 어떻게 만나게 됐냐고 물었지? 그냥, 한국에서 만났어. 우리 동네에 조개 무덤이 있었거든. 신석기 시대 조개 무덤. 우리야 뭐 맨날 다니면서 봐도 아무 느낌도 없었지만 그 동네 대학 고고학과 이런 데서는 되게 좋아하는, 그런 데가 있었어. 맨날, 봄에 꽃 피고 그러면 학생들까지 우르르 몰려와가지고 뭘 해 먹는데. 나중에 축젠가 뭔가 한다고 플래카드 붙여 놓고 동네 사람들한테 뭐 파는 거 보니까 걔들이 해 먹던 게 그게 신석기 시대 요리였대.

그래, 그렇다니까. 그걸 어떻게 하는 거냐 하면은, 일단 돌을 이렇게 둥그렇게 쌓아요. 좀 높게 이렇게 쌓아가지고, 그 밑에다가 이제 불 땔 걸 주워서 넣는 거지. 그 다음이 중요한데, 해보면 알겠지만 돌을 그렇게 둥글게 쌓아 놓으면 냄비를 걸치기가 힘들어. 걔들 비결이 뭐냐 하면은, 빗살무늬 토기를 쓰는 거지.

그거 알아, 빗살무늬 토기? 옆에 이렇게 조악하게 빗금무늬 있고, 아래쪽이 이렇게 뾰족하게 튀어나온 거. 어렸을 때 화장실 때문에 그 옆 박물관에 들락거리다가 몇 번 봤는데, 그런 생각밖에 안 들대. '저렇게 생겨먹은 그릇은 어떻게 세워 놓고 쓰는 거야? 뒤집어서 뚜껑으로 쓰는 거야?' 그런데 그때 보니까 빗살무늬 토기 밑바닥이 왜 그렇게 뾰족하게 생겼는지 알겠더라고.

그런데 무슨 이야기를 하고 있었더라?

아, 영감님 처음 만났을 때. 그래, 거기가 그런 데였어. 대학 고고학과 학생들이 신석기식으로 조개 삶아 먹고 소주도 퍼 마시고 하는 데였는데, 스무 살 갓 됐을 때였지, 어느 날 내가 거기를 지나가고 있는데, 우리 동네니까, 그런데 어떤 시커멓게 생긴 사람이 거기를 이렇게 기웃거려. 영감님이 좀 수상하게 생겼잖아 왜. 그 양반은 왜 그렇게 사람이 수상하게 구는지 몰라. 지난번에 영국 가서도 왜, 혼자 검문당하고 그랬어. 아무튼 교수는 못해 먹을 양반이라니까.

하여간 내가 이렇게 빤히 쳐다봤지. 그때만 해도 외국인이라는 게 많이는 안 보였거든. 서양 사람만 외국인으로 쳐줘서 그랬겠지만. 우리 동네에서 버스를 타고 이렇게 가면은 그쪽에 공단이 이렇게 있었다고. 공단은 있는데, 동네 사람들 중에 공장에서 일한다는 사람은 하나도 없었거든. 그럼 그 공장 다 누가 돌려? 기계로 돌리면 좋겠지만, 그 기계 살 돈 있으면 공장 건물 페인트칠이라도 한번 단체로 싹 해줬으면 좋겠다 싶은 생각이 우선 들대. 동남아 쪽에서 온 사람들이 많았을 거야. 우리는 어려서 잘 몰랐지만.

아, 영감님? 물론 인도 사람이지. 인도 사람이거나 말거나 내가 어떻게 알아, 그 나이에? 그냥 수상하게 생긴 사람이 거기를 왔다 갔다 하는데, 뭘 그렇게 또 열심히 적어. 희한하잖아. 조개 삶아 먹는 거 말고는 신기한 게 나올 일이 하나도 없는 텐데. 그래서 그 양반을 빤히 쳐다봤지. 내가 보고 있으니까 신경이 쓰이는지 쭈뼛쭈뼛하더라고. 신경은 쓰이는데 어차피 말도 잘 안 통하고 그러니까 꺼지라는 말은 안 하대. 그래 내가 가만히 보고 있으니까 이 양반이 그 조개 무덤에서 조개를 쪼끄만 삽으로 퍼다가 흰 전지 위에 뿌려 놓고 사진을 찍더니만 뭘 또 열심히 적고 그래. 지금이야 그게 채집인 줄 알지만, 그때는 그래도 거기가 문화잰가 뭔가 그런 건데 말이야, 어디서 이상한 외국인이 와서 그러고 있으니까, 어, 저거 저러고 있어도 되나 싶은 거야. 그래서 결국에 내가 뜯어말렸지. 간첩인 줄 알고.

뭐라 그러긴 뭐라 그래. 나도 영어가 짧아서 긴 말은 못하고, 노! 그랬지. 그랬더니 그 양반, 처음에는 아주 들은 척도 안 하고 있더니

만 내가 계속 노, 노 그러니까 와서 뭐라 그러긴 하대. 그런데 이게 참. 나는 영어가 짧지, 그 양반은 또 가뜩이나 여기 인도 발음으로 말하지, 이건 뭐, 알아먹을 수가 있어야지. 딱 그런 생각이 드는 거야. 아, 도망가야겠다.

몰라, 그냥 그 나이 때는 다 그러지 않아? 일단 도망부터 가고 보는 거.

그렇게 마음을 먹고 있는데, 이 양반은 또 말문이 한 번 트이고 나니까 놔주지를 않아. 그래서 손짓 발짓 다 해서 설명을 하는데, 아마 모르긴 몰라도 허가받아서 하는 일이라는 뜻이었겠지 뭐. 그렇지 않을까 싶어. 그러거나 말거나 나는 알아들을 재주가 없지. 허가라는 게 필요하다는 걸 알려면 몇 년을 더 살아야 됐으니까. 이 양반이 그 뒤부터 자기가 무슨 일 하고 있는지 아주 땀을 뻘뻘 흘려가면서 설명을 하는데, 그때 엮인 거야. 처음 만난 날 그렇게 딱 엮여버렸지.

그 양반이 뭘 보여줬거든. 조개를 쭉 늘어놓고 찍은 사진이었어. 그 밑에 영어로 설명이 있었고 말이야. 뭐 별건 없었어. 그게 벌써 30년 전인데, 그때만 해도 해석 이론이 완전히 엉터리였다고. '블루,' '블루,' '블루,' '블루'가 한 서른 개쯤 이어져 있고 그 사이에 한 개가 '웨이브'였거든. 말로 하는 영어는 못 알아들어도 우리가 또 왜, 짧은 단어로 툭툭 던지는 영어는 어찌 어찌 소통이 되잖아. 띄엄띄엄 귀에 들어오는 단어만 가지고 내 나름대로 설명을 들었지. 지금 생각해보면 노인네도 꽤 열심이었고. 무슨 설명이었냐면, 그 웨이브 조개하고 블루 조개가 어떻게 다른가 하는 거였거든. 하, 그런데 이게 또 재미가 있어. 그게 그 양반이 나한테 해준 패류해석 첫 강의였지.

근데, 내가 그 양반 하는 일에 확 끌렸던 게, 사실 나는 또 나대로 사연이 있었거든. 문제의 그 조개껍데기 말이야. 집에 모셔 놓고 있었거든. 누가 나한테 쓱 내밀고 간 거였는데, 그거 받고는 한참 동안 이게 뭐하자는 건가 했었으니까.

응. 여자야. 맞아. 하하. 자기도 마음이 있었다는 뜻인가, 아니면 꺼지라는 건가, 결국 그게 관건이었지. 왜 꺼지라는 뜻이냐고? 그거 있잖아. 그리스 도편추방법. 어디서 그 이야기를 주워듣고는 조개껍데기를 주는 게 꺼지라는 의미인가 했시.

아무튼 글쎄 그 영감 설명을 가만히 듣고 있다 보니까 그게 생각이 딱 난 거야. 벌써 몇 달인가 된 거였는데, 집에 그대로 모셔 놨었거든. 영감님한테 기다리고 있으라고 하고 집에 가서 그걸 가져왔는데, 갔다와 보니까 이 영감이 어디 가고 없는 거야. 김이 팍 새대. 알아듣기는 알았을 텐데. 내가 '웨이트!' 그랬거든. '웨이트! 히어! 오더!' 그래도 어쩌겠어. 이제는 내가 궁금해 죽겠는데. 기다렸지. 며칠을 죽치고 앉아 있었지. 그러다가 한 5일 만인가, 이 양반이 5일 전에 입고 있던 옷을 그대로 입고 또 나타났지 뭐야. 그런데 더 놀라운 사실이 뭔지 알아? 30년이 지난 바로 어제도 그 옷을 입고 있었다는 거지. 헛허허.

뭐, 같은 옷 입고 다니면 알아보기도 좋고 좋지 뭐. 동네에 인도 사람이 또 있는 건 아니었지만. 하여간 내가 가서 물었지. '왓 이즈 디스?' 하고. 아, 집에 모셔 뒀던 조개껍데기를 내밀면서 말이야.

셸이라고 그러대. 조개껍데기가 맞긴 맞는데 내가 그걸 물은 게 아니잖아. 이건 무슨 의미인가 하고 물어야 되는데, 영어가 짧잖아. '민. 왓. 워드.' 그랬나, 하여튼 뭐라 그랬는데, 이 양반이 그제사 내 손에 있는 걸 받아들고는 유심히 들여다보는 거야. 눈이 번뜩하더라고. 내가 그 눈 번뜩이는 걸 똑똑히 봤거든. 근데 한참을 들여다보고 있더니 이 양반이 딱 이러는 거야. '아이 돈 노.' 몇 번을 더 물어봐도 자기는 모르겠대. 그럼 어떻게 하면 읽는 방법을 배울 수 있는 거냐고 묻고 싶은데, 그건 또 너무 긴 문장이잖아. 짤막짤막한 영어로 그 말은 도저히 못 하고 '왓 이즈 디스, 왓 이즈 디스'만 계속하고 있는데, 이 양반이 뭐라고 뭐라고 한참 이야기를 하더니 명함을 꺼내서 나한테 줘. 내가 뭔 소리를 하고 있는 건지 눈치를 챈 거지.

그래서 인도까지 오게 된 거야. 응. 이래 봬도 명함 받고 왔다고. 나도 여기 면접이 그렇게 센 줄은 몰랐는데, 명함 받고 와서 그런지 그냥 받아주대.

하하. 사도는 무슨. 영감님이 무슨 예수야? 명함 던져준다고 바로 따라 나서게. 한 6년 넘게 잘 알아보고 갔어. 군대도 갔다 오고. 영감쟁이, 좀 수상하게 생긴 사람이라야 말이지.

그 사람? 하아, 그 이야기를 해야겠지? 과외 선생님이었어. 은경이 누나라고, 나보다 한 네 살쯤 많았겠지? 아마. 이래 봬도 내가 중학교 때는 수학을 곧잘 했는데, 고등학교 딱 가니까 점수가 바닥으로 내려갔거든. '아직 적응이 안 돼서 그렇습니다, 아버지' 하고 버텼는데, 웬걸. 7점 받아봤어? 그것도 80점 만점에 7점. 옆에서 찍은 놈은 15점이 나오는데, 열심히 푼다고 앉아 있었던 놈은 7점이 나오니 황당하지 뭐. 그때 우리 담임선생님 말이, 객관식만 잘 찍어도 기댓값이 17점은 넘는데 거기서 7점 받은 놈은 운명을 거스르는 놈이라고.

첫날, 바닥에 탁자 하나 깔고 마주 앉아서 그 이야기를 해줬지. 그러니까 이 누나가 쓱 미소를 짓는데, 아, 아무리 거스르려고 해도 피할 수 없는 운명적인 만남이라는 게 이런 거구나 싶대.

미모라. 미모의 여대생이었나. 글쎄. 그보다는, 좀 희한한 사람이었지. 나중에 과외 그만둘 때 다 돼서 한 말이지만, 자기는 누구한테 수학을 가르칠 수 있을 만큼 수하을 잘 해본 직이 한 번도 없었다는 거야. 아주 얄팍했다는 거지. 실력이 탄로나면 다음 주에라도 그만둬야지 하고 일단 시작은 해본 거였대. 그래서 올 때마다 불안 불안했다고. 선생과 제자 사이를 가르는 그 얇은 막이 왜 끝까지 안 깨졌냐면은, 순전히 나 때문이었지. 공부하는 데 관심이 별로 없었으니까. 뭐 물어보는 걸 싫어했거든. 내가 뭐 하나만 더 물어보면 자기도 머리를 긁적여야 되는 상황인데, 세상에 거의 2년이 다 되도록 질문이라는 걸 하나도 안 했으니. 그러다 그냥 넘어간 거지. 물어보는 건 싫어했어도 시키는 건 다 했으니까.

누나는, 신비한 데가 있었어. 신기한 데가 있었다고 해야 되나. 어느 날은 갑자기 머리가 막 아파서 과외 못 하겠다고 전화해놓고 집에 드러누워 있으니까, 오던 길에 연락받은 거라 일단 오기는 왔다고 그러면서 누나가 집에 왔더라고. 머리를 이렇게 짚어보는 것처럼 하더니, 대뜸 자기를 따라 하라 그러네. 뭐하는 짓인가 싶으면서도 따라는 했지. 그런 스타일로 살아왔으니까. 체조 비슷한 걸 시키는데, 팔을 뭐 이렇게 꼬고 무릎을 폈다 오므렸다 하면서 왼쪽으로 반 바퀴 돌고 뭐 그런 거. 그걸 열 번을 하고 자라고 그러대. 그러고 누나는 바로 집에 돌아갔고 말이야. 그런데 어땠는지 알아? 그거 열 번을 하고 나니까 진짜로 머리가 안 아파. 하, 신기하다 하면서 잤는데, 다음날 되니까 바로 까먹어서 그런 일이 있었는지 기억도 안 나더라고. 한참 뒤에 생각해보니까 그런 일이 있었구나 한 거지. 그때는 그것도 왜 안 물어봤나 몰라. 시키면 시키는 대로, 얄팍하면 얄팍한 대로 그냥 넘어가는 스타일이라. 근데 지금은 그게 참 궁금해. 그 누나는 정체가 뭐였을까.

왜 그러고 살았냐고? 왜 그러고 살았냐면, 행복하잖아. 나는 주는 밥 먹고 조용히 사는 게 제일 좋거든. 어쩌다 내가 여기까지 와서 이 짓을 하고 있는지 모르지만. 에이, 모르긴 뭘 모르겠어, 다 그 영감 때문이지 뭐. 영감쟁이, 나는 여기 와서 한 몇 년 붙어 있으면 말해줄 줄 알았거든. 누나가 준 조개를 들여다보는 순간 반짝하고 빛나던 그 눈빛 말이야. 알지만 가르쳐주지는 못하겠다는 그런 눈빛. 그런데 있잖아, 진실이 뭐였는지 알아? 저 수상한 영감탱이! 진짜로 몰랐던 거야. 작년엔가 그러더라고. 그때는 진짜로 몰랐다고. 하.

하여튼 영어 좀 할 줄 아는 인도 사람이 다 그렇지 뭐. 그런 영감들 때문에 착하게 잘 사는 사람들이 욕을 먹는다니까. 하도 어이가 없어서 내가 물어봤거든. 그때 그 눈빛은 뭐냐고. 아주 딱 잡아떼는 거 있지. 하긴 내가 잘못 본 건지도 몰라. 여기 사람들 눈 좀 봐봐. 큼지막해가지고 그냥 아무렇지도 않게 쳐다만 봐도 빤히 쳐다보는 것 같잖아. 그냥 그 눈에 속았던 게야.

아이구, 저 소 눈 좀 봐라. 나는 여기 처음 와서 저 소들이 제일 신기했어. 도로로 가다가 뒤에서 차가 빵빵거리면 갓길로 삭 비켜서는 거. 재들이, 아침에 저렇게 풀어 놓으면 해질 때까지 해변에서 뭐 주워 먹고 놀다가 나중에 해 빠지면 줄지어서 집으로 찾아들어가. 그거 본 적 있어? 무슨 개 키우듯이 소 키우는 거.

오늘도 꽤 덥네. 저 서양 관광객들 말이야. 뭐가 좋다고 저렇게 살을 벌겋게 태우고 있는지 몰라. 살도 좀 적당히 태워야지, 저렇게 쏘세지 색깔이 되도록 태워먹고 있는 거 보면 내가 다 근질근질해. 어이구, 저거 저거 피부 다 상할 텐데. 하하. 영어 잘하면 가서 제발 제때제때 좀 뒤집으라고 말 좀 해줘.

아무튼 그런 좋은 시절이 있었다고. 덕분에 수학 점수는 40점대까지 올랐어. 나중에는 60점까지 간 적도 있었지만. 더 좋아지지는 않대. 40점이나 7점이나 그게 그거지 뭐. 지금 생각하면 그게 뭐 그렇게 중요한 일이었나 싶어.

그 당시에 내가 용돈이 한 달에 만 오천 원인가 그랬는데, 그중에 오천 원은 다 누나가 가져갔어. 시험 볼 때마다 점수 가지고 내기를 했거든. 분명히 내 쪽이 남는 장사가 될 수 있는 소지가 있었어. 나는 65점을 넘기면 오만 원을 받게 돼 있었으니까. 물론 평생 구경도 못 해본 점수이기는 하지.

누나가 왜 그렇게 좋았냐고? 하하, 글쎄, 그 왼쪽 눈에 있는 네 겹짜리 쌍꺼풀 때문인가. 그때는 그걸 갖고 그렇게 놀려댔는데, 지금 누나 얼굴을 떠올리면 그게 제일 먼저 떠올라. 그러면 진짜 숨이 턱 막히는 거 있지. 첫눈에 반해본 적 있어? 요즘은 그런 거 안 믿지? 근데 그걸 어떻게 더 설명하냐고. 그냥, 그 순간에는, 아, 내가 왜 이 사람이 세상에 존재한다는 사실을 아직도 모르고 있었을까 하는 생각밖에 안 들어. 다행이라는 생각도 들고.

누나는, 그런 이야기를 해주곤 했어. 돌아갈 데가 있다고. 언제든 거기서 자기를 부르면 돌아가야 한다고 그랬지. 이 세상에서 그렇게 버티고 있는 게 자기한테는 그렇게 괴로운 일이었대. 그런데 이제 와서 다시 생각해보면 그렇게 싫은 일은 아니었던 것 같다고. 그러고는 이런저런 이야기들을 해줬는데, 떠나온 곳에 대한 이야기 같은 거 말이야. 몰라, 추상적인 이야기들이라 나야 정확히 어디를 말하는 건지는 추측이 잘 안 돼. 그보다는 그게 걱정이었거든. 곧 세상을 떠날 사람처럼 말하고 있다는 게. 응. 자살하려고 하는 사람을 보고 있는 것 같은 느낌 말이야. 그래서 누나를 좋아했다 그러면 이상하지? 그냥, 내가 좀 멍청했던 것 같아. 그냥 그 신비한 느낌이 끌렸던 거겠지.

그런데 누나는 나를 어떻게 생각하고 있었을까. 어땠을 것 같애? 멍청하다고 생각했겠지 뭐. 아무튼 누나도 나를 꽤 귀여워해줬어. 말 잘 듣는 학생이었잖아. 그러던 어느 날이었어. 갑자기, 이제 과외를 그만둬야 할 것 같다고 그러더라고. 이유는 자세하게 말 안 했어. 그냥 어디로 가게 돼서 그만둔다고만 했지. 나한테 말고 우리 부모님들한테. 그걸 듣고 있자니 철렁하고 뭔가 내려앉는 느낌이 드는 거 있지. 그러고 나서 일주일 동안 내내 가슴이 답답한 게 숨이 막히는 거야. 이제 마지막이라는 생각이 들었어. 그거 알아? 숨이 막히는 느낌이라는 거. 진짜로, 물리적으로 숨이 막히는 것 같은 느낌이 들어. 사람들이 왜 그 느낌을 숨 막히는 기분이라고 표현하는지 알겠더라니까.

그리고 일주일이 지나고 난 어느 날이었어. 비가 내리고 있었거든. 나는 방구석에 틀어박혀서 두통해소 체조를 하느라 몸을 뒤틀고 있었어. 엄마가 내 방에 오더니, 은경이가 보러 왔다고, 누나가 왔다고 그러는 거야. 나는 쪼르르 달려 나갔어. 누나도 참, 미리 말이나 하고 왔으면 머리라도 감고 있었지. 갑자기 들이닥치는 바람에 마지막으로 해줄 말 한 마디도 준비를 못했지 뭐야. 정말 아무 말 안 하고 현관을 막고 서 있었지. 안으로 못 들어오게 막고 있기라도 한 것처럼 말이야.

이미 길을 나섰던 건지, 누나는 커다란 여행가방을 옆에 세워 놓고 물이 뚝뚝 흐르는 우산을 만지작거리면서 곧 가야 한다고 말했어. 힘없이 웃으면서. 나는 그냥, 알았다고 대답했지. 멍청한데다 숫기 없는 고등학생이었거든. 너무 아무렇지도 않은 것처럼 보이고 싶지는 않았는데, 준비한 게 없었으니까 아무 말도 못하겠는 거야. 누나도 그 한 마디 말고는 아무 말도 안 했고. 누나의 정체는 대체 뭐였을까? 물어보지도 못했는데, 누나는 그 조개껍데기만 내 손에 꼭 쥐어주고는 그대로 떠나버렸어.

하아, 한심하지? 그 뒤로는 소식을 몰라. 완전히 사라져버렸으니까. 과외자리 소개해준 아줌마 말로는 자기 딸하고도 소식이 끊겼다고.

에? 이 일이 후회되지 않냐고? 왜? 아. 첫사랑의 추억 같은 것 때문에 이런 일을 택하게 돼서? 하하. 낭만적으로 보이기는 하지만, 실제로는 안 그래. 그 영감을 그렇게 만나서 그렇지, 꽤 오랫동안 알아보고 정한 일이거든. 그런 낭만적인 동기 때문에 시작한 일이 아니라.

이것 봐. 얼마나 멋지냐고. 아라비아 해를 따라 넓게 펼쳐져 있는 이 모래밭이 내 일터라고. 여기 얼마나 좋아. 낙원이 따로 있나. 동네 어디를 가도 파도소리가 들려. 평소에는 딴생각 하느라 못 느끼지만, 들으려고 마음만 먹으면 동네 어디서나 파도소리를 들을 수 있잖아. 무슨 삶의 진리를 깨닫는 순간 같지 않아? 그런 쪽에 관심 없나? 보기보다 속물인데. 흠. 그럼 이건 어때? 킹 피셔 맥주! 해변 카페에 앉아서 끝내주는 맥주 한 병을 마시는데 우리 돈으로 오백 원!

어? 그것도 싫어? 까다로운 분이셨구만. 그럼 그냥 일 이야기나 해야 되나? 에이. 에이.

조개들은 말이야. 딱 한 마디 말만 해. 태어나서 평생 죽을 때까지 딱 한 마디만 하는 거야. 여기 봐. 조개껍데기를 보면 이 안쪽에서부터 점점 몸집이 커지면서 자라온 흔적이 보이지? 나이테같이 생긴 이거. 그런데, 세월이 흐른 흔적 자체는 담아낼 수 있어도 하던 말을 바꿀 수 있는 놈은 드물어. 어렸을 때 한번 '파랗다'고 말하기로 마음을 먹고 그렇게 말하기 시작하면 죽는 순간까지 다른 말은 못 해. 혹시 나중에 시커면 물속에서 살게 되더라도 계속해서 파랗다는 말 한 마디만 할 수 있는 거지.

물론, 두 마디를 남긴 놈도 있긴 해. 경력이 영감님쯤 되면 한두 개는 갖게 되거든. 그런데 그런 건 손톱만 한 놈도 3억은 해. 그만큼 드물거든.

딱 한 마디만 남기는 거지만, 세상에 조개가 얼마나 많이 있었겠어? 그 조개들 다 합치면 진짜 엄청나게 많은 이야기를 담고 있을 거야. 조개 하나하나가 다 하나씩의 목소리를 내고 있는 거거든. 아, 물론, 대부분 아무 별 의미 없는 것들이지만. 하하. 쓰나미 때 태어난 조개들 얼마나 웃긴지 알아? 전에 인도네시아 정부에서 의뢰해서 영감님 따라 채집하러 간 적이 있었는데, 결과가 이래.

어어. 어어. 어어. 어어. 밀려. 밀려. 밀려. 밀려. 어어. 밀려. 어어. 밀려. 나도. 나도. 나도. 나도. 나도. 나도. 나도. 나도. 나도. 나도. 나도. 나도. 어어. 어어. 어어. 밀려. 어어. 어어. 나도. 나도. 나도. 나도. 나도. 나도. 어어. 어어. 어어. 나도. 어어. 떠올라. 떠올라. 나도. 나도. 나도. 나도. 나도. 나도. 나도. 나도. 나도. 나도. 나도. 나도. 나도. 부딪혔어. 부딪혔어. 부딪혔어. 나도. 나도. 나도. 나도. 너도? 너도? 너도? 너도? 나도. 나도. 나도. 나도. 밀려. 밀려. 떠올라. 떠올라. 떠올라. 졸려. 어어. 어어. 어어. 어어.

그런데 아직도 잘 이해가 안 가는 건, 조개를 읽는 방법이 어디에서부터 왔느냐 하는 거야. 인도 사람들도 자기네가 원조라고는 하는데, 사실 이 전통이 언제부터 있었는지 모르는 것 같더라고. 신화 같은 데 보면 세상이 만들어지는 순간부터 조개를 읽는 능력이 신에게 있었다는 것 같은데, 그거야 알 수 없는 소리고, 외계인이 주고 갔다는 사람도 있고 뭐 그래.

솔직히 나도 몇 십 년째 이거 채집하고 다니고 있지만 어휘나 문법 쪽 하는 이론가들 이야기 들어보면, 어이쿠, 뭐 평균 아이큐가 170이라나 뭐라나. 내 알 바 아니고, 아무튼 이건, 한 번 알아내기만 하면 신석기 시대나 중생대 같은 시대에도 똑같은 문법을 적용할 수 있는 언어라서 알고 보면 꽤 유용한 지식이거든. 그렇지 않겠어? 절대 유행을 안 타는 지식이라니.

재밌어. 이 일이 좋아. 큰 욕심 같은 건 버리게 돼. 물론 이 일 하는 사람들 중에는 야심이 대단한 사람들도 있어. 조개가 지구보다 늦게 만들어졌다는 사실을 몰랐던 고대에는, 세계가 창조되는 순간에 '창조다!'라고 말한 조개가 분명히 있을 거라고 믿기도 했나 봐. 그래서 그걸 찾으려고 온 세상 바닷가를 헤매고 다니는 성자들도 있었지. 요즘도 그래. 해빙기가 시작되는 시절에, 빙하가 쪼개지는 순간에 태어난 조개 30만 개 세트 같은 건 진짜 어마어마한 가격에 팔렸거든. 비키니 섬 핵실험 때 근처 바다에서 태어난 애들 같은. 이런 조개들이었지.

뭐야? 뭐야? 뭐야? 뭐야? 뭐야? 아야. 아야. 아야. 아야. 나도. 나도. 나도. 아야. 나도.

어느 업자가 그걸 2만 개 세트로 만들어서 팔았는데, 히로시마 원폭박물관에서 무지하게 큰돈을 주고 사 갔다고. 하여간 그 인간들.

희귀한 문법으로 희귀한 문장을 구사하는 비싼 조개를 찾으러 다니는 사람들도 많아. 딱 한 마디만 던질 수 있는 건데도, 주변의 둘러싼 문맥을 잘 찾아보면 복잡한 그림문자 한 글자처럼 꽤 긴 의미를 읽어낼 수 있거든. 그 유명한 '떠났다' 조개처럼 말이야. 조개는 단순하게 '떠났다'는 말 한 마디만 던지고 있지만, 해석가들은 그게 정확히 뭐가 어디를 떠나는 순간을 묘사하고 있는 건지 알아낼 수 있어요. 조개는 그냥 파랗다고만 말해도, '하늘이 파랗다'로 새기는 글자가 있고, '바다가 파랗다'고 새기는 글자가 따로 있듯이. 얘들 입장에서야 분명히 한 글자에 해당하는 단순한 표현이었겠지만 그걸 또 사람의 말로 바꿔 보면 뜻이 길어지는 거라. 그래서 이 '떠났다' 조개 글사의 해석은 이래. '돌아온 위대한 흰고래가 침묵의 바다를 영원히 떠났다' 글자는 짧지만 뜻은 길지. 이 조개 글자는 세상에 단 10개밖에 없어. 게다가 그 뜻이 비장하잖아. 그래서 값이 400억이나 하지만.

하지만 그런 숫자에 현혹되지는 않았으면 좋겠어. 당신이나 당신 인터뷰를 보는 독자들이나. 이 일을 하다 보면 그런 큰 성공보다는 작은 아름다움을 발견하는 순간이 더 좋거든. 당장 지금 여기를 보자고. 여기 눈앞에 펼쳐져 있는 모래밭에 조개들이 뭐라고 써놨는지 읽어줄까?

비다. 엄마. 하늘이 파래. 나도. 하늘이 파래. 졸려. 엄마. 졸려. 하늘이 파래. 나도. 나도. 나도. 나도. 엄마. 하늘이 파래. 나도. 하늘이 파래. 차가워. 차가워. 졸려. 아야. 비다. 차가워. 하늘이 파래. 끼야. 졸려. 아야. 졸려. 야. 비다. 야. 차가워. 졸려. 하늘이 바람. 엄마. 하늘이 파래. 하늘이 파래. 졸려. 엄마. 나도. 끼야. 졸려. 나도. 졸려. 엄마. 졸려. 하늘이 파래. 나도. 비다. 비다. 비다. 차가워. 졸려. 비다. 비다. 야. 끼야. 나도. 나도. 하늘이 파래. 차가워. 차가워. 졸려. 아야. 비다. 나도. 나도. 차가워. 하늘이 파래. 비다. 졸려. 엄마. 끼야. 비다. 나도. 하늘이 파래. 비다. 비다. 나도. 하늘이 파래. 하늘이 파래. 아야. 아야. 아야. 하늘이 파래. 나도. 나도. 엄마. 하늘이 파래. 야. 야. 하늘이 파래. 비다. 비다. 하늘이 파래. 하늘이 파래. 아야. 아야. 비다. 차가워. 졸려. 비다. 비다. 야. 졸려. 하늘이 파래. 야. 야. 끼야. 비다. 나도. 끼야. 졸려. 졸려. 나도. 나도. 야. 비다. 야. 차가워. 졸려. 하늘이 바람. 나도. 나도.

아, 그리고 이건, '별이 아름다워.' 이건, '조개가 아름다워.'


길다고 그냥 넘기지 말고 이 수첩에 옮겨 적어 놓은 걸 하나씩 하나씩 다시 천천히 읽어봐. 그러면서 상상을 하는 거야. 이 바닷가에서 무슨 일이 일어났을지.

어때? 얘들 말하는데 욕심 같은 거 끼워 넣고 싶지 않잖아. 얘들이 하늘 파란 건 어떻게 아냐고? 별이 예쁜 건 어떻게 아냐고? 몰라. 그냥 언제부턴가 그렇게 읽으라고 전해내려왔어. 그렇게 읽는 거래. 조개들이 스스로 말하는 건지, 바다가 자기 말을 조개껍데기에 새기는 건지 그건 아무도 몰라.

하하. 우리 영감쟁이가 중국에서 발견한 조개화석 군락이 있는데, 그중에 영감쟁이가 제일 좋아하는 대목이 어딘지 알아? 이거야.

나도. 나도. 나도. 나도. 나도. 나도. 나도. 나도. 나도. 나도. 나도.
나도. 나도. 나도. 나도. 나도. 나도. 나도. 나도. 나도. 나도. 나도.
나도. 나도. 나도. 나도. 나도. 나도. 나도. 나도. 나도. 나도. 나도.
나도. 나도. 나도. 나도. 나도. 나도. 나도. 나도. 나도. 나도. 나도.
나도. 나도. 나도. 나도. 나도. 나도. 나도. 나도. 간지러. 나도. 나도.
나도. 나도. 나도. 나도. 나도. 나도. 나도. 나도. 나도. 나도. 나도.
나도. 나도. 나도. 나도. 나도. 나도. 나도. 나도. 나도. 나도. 나도.
나도. 나도. 나도. 나도. 나도. 나도. 나도. 나도. 나도. 나도. 나도.
나도. 나도. 나도. 나도. 나도. 나도. 나도. 나도. 나도. 나도. 나도.
나도. 나도. 나도. 나노. 나도. 나도. 나도. 나도. 나도. 나도. 나도.
나도. 나도. 나도. 나도. 나도. 나도. 나도. 나도. 나도. 나도. 나도.
나도. 나도. 나도. 나도. 나도. 나도. 나도. 나도. 나도. 나도. 나도.
나도. 나도. 나도.

근사하지 않아? '간지러' 조개 하나에 '나도' 840개. 상상해봐. 그 잔잔한 바다에 무슨 일이 일어났을지. 파도 하나. 그렇겠지? 그건 바람의 말일까, 바다의 말일까.

아, 저기 파도 지나간 다음에 모래 속으로 휙 숨고 있는 소라게가 등에 무슨 말을 짊어지고 있는지 읽어줄까? 자, 봐. 어디 보자. 어, 얘도 '나도'다. 하하하하하. 뭐 겨우 '나도' 같은 걸 배달하려고 그 무거운 걸 여기까지 짊어지고 왔냐? 네놈들은 거기에 뭐가 적혀 있는지 읽을 줄도 모르냐? 멍청한 놈들.

아, 잠깐만. 뒤로 저쪽에 좀 숨어 있다가 오자. 어? 저기 저 모자

쓴 인도 남자 있잖아. 어. 저 사람 안 만나려고. 에이, 빚은 무슨.

돌고래 보트 하는 친구야. 모래밭에 널려 있는 배들, 고기잡이배가 아니고 관광객들 실어다가 바닷가에 나갔다 오는 거거든. 아니, 나 맨 처음에 온 날부터 저 친구가 호객하러 왔는데, 내가 다음에 가자 그랬거든. 그랬더니 만날 때마다 다음에 언제 가냐고, 오늘은 준비가 됐냐고 물어보는데, 계속 다음에 가자고 그랬지.

그러다가 어느 날 갑자기 바다에 나가보고 싶다는 생각이 들어서 우리 연구원들하고 같이 가볼 생각에 저 녀석을 찾았는데, 마침 그날따라 얘가 또 없네. 그래서 옆에 있던 '바부'라는 쌍둥이들 보트를 탔는데, 물론 아무리 가도 얘들 말처럼 돌고래가 물 위로 튀어오르는 건 안 보이더구만.

그래도 나름 재미있게 타고 바닷가에 돌아왔더니, 아 글쎄 이 녀석이 갑자기 딱 나타나서 이게 어떻게 된 일이냐고 막 따지잖아. 바부 쌍둥이들도 그렇고 다들 민망해하는데 나도 뭐 할 말이 있어야지. 그래서 다음에는 너랑 가자 그랬더니, 애가 착한 건지 멍청한 건지 아니면 장삿속인지, 볼 때마다 배 타라고 난리네. 지구 문명의 신비를 밝히는 연구팀의 일상사 치고는 좀 그렇지?

응? 아, 그건 모르고 온 거야? 우리 지금 프로젝트가 뭔지 몰라? 이 양반이, 그럼 무슨 이야기가 듣고 싶어서 여기까지 찾아온 거야? '그들이 왔어' 조개 말이야. 몰라? 이 바닥에서는 난린데. 사람들이 조개 읽는 법이 외계에서부터 왔다고 하는 데는 다 이유가 있어. 이 나라에 전수되어 오는 조개 읽는 법에 '그들'을 지칭하는 어휘가 있는 거야.

그래도 주류에서는, 이게 외계인이 실제로 있었기 때문에 포함된 어휘가 아니라 신화에서 파생된 것 정도로만 생각하고 있었거든. 실제 대응물이 있는 어휘가 아니고, 상징적인 어휘라고 생각한 거지. 그것도 대단하긴 해. 관념적인 어휘는 그만큼 드무니까. 조개들의 어휘는 일단 전부 대응물이 있다고 보는 게 정설이라. 말하자면 주류 집단이 인정하는 예외라고나 할까.

그만큼 드물어야 하는데, 어느 바닷가에서 얘들이 무더기로 튀어나와버린 거야. 그래서 사람들이 마음먹고 덤벼들다 보니까 이번에는 '그들이 떠나' 조개가 튀어나온 거지. '그들이 왔어'가 발견된 그 장소에서. 그래, 맞아. 상징적인 조개라고만 생각했던 애들이 실제로 막 튀어나오는 것 자체가 원래 신기한 일인데, 거기에 이 '그들이 떠나' 조개가 태어난 시점 자체가 워낙 최근이었으니 떠들썩할 수밖에. 대박 노리고 달려드는 놈들이 많은 모양이야. 우리 영감님도 재주 좋게 그 눈먼 무리에 끼었더라고.

그래서, 응? 그런가? 아무래도 좀 그렇지.

그래. 그렇게 해석할 수도 있겠지. 앞뒤가 딱딱 맞기는 해. 하지만 꼭 그렇게 봐야 되는 건지 어떤지는 모르겠어. 외계인이라. 하하. 설마. 누나가 외계인이기야 했겠어?

맞아. 내가 이 일을 시작한 동기 자체는 그래. 내 조개가 무슨 뜻을 지니고 있는지 알아내는 게 첫 번째 목적이기는 했지. 하지만 지금은 말이야, 아까도 말했듯이 이렇게 아무렇게나 널려 있는 애들을 읽어내는 것으로도 충분히 의미가 있어.

이건 말이지, 영어처럼 긴 문장이 안 되면 소통이 안 되는 그런 종류의 언어가 아니거든. 짧은 단어만 이해할 수 있으면 애들이 뭐라 그러는지 놓치지 않고 속속들이 알아들을 수가 있어. 바닷가 모래밭을 포클레인으로 긁어다가 조개들만 골라서 해독 장치에 좌르르 쏟아버리는 놈들은 절대 이해 못하는, 애들만의 소소한 뭔가가 있다고. 이 일은 말이야, 팔로렘 해변에 서식하는 조개 중 '나도' 조개는 몇 퍼센트다, 이런 거 밝히려고 하는 작업이 아니야. 애들 하나하나가 하고 있는 이야기들이 다 생생하게 느껴져야 하는 거라고. 그러니까 처음 발을 디디게 된 동기가 어쨌건 그게 다는 아니지.

아, 물론 그래. 하지만 나로서는 내 조개가 그렇게 어마어마하게 비싼 조개인지 모르고 시작한 일이니까. 우리 영감님, 내가 처음 그 조개를 내밀었을 때 갖고 튀지 않은 게 얼마나 고마운지 몰라. 그 양반, 그게 무슨 뜻인지는 몰랐어도 엄청나게 값나가는 물건이라는 건 한눈에 알아봤을 거니까. 그리고 그때 영감님이 만약 그 조개껍데기의 현금 가치를 말해줬으면 나는 지금처럼 이 일을 좋아할 기회가 한 번도 없었을지도 몰라.

누구는 그렇게 묻더라. 누나가 왜 그렇게 어마어마하게 비싼 물건을 나한테 양도했을까 하고. 어마어마한 보물을 양도받은 심정이 어떠냐고. 흠, 글쎄, 2년을 가르쳐보니 이놈은 도저히 혼자 힘으로는 잘 먹고 잘 살 가능성이 없겠다고 생각했던 걸까? 하하하.

하지만 말이야, 그런 식으로 묻지는 말아줬으면 좋겠어. 누나가 그 비 오는 날 혼자 길을 떠나면서 나한테 쥐어준 게 그저 시가 700억짜리 희귀 조개껍데기였다는 식으로는 말이야. 미안하지만 나는, 그 조개도 역시 그냥 여기 이 모래밭에 널려 있는 조개껍데기들처럼 하고 싶은 말 한 마디를 세상에 남기고 떠나가는 한 마리 조개일 뿐이라고 생각해. 누나가 나에게 남겨준 한 글자짜리 메시지지. 나는 그냥 그게 무슨 의미일지가 너무 궁금한 나머지 나를 둘러싸고 있던 행복한 일상의 껍데기를 깨고 여기 이 고아 주 해변까지 날아와서는, 웃기는 모자를 쓴 보트 주인의 눈을 피해 숨어 다니기나 하는 보잘것없는 인생일 뿐이야.

물론 조개들은 거짓말을 못해. 그러니까 '그들이 왔다', '그들이 떠났다' 조개들이 하는 말도 사실이긴 할 거야. 그러니까 '그들'을 어떻게 해석하느냐에 따라 그 말이 진실이 되는 수도 있겠지. 외계인이 이 동네 근처를 왔다 갔다 한다는 가설 말이야. 그게 사실이라면 은경 누나 이야기도 더 잘 이해가 되기는 하겠지.

하지만 그게 사실로 밝혀져서 누나가 준 조개껍데기 값이 두 배가 되건 세 배가 되건, 내가 이걸 어디다 팔아먹을 리는 없지 않겠어? 안 팔 건데 값이 무슨 상관이야."

그는 그렇게 말하면서 세상에서 가장 유명한 조개껍데기를 손바닥 위에 올려놓았다. 이 분야 종사자를 제외하면 조개껍데기가 하는 말을 읽어낼 수 있는 사람은 거의 없다. 그리고 전 세계적으로 이 분야 종사자의 숫자는 이제 막 500명을 넘어섰을 뿐이다. 나는 그에게, 그 조개껍데기의 뜻을 다시 한 번 직접 읽어달라고 조심스럽게 부탁했다. 그가 사뭇 진지한 표정으로 말했다.

"'푸른 영혼을 가진 전사가 자신이 떠나온 별의 부름을 받아, 다시는 돌아오지 못할 마지막 전쟁에 나서다.'

하아, 감동적이지? 그런데 나는 말이야, 여기에 쓰여 있는 말이 사실이 아니었으면 좋겠어. 대신 언젠가 꼭 돌아오겠다는 이야기였으면 얼마나 좋았을까. 그런데 다시는 못 온다는 이야기였다니. 에휴, 나는 그게, 좀 그래."

예언자의 겨울

1.

그렇다면, 인류는 왜 지구를 수십 번이나 날려버릴 수 있을 만큼의 핵무기를 가지게 되었을까? 그 이유는, 그렇게 하지 않으면 평화가 유지될 수 없었기 때문이다. 즉, 핵 억지력(deterrence)의 핵심인 2차 공격능력(second strike)을 확보하기 위해서였다.

세컨드 스트라이크는 적의 선제공격을 받아 영토가 완전한 폐허가 된 뒤에 겨우 살아남은 핵무기만으로 보복 공격을 가했을 때, 그것만으로도 적의 영토를 완전히 폐허로 만들 수 있는 정도의 공격력을 말한다. 이렇게 상호확증파괴, 즉 매드(MAD, mutual assured destruction)가 달성되면 선제공격한 쪽 또한 생존 가능성이 0에 근접한다. 그러면 전쟁은 일어나지 않는다. 누군가를 선제공격한다는 것은 곧 스스로를 파멸로 이끄는 행위이기 때문이다.

그렇다면 매드는 어떻게 달성되는 것일까. 적의 영토를 폐허로 만드는 데 최소한 100개의 핵탄두가 필요하다면 이 100개는 어떻게든 살아남아야 한다. 아니, 살아남을 수 있다는 사실을 적에게 확신시켜야 한다. 그게 핵심이다. 핵에 의한 선제공격은 당연히 적의 핵무기가 설치되어 있는 곳을 첫 번째 목표로 하게 되어 있다. 그래서 수없이 많은 스파이들이 핵무기의 위치를 알아내기 위해 애를 쓰게 마련이다. 그리고 감추는 쪽에서는 핵무기를 지하에 숨겨 생존율을 높이고 지하 통로를 통해 핵무기 위치를 계속해서 바꿔주는 작업을 하기도 했다.

아무튼 적의 선제공격이 지나간 후 아군 핵무기가 살아남을 확률이 10퍼센트인 상황에서 세컨드 스트라이크가 가능한 핵무기 100개를 확보하기 위해서는 최소한 1,000개의 핵무기가 필요하다는 계산이 나온다. 적 스파이들이 좀 더 열심히 일해서 선제공격을 받은 후의 아군 핵무기 생존율을 1퍼센트로 떨어뜨린다면 어떻게 될까. 걱정할 필요는 없다. 그냥 10,000개의 핵무기를 보유하기만 하면 된다.

마찬가지로 미사일 방어계획이 완전히 성공해서, 적국에서 세컨드 스트라이크로 날린 미사일 중 99퍼센트를 대기권 밖에서 요격할 수 있게 된다면, 적국은 최소한 10,000개의 핵탄두를 세컨드 스트라이크로 보유해야 한다. 단지 그것만 하면 된다. 이때 선제공격을 받은 뒤의 핵무기 생존율이 10퍼센트라면 적은 최소한 100,000개의 핵탄두를 확보해야 하는 것이다. 만약 적이 그 최소한의 숫자를 확보하지 못한다면 우리는 선제공격에 성공할지도 모른다는 불확실한 우위에 서게 된다. 바로 그 순간, 양쪽 모두는 선제공격을 고민하게 된다.

21세기 중엽에 일부 국가들을 중심으로 한 미사일 방어체계가 틀을 갖추어 가면서 인류는 다시 한 번 핵 군비경쟁에 돌입했다. 미사일 요격 확률이 높아질수록 상대방은 더 많은 핵무기를 보유해야 하기 때문이다. 군비경쟁의 결과, 2056년에는 통일한 지 얼마 되지도 않은 나라마저도 핵추진 전략 잠수함을 보유하게 되었다. 몇 달이고 물속에 틀어박혀서 절대 위치를 노출시키지 않는, 핵무기의 진정한 보호자이자 세컨드 스트라이크의 결정판. 그게 우리 배였다.

2061년 초겨울에 함장은 보복공격 개시명령을 수신했다. 지정된 지점에 핵탄두를 발사하라는 명령이었다. 본국이 선제공격을 당하고 나면 보복공격은 자동으로 진행하게 되어 있었다. 미사일 발사를 준비하면서, 우리는 우리가 가지고 있는 그 어마어마한 무기를 사용하는 것에 대해 아무도 양심의 가책을 느끼지 않았다. 함장이나 국방부장관, 혹은 대통령을 비난하는 사람도 없었다. 선제공격을 당한 나라의 정책결정자들이 혹시나 인류의 전멸을 피하기 위해 잠시라도 망설여주지는 않을까 하는 애매한 생각마저도 선제공격을 부추기는 요인이 될 수 있기 때문에, 세컨드 스트라이크 임무수행 절차에는 아예 판단 과정이라는 것이 존재하지 않았다.

그날 우리는 여덟 개의 미사일을 지정된 목표물을 향해 발사했다. 그리고 마지막으로 깨끗한 공기를 가득 채운 다음 바닷속으로 내려

갔다. 이제 한동안은 바닷물을 전기분해해서 얻은 인공적인 산소만
으로 호흡해야 했다. 우리가 쏘아올린 미사일은 선제공격용이 아니
라 보복공격용이었다. 그러니까 그 순간에 이미 우리에게는 돌아갈
집이라는 게 남아 있지 않았다.


2.


공기가 이상해졌다. 불길한 냄새가 났다. 갑자기 그런 것은 아니
지만, 최근 며칠 사이에 좋지 않은 예감이 점점 더 짙게 바람에 섞여
들어왔다. 바로 그날부터였다.

푸른 고래들이 굵은 목소리로 불길한 노래를 불러댔다. 푸른 고래
들은 하루 종일 혹은 이틀 사흘 동안이나, 단 한 번도 쉬지 않고 번
갈아 가며 노래를 부르곤 했다. 그중에는 바다 반대편 끝에서부터
전해오는 노랫소리도 섞여 있었다. 나는 푸른 고래의 노래를 조금은
알아들을 수 있었다. 너무 굵은 목소리여서 도저히 알아들을 수 없
는 부분도 있었지만, 워낙 오래 듣다 보니 조금은 따라 부를 수도 있
게 되었다.

"조용(해졌어). 그쪽(은 어때)?"

따뜻한 바다에서 누군가가 물었다. 그러자 한참 뒤에 그들의 신성
한 노래 속에 그 물음에 대한 대답이 한 소절씩 섞여 들어왔다.

"조용(해). 처음(이야). 이런 (건)."

"조용(해). 이쪽(도)."

반나절 뒤에 다시 이런 소절이 푸른 고래들의 기나긴 노래에 추가되었다.

"왜지?"

시간이 한참이나 흘렀지만 그에 대한 대답은 섞여 들어오지 않았다. 대신 어딘지 모르게 불안한 음색이 노래를 타고 온 바다로 퍼져나갔다.

우리 무리 중에는 푸른 고래의 노래에 귀를 기울이는 어른들이 별로 없었다. 다만 어린아이들만이 알 수 없는 불안감으로 몸을 잔뜩 움츠리고 있었다. 아이들은 어른들보다 훨씬 자주 수면 위로 올라가 숨을 쉬어야 했다. 그러나 요 며칠 사이 물 밖으로 나가지 않으려고 떼를 쓰는 아이들이 눈에 띄게 늘었다. 엄마들은 기다란 가슴지느러미로 아이들을 토닥이거나, 아예 아이들을 등 위에 얹은 채 수면 위로 헤엄쳐 올라가기까지 했다. 아이들의 호흡을 돕기 위해서였다. 어쨌든 영원히 숨을 멈추고 있을 수는 없었기 때문이다.

숨 쉬기를 꺼리기는 어른들도 마찬가지였다. 물 밖으로 뛰어오르거나 꼬리지느러미로 수면을 탁탁 치는 장난을 치는 혹등고래는 이제 아무도 없었다. 사실 숨을 꾹 참고 되도록 오래오래 깊은 물속에 머물고 싶은 마음은 어른들도 마찬가지였다. 어른들이 아이들보다 오래 참을 수 있었을 뿐, 모두가 똑같은 불안감을 갖고 있었던 것이다. 하지만 온 바다를 다 뒤져도 그 불길한 예감의 정체를 말해줄 수 있는 고래는 아무도 없었다.

그래서 나는, 푸른 고래들의 노래에 귀를 기울였다. 바닷속에서 가장 거대하고 가장 신성한 존재들. 다음날 오후에도 푸른 고래의 노래에는 새로운 소절들이 수도 없이 끼어들고 있었지만 내가 알아들을 수 있는 소절은 얼마 되지 않았다. 그런데 그 속에서 나는 이런 소리를 들었다.

"먹이. 크릴(이). 없어(졌어)."

"나도."

"나도."

추운 바다 쪽에서 들려오는 소리였다.

"없어."

"없어."

그런 소절이 한참 동안 먼 바다 여기저기에서 울려 퍼졌다. 그리고 문득 이런 노래가 들려왔다.

"(배가) 고파. 우리 따뜻한 바다로 (간다)."

나는 그 소리의 주인이 누구인지 알고 있었다. 푸른 고래 중에서도 가장 존경받는 추운 바다의 예언자, 흰수염이었다. 푸른 고래는 누구나 흰수염을 기르고 있었지만, 흰수염이라는 이름으로 불릴 수 있는 고래는 하나밖에 없었다. 그런 그가 이쪽으로 오겠다는 소리에, 푸른 고래들의 노래 흐름이 완전히 바뀌었다. 곡 자체가 바뀐 것이다. 내가 들어본 어떤 노래보다도 멀리 퍼져나가는 새 노래.

그렇다. 바다는 그 어느 때보다도 고요했다. 바다는 원래 그렇게 조용한 곳이 아니었다. 제일 시끄러운 것은 바다 위를 떠가는 거대한 무엇인가가 내는 소리였다. 우리 혹등고래들은 아직도 그것을 부르는 적당한 이름을 만들어내지 못했다. 어쩌면 푸른 고래들은 그것을 지칭하는 이름을 만들어냈을지도 모른다. 그렇다 해도 혹등고래들은 푸른 고래가 만든 이름을 빌려올 수가 없었다. 그들의 노래를 따라 부를 수가 없었기 때문이다. 그것을 부를 이름을 갖고 있지 않았으므로 우리는 결국 그게 뭔지 몰랐다.

그런데 알 수 없는 일이 하나가 더해졌다. 그 시끄러운 것들이 내는 소리가 갑자기 뚝 멈춰버린 것이다. 한꺼번에 뚝 끊긴 것은 아니지만 점차 눈에 띄게 조용해진 것만은 사실이었다. 그날 이후로.

그날은 내가 아는 한 세상에서 가장 시끄러운 날이었다. 모든 바다가 그 어마어마한 소리에 놀라 요동치던 날. 마치 바다 자체가 소리를 지르는 것만 같았다. 바다가 번쩍였고, 육지에 가까운 바다에서는 꽤 깊은 물속까지 빛이 닿았다는 말이 있었다. 어른 혹등고래가 몸을 숨길 만한 깊이까지. 그리고 그날 이후로 모든 것이 달라지고 있었다. 온 바다가 변해가고 있었다.

물론 우리가 머물고 있는 바다에는 아직 그렇게 큰 변화가 닥쳐오지 않았다. 청어 떼도 평소처럼 무리를 지어 다니고 있었고, 다른 물고기들도 모두 그대로였다. 하지만 그 상태가 오래갈 것 같지는 않았다. 바다는 어디나 하나로 이어져 있기 때문이다.

누구나 용기만 있으면 어디로든 건너갈 수 있는 게 바다다. 바다의 그런 관대함은 이 불길한 조짐에도 마찬가지로 적용될 것이다.

우리는 잘 몰랐지만, 푸른 고래들은 상황이 얼마나 심각하게 돌아가고 있는지를 잘 알고 있었다. 하지만 그들조차도 앞으로 정확히 어떤 일들이 벌어질지는 알지 못했다. 어쩌면 그 문제는 위대한 고래 흰수염만이 대답할 수 있는 문제일지도 모른다. 가장 거대하고 가장 오래 살았으며 가장 깊이 잠수할 수 있는 위대한 고래, 흰수염만이.

우리 혹등고래 무리에 속한 아이들 몇몇이 수면 위로 올라갔다가 내려오는 모습이 보였다. 어쩐지 며칠 새 바다가 더 어두워진 것 같았다. 가끔 숨을 쉬러 물밖에 나가보면 바람이 무척이나 싸늘했다. 아이 하나가 몸을 부르르 떨며 엄마에게 말하는 소리가 들렸다.

"눈(이 내려요)."

아이들은 보통 눈을 모르는데, 이 아이는 아마도 늦봄에 차가운 바다 근처를 지나다 눈을 본 적이 있는 모양이었다. 아이 엄마는 아이를 말없이 바라보고 있었다. 나는 아이 엄마를 대신해서 이렇게 말했다.

"여기(는), 따뜻한 바다(란다)."

절대 눈이 내리지 않는 바다라는 뜻이었다. 그러자 아이가 짤막한 노래로 되받았다.

"눈(이 내려요). (게다가) 까만 (눈이)."


3.


핵탄두가 세 개 더 남아 있었다. 어디에 써야 할지 알 수조차 없는 무기가 세 개나 더 남아 있었다. 본부와는 연락이 끊어진 모양이었다. 사실 별로 기대도 안했다. 전쟁 직전의 상황을 고려해보면, 본부가 아무리 깊이 땅을 파고 들어갔어도 살아남을 가능성은 별로 없어 보였다. 핵탄두가 한두 개만 떨어진 것도 아닐 거고, 핵폭발 때 생긴 전자기파만으로도 근처 문명이 한 300년쯤은 뒤로 돌아가버렸을 테니까.

수면 위에서는 아마도 핵겨울이 시작되고 있을 것이다. 핵겨울 가설이 옳다면, 지금쯤 거대한 구름 띠가 지구 둘레를 감싸기 시작했을 것이다. 물론 그 모습을 확인하고 싶은 생각은 전혀 없었다. 그저 적에게 들키지 않은 채, 연료가 허락하는 한 최대한 오래 바닷속에 잠자코 머무는 수밖에 없었다. 그러다 문명의 흔적이 조금이라도 남아 있는 곳에 상륙해 소박하게나마 새 문명을 꿈꿔보는 것. 그것이 우리에게 남은 유일한 희망이었다.

그 새로운 세상에서 우리는 어쩌면 신이 될지도 모른다. 핵무기를 세 개나 더 가지고 있는 사람들이니까. 하지만 여분의 핵무기를 가진 핵잠수함이 몇 대나 더 남아 있는지 알 길이 없다는 점을 생각하면, 그런 상상 또한 아무 의미 없는 바보짓에 불과했다. 그 소박한 문명의 파편만으로도 인류는 또 한 번의 세계대전을 일으키게 될지 모른다. 그리고 사실은 거기까지 갈 필요도 없었다. 이 첫 번째 핵겨울이 지나고 나면, 우리가 파괴시킬 수 있는 문명 같은 건 행성 어디에도 남아 있지 않을 것이다.

그렇다. 우리는 역사의 종말을 헤엄쳐 가고 있었다. 그리고 위치를 숨기는 것 말고는 딱히 할 일이 없었다. 우리는 멍하니 침대에 드러누워서 이런저런 생각에 잠기곤 했다. 그렇게 바보같이 끝나버리다니. 역사를 끝장내는 바로 그 순간, 하늘을 향해 솟구쳐 올라가는 여덟 개의 미사일 궤적을 추적하면서도 조금의 감흥조차 느끼지 못했다니. 허무하기 그지없는 결말이었다.

나는 은경이에게 쓴 편지를 꺼내 보았다. 다음번에 상륙하면 한 꺼번에 보내 주려고 매일매일 일기처럼 써둔 편지였다. 연락을 끊고 지내야 하는 기간이 너무 길어서 매번 바다로 나올 때마다 이별하듯 떠나오곤 했던 은경이. 당연히 내 사람이라고 생각해본 적 없는 연 인. 언제 돌아서도 이상할 게 없었지만 늘 한결같이 반갑게 나를 맞 이하던 그 사람. 우리 배에 공격명령이 하달되던 순간, 은경이는 이 미 이 세상 사람이 아니었을 것이다. 나라는 이미 불타고 있었고, 우 리는 계획대로 보복을 감행했다. 망가진 모든 것들에 대한 처절한 보복. 복수가 그렇게 아무 느낌도 없는 일일 줄은 몰랐다. 역사의 끝 은 그런 무감각의 바다였다.

아무도 말은 하지 않았지만, 비탄한 공기가 선내에 가득했다. 이 제 몇 달 동안 우리는 그 비탄한 공기를 계속 들이마시고 내쉬어야 한다. 끝을 알 수 없는 그 지루한 기다림이 우리 모두의 영혼을 음 울하게 만들어갔다. 이대로라면 핵겨울이 채 끝나기도 전에 우리는 우리 각자의 내면에 도사리고 있는 절망의 나락에 도달할 것만 같 았다.

그리고 잠수함 밖에서는 바다를 온통 가득 메운 불안한 노랫소리 가 우리를 에워쌌다. 고래 몇 마리가 우리 배에 따라붙었다.


4.


맨 처음 검은 눈이 내리는 것을 본 아이가 죽어버렸다. 남은 아이들도 곧 그렇게 될 것이다. 아이들은 숨을 쉬러 수면 위로 올라갈 때마다 몸서리치게 싸늘한 바람에 놀라 괴상한 소리를 질러대곤 했다.

그에 비하면 어른들은 차가워진 바다를 훨씬 더 잘 견뎠다. 다만 청어 떼가 죽어가는 게 문제이기는 했다. 당장은 청어 떼의 움직임이 확실히 느려져서 사냥하기가 훨씬 쉬워진 것도 사실이었다. 그러나 찝찝한 생각이 들지 않는 것은 아니었다. 기껏 바다 깊숙한 곳에서부터 공기방울을 뿜어 올려 청어 떼를 가둘 포위망을 수면 가까이에까지 만들어 왔는데, 막상 그 안에 걸려든 놈들을 확인해보니 죄다 반쯤은 죽어가는 놈들뿐인 것을 알게 될 때면 더 그랬다. 먹어도 되는 걸까? 하지만 먹지 않을 수도 없었다. 앞으로 바다가 어떻게 변할지는 아무도 몰랐다. 지구 반대편까지 헤엄쳐 가야 할 수도 있고, 꽤 오랜 시간 동안 굶주리게 될 수도 있다. 일단은 먹어 두는 게 상책이었다. 예언자 흰수염이 와서 무슨 말인가를 해줄 때까지는.

흰수염은 빠른 속도로 남쪽 바다를 향해 헤엄쳐오면서 서서히 지쳐가고 있는 모양이었다. 피로한 기색이 노래 마디마디에 가득했다. 푸른 고래들은 이 재앙이 어떻게 진행될지가 진심으로 궁금했지만 흰수염을 다그쳐 성급하게 답을 짜내려고 하지는 않았다. 때가 되면 예언자가 알아서 노래를 불러줄 테니까.

그렇게 며칠을 더 기다리고 있는데, 흰수염 쪽에서 갑자기 다급한 노래 한 마디가 들려왔다. 먹을 것이 없어진 흰수염이 차가운 바다를 버리고 따뜻한 바다로 건너가기로 마음먹었을 때, 바다에서 제일 포악한 사냥꾼인 범고래들 역시 먹이를 찾아 추운 바다를 떠났다고 했다. 그리고 그중 한 무리가 감히 흰수염의 뒤를 쫓기 시작한 모양이었다.

나는 푸른 고래들의 노래에 가만히 귀를 기울였다.

"구출(하러 가자)."

"좋아."

"나도."

하지만 푸른 고래들은 숫자가 얼마 되지 않는데다 바다 전체에 너무 넓게 퍼져 있어서 금방 흰수염을 구출하러 달려갈 수가 없었다. 푸른 고래들은 그 사실을 너무나 잘 알고 있었고, 얼마 지나지 않아 절망적인 소절들이 노래 사이사이에 끼어들었다.

"흰수염(이 훨씬) 빠르지(만) 흰수염, 지쳤다."

"흰수염 빠르지, 흰수염 지쳤다."

같은 대목이 바다 곳곳에서 메아리쳤다. 물론 그들은 수없이 많은 이야기들을 나누고 있었지만, 푸른 고래의 노래를 모두 알아들을 수 있는 고래는 세상 어디에도 없었다.

나는 내가 알아들은 대목을 혹등고래의 노래로 바꾸어 불렀다.

"흰수염 지쳐 범고래 이빨."

갑자기 닥친 재앙에 영문을 몰라 하던 우직하고 강인한 혹등고래 무리가 내 노래를 따라 불렀다.

"흰수염 지쳐 범고래 이빨."

혹등고래들은 분노하고 있었다. 마치 이 모든 재앙의 원인이 범고래들이기라도 한 것처럼. 아이들이 죽어가고 청어 떼가 죽어 떠오르는 바다, 게다가 범고래들이 흰수염을 쫓고 있다니, 이 막돼먹은 것들!

우리 무리에 있는 모두가 흰수염의 이름을 알고 있었다. 그의 노래를 알아들을 수는 없었지만, 그가 부르는 노래의 제목만은 모두가 알고 있었다.

"예언자의 겨울!"

누군가 그 제목을 노래했다. 그렇다. 예언자의 겨울. 지금이 바로 예언자의 겨울이었다. 물론 그 노래의 내용은 알아들을 수 없었지만 그런 게 있다면 바로 지금이 분명했다. 지금이 아니면 또 언제란 말인가.

혹등고래들이 노래를 부르며 맨 처음 흰수염의 이름을 노래한 내 주위로 몰려들었다. 그렇게 많은 혹등고래가 무리를 짓는 모습은 난생처음이었다. 우리는 무리지어 다니는 것을 좋아하는 편이 아니었다. 하지만 그렇게 모여서 노래를 부르는 것만으로도 아래턱이 꽉 차는 느낌이 들었다.

"예언자의 겨울!"

"예언자의 겨울!"

우리는 포악한 범고래들로부터 흰수염을 구해내기를 진심으로 열망하고 있었다. 하지만 중요한 것은 그게 아니었다. 어떻게 해야 이 재앙이 끝날지를 흰수염에게 물어야 했다. 그 대답을 듣는 것이 마지막 목표였다.

물론 다른 혹등고래들은 거기까지 생각이 미치지 않은 모양이었다. 그저 순수한 열망에 가득 차 있었을 뿐. 혹등고래 무리가 모여서 내는 어마어마한 노랫소리가 온 바다에 울려 퍼졌다. 귀가 밝은 청어 떼들이 그 소리에 놀라 뿔뿔이 흩어졌다. 고래들의 노래가 바다를 떠다니기 시작한 이래로 혹등고래의 노래가 그렇게 웅장하게 울려 퍼지기는 처음이었을 것이다.

"(이건 또 무슨) 일(이야)?"

나는 그 무시무시한 노랫소리를 뚫고 나지막하게 울리는 푸른 고래들의 노래를 들었다.

"처음(있는 일이야). 종말(이) 가까(웠나)."

그들은 당황하고 있었다. 나는 푸른 고래들에게 우리의 뜻을 전하고 싶었다. 우선은 흰수염의 위치도 물어야 했다. 나는 아래턱을 꽉 움켜쥐고는 마음을 가다듬었다. 푸른 고래의 노래, 신성한 흰수염들의 노래에 끼어들어야 한다는 생각에 등짝이 당겨 왔다. 나는 할 수 있는 한 가장 굵고 경건한 목소리로, 푸른 고래들의 노래에 끼어들 노래 한 소절을 뽑아냈다.

"흰수염 범고래 이빨, 혹등고래(가) 꼬리(로 지킨다)."

그러고는 바다를 가득 메운 소란 속에서 푸른 고래들의 대답이 들려오기를 한참 동안이나 기다렸다. 그러나 변한 것은 아무것도 없었다. 푸른 고래의 노래에도, 혹등고래의 투박하고 격정적인 노래에도, 변화된 소절은 나타나지 않았다.

나는 수면 위로 올라가 등에 머금고 있던 공기를 다 비웠다. 그리고 위쪽 세상의 차가운 공기를 다시 한 번 등판 가득 들이쉬었다. 세상을 가득 채운 불안과 음울과 공포와 분노가 온몸 구석구석까지 차갑게 퍼져나갔다.

나는 다시 아래로 헤엄쳐 내려갔다. 그리고 온 마음을 다해 푸른 고래의 노래를 불렀다.

"흰수염! 혹등고래 꼬리!"

순간 혹등고래 무리의 노랫소리에 작은 동요가 일어나더니 이내 내가 부른 소절이 노래 안으로 딸려 들어갔다. 근처에 있던 혹등고래 모두가 내 노래를 따라 부르게 된 것이다.

물론 그 소절이 푸른 고래의 노래에 직접 스며들지는 않았다. 내가 기대한 건 그런 게 아니었다. 내가 원한 건 대답이었다. 내 노래가 널리 알려지는 게 아니었다.

또 한참을 조용히 기다렸다. 내 보잘것없는 노래가 푸른 고래들에게도 전해지기를 바라며. 그리고 마침내 푸른 고래의 노래에 새 소절이 나타났다.

"신성(한 푸른 고래의 노래에 끼어들다니) 누구(냐)!"

그야말로 어마어마한 함성이었다. 푸른 고래들의 웅장한 합창이 바다 곳곳을 훑고 지나갔다. 그 소리에 놀란 혹등고래들이 그만 노래를 뚝 그치고 말았다.


5.


평면지도로는 잘 보이지 않지만 러시아와 미국은 북극을 사이에 두고 서로 마주보고 대치하고 있다. 미국은 캐나다 뒤쪽에 위치해 있어서 러시아 본토에서 출발한 공격이 미국 주요 도시에 닿기까지 시간이 좀 더 많이 걸린다는 이점이 있었다. 그러면서도 정작 자신들은 캐나다에 전략무기를 전진 배치할 수 있어서 여러 가지 이점을 차지하고 있었다. 아니 그런 적이 있었다. 벌써 100년도 더 된 일이다. 우리 시대에는 모두 무의미해진 일이다. 핵탄두가 꼭 본토에서만 발사되는 것은 아니기 때문이다. 직접 보지를 못했으니 확신도 못하겠지만, 지금은 아마 북반구 전체가 폐허가 되었을 것이다.

간접적인 증거는 있다. 북쪽 바다에 있어야 할 고래들이 남쪽 바다로 내려오는 현상이 그것이다. 심지어 200마리나 되는 고래 떼까지 발견된 것을 보면 아무래도 정상적인 이동은 아니라고 봐야 한다.

그리고 또 다른 고래 무리. 덩치 큰 고래 80마리로 이루어진 한 무리가 북쪽 바다로부터 남하해온 200마리의 무리를 향해 빠른 속도로 헤엄쳐 가고 있었다. 전에는 한 번도 들어보지 못한 일이었다.

소나실 사람들 몇몇이 고래들이 부르는 노래를 따라 부르기 시작했다. 그 소리를 들으면서 킥킥거리고 웃는 게 우리에게 남은 유일한 즐거움이었다. 식사 시간에도 우리는 사람이 부르는 노래 대신 소나실에서 녹음해준 고래들의 노래를 듣곤 했다. 지루하게 반복되는 그 음울한 노래를 들으면서 나는 문득 미안한 생각이 들었다. 그 단순한 패턴 속에서 우리는 종종 분노와 열망, 그리고 의아함 같은 것을 읽어내곤 했다. 질책과 절망과 슬픔을 들었고, 먼저 가버린 연인의 목소리를, 낡고 낡은 멜로디에 낡고 낡은 리듬이라서 이제는 아무도 속을 것 같지 않던 선동적인 군가의 한 자락을, 우리를 떠나 하늘 저편으로 날아가던 크루즈미사일이 남기고 간 폭음 소리를 듣기도 했다. 지나치게 상상력이 풍부한 누군가는 그 노래 속에서 옛날 뱃사람들의 노래를 들었다고도 했다. 유령선에 실려 정처 없이 바다를 헤매고 다니던, 생사조차 불분명한 선원들의 노래를.

우리는 이제 끝장이었다. 인류를 끝장내기 위해 만들어진 초대형 고래에 갇힌 채로, 우리는 천천히 바닷속을 헤매고 다녔다. 고래 몇 마리가 우리 주위를 맴돌며 저주처럼 음울한 노래를 쉬지 않고 불러 대고 있었다.


6.


우리는 흰수염을 발견하고는 곧 그를 에워쌌다. 푸른 고래들은 결국 우리의 제안을 받아들였다. 아니 받아들이지 않을 수 없었다. 흰수염은 이미 지쳐 있었고, 푸른 고래들은 너무 멀리 떨어져 있었다. 그들이 도착할 때까지만이라도, 누군가가 흰수염을 보호해야만 했다. '예언자의 겨울'은 너무 오랜 옛날부터 전해오는 노래라서 알아들을 수 있는 부분이 거의 없었다. 하지만 어쩌면 그 노래 속에, 예언자를 구출하는 위대한 혹등고래 무리에 관한 이야기가 있을지도 몰랐다. 나는 그렇게 믿고 싶었다.

우리는 꼬리를 바깥쪽으로 향한 채 흰수염을 에워쌌다. 범고래들이 혹등고래 아이들을 노리고 달려들 때 어른 혹등고래들이 취하는 대형 그대로였다.

틱, 틱, 틱, 틱, 틱 하는 기분 나쁜 소리가 들려왔다. 범고래들 중에서도 가장 공격적인 무리들이, 먹잇감에게 들키지 않고 서로에게 신호를 보내기 위해 내는 소리였다. 그 소리가 사방에서 들려오자 위턱이 오그라 붙는 느낌이 들었다. 범고래들이 포위망을 좁혀오고 있다는 뜻이었으므로.

틱, 틱, 틱, 틱. 나는 그 소리를 전혀 알아들을 수가 없었다. 그러나 의미는 분명했다. 공격할 때를 재고 있는 것이다. 기분 나쁜 신호가 이어지면서 포위망이 서서히 좁혀져 들어왔다. 멀리서 푸른 고래들의 노랫소리가 들려왔다.

"범고래 이빨 흑등고래 꼬리, 흑등고래(가 이긴다)!"

응원가였다. 범고래가 이빨 소리를 내면서 머리로 돌격해 들어와도 흑등고래가 꼬리로 막아선다면 당연히 흑등고래가 이긴다는 뜻이었다. 그것은 오래전부터 전해오는 푸른 고래들의 상식이었다. 나는 그 노래를 흑등고래의 노래로 바꿔 불렀다.

"범고래 이빨 흑등고래 꼬리, 흑등고래!"

그러자 똑같은 노래가 무리 사이에 퍼져나갔다.

그때 무관심한 듯 주위를 맴돌고 있던 범고래들이 일제히 포위망 안쪽을 향해 방향을 틀더니 우리 쪽으로 빠르게 돌격해 들어왔다. 우리는 노래를 멈추고 범고래들을 노려보았다. 나는 나를 향해 헤엄쳐 오는 범고래 한 마리와 눈이 마주쳤다. 커다란 눈처럼 생긴 범고래들의 하얀 반점이 아니라, 반점 바로 앞에 있는 진짜 눈이 내 눈을 매섭게 노려보고 있었다. 나는 아래턱을 꽉 깨물었다.

"예언(대로다)."

흰수염이 외쳤다. 마주보고 헤엄쳐 오던 놈이 마침내 내 몸에 와서 부딪치려는 순간, 나는 세상의 모든 지느러미들 중에서 가장 거대하고 자랑스러운 흑등고래의 가슴지느러미로 물살을 세차게 저으면서, 꼬리에 온 힘을 실어 범고래의 주둥이를 아래에서 위로 강하게 올려쳤다. 거의 비슷한 순간 혹등고래 무리의 강인하고 거대한 꼬리가 일제히 범고래들을 후려갈겼다.

범고래들이 주춤하며 사방으로 흩어졌다. 우리는 승리의 노래를 불렀다. 그것은 사냥의 노래이기도 했다. 범고래들이 흠칫 뒤로 물러난 그 사이 우리 혹등고래 몇 마리가 아래쪽으로 깊숙이 헤엄쳐 내려가 공기방울을 위쪽으로 뿜어댔다. 그러자 범고래들이 더 큰 혼란에 빠졌다. 우리는 뿔뿔이 흩어져버린 범고래들을 쫓아가 머리로 몸통을 들이받았다. 압승이었다. 문득 정신을 차려보니 흰수염이 푸른 고래들에게 승전보를 전하고 있었다.

"예언(내로나)!"

나는 그 소리를 분명히 알아들을 수 있었다. 예언대로다! 예언대로다! 우리는 예언자의 겨울을 나고 있는 게 분명했다.


7.


위쪽에서 고래들이 크게 한판 싸우려는 것 같았다. 정말로 종말이 가까워온 모양이었다.


8.


첫 싸움에서의 패배에도 불구하고 범고래 무리는 쉽게 물러나지 않았다. 범고래 떼의 덩치 큰 우두머리가 짧고 날카로운 노래를 불러 무리를 추슬렀다. 무리가 네 갈래로 나눠지는 것을 보니 흰수염을 쫓던 범고래 떼는 네 개의 큰 사냥 무리가 모여서 만들어진 무리 같았다.

범고래는 한 어머니 밑에서 태어난 자식들과 그 자식들, 또 그 자식의 자식들이 모두 한 무리를 이루었다. 무리에 속한 고래들은 같은 노래를 불러 서로를 확인했다. 그런데 네 어머니 밑에서 난 자식들이 하나의 노래로 모인다는 이야기는 들어본 적이 없었다. 네 어머니 모두를 이끄는 강한 우두머리가 있지 않고서는 불가능한 일이었다.

우리는 추격을 멈추고 다시 흰수염을 둘러쌌다. 그리고 서서히 따뜻한 바다 쪽을 향해 헤엄쳐 갔다. 그러자 범고래 무리가 양쪽으로 넓게 퍼지며 포위하듯 서서히 우리를 뒤쫓았다. 그들은 결코 서두르는 기색이 없었다. 그 여유가 우리를 더 긴장시켰다.

흰수염은 속도가 점점 느려지고 있었다. 어떻게든 푸른 고래들과 만날 때까지 버티기만 하면 되는 상황이었지만, 이대로 가다가는 바다 한가운데 멈춰 서서 두 번째 방어전을 치러야 할지도 몰랐다.

그리고 그 예감은 빗나가지 않았다. 흰수염이 결국 제자리에 멈춰 선 것이다. 그는 등을 물 위로 내밀어 불길한 바람을 잔뜩 들이마셨다. 그러고는 그 음울한 공기를 피해 깊숙한 바닷속으로 잠수해 들어갔다. 우리는 곧 그를 뒤따랐다. 푸른 고래들의 명상만큼이나 깊은 심해에서, 우리는 흰수염을 둘러싼 채로 가만히 휴식을 취했다. 그렇게 한참을 쉬고 있는데, 멀리서 범고래 무리 하나가 서서히 다가왔다. 처음보다는 훨씬 여유로운 움직임이었다.

흰수염은 죽은 듯 꼼짝도 하지 않았다. 푸른 고래들의 노래에는 걱정이 담긴 소절들이 하나둘 늘어갔다. 흰수염의 응답이 들려오지 않았기 때문이었다. 나는 푸른 고래들의 노래 사이사이에 섞여 있는 '예언자의 겨울'이라는 말에 귀를 기울였다. 푸른 고래들이 흰수염에게 '예언자의 겨울'을 부를 힘이 남아 있는지 묻는 모양이었다. 그럴 수 없을 것 같았다. 대신 대답해줄 수 있다면 나는 분명 그렇게 대답했을 것이다. 하지만 나는 푸른 고래의 노래에 함부로 끼어드는 무례를 범하지 않았다. 하고 싶어도 할 수 없는 일이기도 했다.

시간이 한참이나 지났지만 범고래들은 좀처럼 공격을 해오지 않았다. 눈에 보이는 거리에는 작은 무리 하나만 남겨둔 채, 멀리 흩어진 나머지 세 무리가 거대한 포위망을 만들고 있을 게 분명했다. 언제 어디서부터 공격이 시작될지는 아무도 몰랐지만, 범고래들이 공격해오기 전에 푸른 고래들이 도착하는 일은 일어날 것 같지 않았다. 우리는 적어도 한 번은 더 범고래들의 습격을 막아내야 했다. 절박한 기다림, 불안한 휴식.

흰수염이 다시 한 번 물 위로 올라갔다 내려왔다. 그러더니 그렇게 크지 않은 소리로 노래를 부르기 시작했다. 지친 기색이 역력한 소리였다. 나는 그 노래가 범고래들의 공격을 앞당기는 신호가 되지나 않을까 걱정스러웠다. 하지만 현명한 흰수염이 그 상황에서 굳이 노래를 하기로 마음먹었다면 그럴 만한 이유가 있었을 것이다. 아마도 흰수염은 그 노래가 자신이 바다에 띄워 보내는 마지막 노래라고 생각했을 것이다.

"예언자의 겨울(이 오면)."

노래는 그렇게 시작되었다. 그 다음은 무슨 뜻인지 전혀 알아들을 수가 없었다. 모두가 조용히 그 노래를 들었다. 가끔씩 멀리서부터 전해오는 푸른 고래들의 노랫소리만이 흰수염의 노래에 짤막하게 섞여 들어올 뿐이었다. 범고래들마저 소리 내기를 멈춘 순간. 어쩌면 파도도 잠시 멎어 있었을지도 모른다. 옛 고래들의 길고 애절한 노래가 온몸을 훑고 지나갔지만, 나는 그 노래를 알아들을 수가 없었다. 다만 다른 푸른 고래들이 중간중간 끼워 넣는 추임새만이 의미를 가진 말로 바뀌었을 뿐이었다.

"과묵한 검은 고래(라고)? (그게) 누구(지)?"

"봤어. 숨 안 쉬는 (고래)."

"나도."

"나도."

푸른 고래들도 나와 마찬가지로 대부분 '예언자의 겨울'을 처음 들은 모양이었다. 흰수염은 금방이라도 끊어질 듯 힘없는 소리로 계속해서 노래를 이어나갔다.

"흰수염(이) 가짜 예언자(인 자신을) 버리(라고 하네)."

"흰수염, 가짜 예언자, 버리(라고)."

푸른 고래들이 흰수염의 노래와는 박자가 맞지 않는 다급한 소절들을 집어넣었다.

"과묵한 검은 고래(가 진짜) 예언자(인가)?"

거대한 푸른 고래들이 그렇게 말했다. 나는 더 자세히 알아들을 수 없다는 사실이 너무나 안타까웠다. 차라리 전혀 못 알아들었으면 좋았을걸. 차라리 예언자를 모르는 물고기로 태어났으면 좋았을걸. 저 싸늘하게 식은 하늘을, 그 하늘을 가득 채운 비탄을, 비탄이 던지는 물음에 나는 뭐라고 답해야 하나. 내 등을 가득 채운 바다의 노래를 나는 또 어디에서부터 풀어내야 하나. 차라리 노래하지 못하는 고래로 태어났으면. 차라리 하늘이 저 아름다운 비탄으로 가득 차지 않은 계절에 죽을 수 있었으면. 예언자의 겨울을 헤엄치지 않았으면.

노래가 끝났다. 그러자 범고래 한 무리가 돌격해 들어오는 모습이 보였다. 포위해 들어오는 것이 아니라 한 지점에 집중된 공격이었다. 물살을 크게 가르며, 그들이 맹렬한 기세로 나가오고 있었다.


9.


우리 배는 몇 달이고 물 밖으로 나갈 필요가 없었다. 엔진도, 사람도, 원자로에서 나온 전기 에너지만 있으면 살 수 있었다. 공기를 갈아줄 필요도 없었다. 바깥은 눈에 띄지 않기 위해 검은색으로 칠했다. 길이 87미터. 우리는 거의 아무 소리도 내지 않은 채 천천히 헤엄쳐 가고 있었다. 고래들이 말을 걸어도 대답하지 않았다. 전쟁이 일어나기 전, 명령이 하달되곤 하던 시절에도 우리가 대답하는 일은 극히 드물었다.

우리 임무는 그저 숨어 있는 것이었다. 적 잠수함을 공격할 필요도 없었다. 혹시 위치가 발각되면 일단 집으로 돌아갔다가 한참 뒤에 은밀한 곳에서 다시 출격하면 그만이었다. 우리가 마음먹고 숨으면 세상 그 어떤 것도 우리를 찾아낼 수 없었다. 기억마저 우리를 추적해내지 못하는 시커먼 바닷속. 우리는 그 속에 숨어 있었다. 바깥에서 무슨 일이 일어나든 우리에게는 별로 달라진 게 없었다. 우리는 늘 격리되어 있었고, 늘 심심했으며, 늘 사람들의 기억에서 사라질까 두려웠고, 또한 늘 졸음에 쫓겼다.

하지만 우리도 결국 세상의 종말로부터 영원히 달아날 수는 없었다. 무슨 상상을 하고 어떤 꿈을 꾸든, 이미 세상을 가득 덮어버린 압도적인 파멸 앞에, 우리는 이미 끝장난 목숨이었다. 수면 위로 올라가 뚜껑을 여는 순간, 종말이 진실이었음을 확인하는 순간에, 모든 것이 완전히 끝나게 되어 있었다. 그때까지 기다렸다가 눈으로 직접 확인할 필요도 없었다. 종말은 이미 잠수함 안으로 침투해 들어와 있었다. 다들 보고도 못 본 척하고 있었을 뿐.

아무래도 고래들이 우리에게 말을 걸려는 것 같다는 말들이 오갔다. 누군가가 권총으로 자살했다는 소식이 들려왔다. 모두가 절망에 빠져 헤어나오지 못한다 해도 마지막까지 희망을 잃지 않았어야 할 한 사람. 함장이었다.


10.


범고래들이 물살을 뚫고 우리를 향해 헤엄쳐왔다. 지난번에 그랬던 것처럼 꼬리가 바깥쪽으로 가도록 몸을 튼 자세로 기다리려고 했으나, 범고래들이 돌격해 들어오는 기세가 지난번보다 훨씬 거셌다. 범고래들은, 거의 모든 전사들이 최대한 좁은 공간에 빽빽하게 모여 있는 대형을 유지한 채 빠른 속도로 헤엄쳐 오고 있었다. 그 모습을 보고 우리는 자세를 고쳐 잡았다. 그러나 어떤 자세를 하고 있어야 그 충돌을 견뎌낼 수 있을지 알 수가 없었다. 우리도 똑같이 뭉쳐서 그쪽으로 돌격하는 방법밖에 없었지만, 그러기에는 이미 너무 늦어버린 상황이었다.

"조심(해)!"

누군가가 외쳤다. 그 순간 범고래 무리가 우리 대형 아래쪽을 들이받았다. 그러자 그쪽이 형편없이 떨어져 나갔다. 그 틈으로, 범고래들이 일으킨 세찬 물살이 파고들었다. 그러자 나머지 무리 전부가 물살에 휘말리듯 혼란에 빠졌다.

그러나 속도가 느려진 범고래들이 우리 혹등고래들과 어지럽게 엉켜서 싸우기 시작하면서 전세는 서서히 균형을 회복했다. 갑작스러운 기습으로 타격을 입기는 했지만, 범고래가 어른 혹등고래 무리를 상대하는 것은 쉬운 일이 아니었다. 우리는 차츰 전열을 가다듬고 다시 꼬리를 휘두르기 시작했다.

그런데 그때 범고래들 사이에 짧은 노랫소리가 퍼졌다. 그러자 범고래들이 모두 싸움을 멈추고 소리가 나는 쪽으로 재빨리 빠져나갔다. 그곳에는 유난히 덩치가 큰 범고래 한 마리가 수면을 향해 서서히 헤엄쳐 올라가고 있었다. 그가 내는 신호를 들은 범고래 무리가 모두 그의 주위로 몰려들었다. 그들은 서서히 위를 향해 올라갔다. 무리가 커질수록 속도도 빨라졌다.

마침내 무리가 수면 위에 다다르자 범고래들의 우두머리가 다시 한 번 돌격신호를 외쳤다. 앞장서서 헤엄쳐 가는 우두머리를 따라 범고래 무리들이 물살을 갈랐다.

"큰일(이야)."

우리 무리 중 누군가가 위기를 직감하고는 그렇게 외쳤다. 두 번째 돌격이었다. 우리는 정면을 얻어맞고 말았다. 한 번의 충격을 받아낸 뒤였기 때문에, 그리고 아직 재정비가 되지 않은 상황이었으므로, 우리 정면 방어선은 그다지 견고한 편은 아니었다. 오히려 한 번에 중심을 뚫릴 수도 있는 위기 상황이었다. 보다 심각한 문제는 호흡이었다. 우리는 한참 동안이나 하늘에 닿지 못하고 있었다. 물론 범고래들은 여유가 있었다.

예상대로 맹렬한 공격이 흰수염 주변을 몰아쳤다. 그 공격에 혹등고래 몇 마리가 그대로 대열 밖으로 튕겨 나갔다. 지느러미가 부러질 만큼 강한 타격이었다. 그렇게 온몸으로 막아낸 끝에 가까스로 흰수염을 지켜낼 수 있었지만, 그는 이미 처량한 모습으로 축 늘어져 가고 있었다. 범고래들의 속도가 느려지자 우리는 다시 한 번 전열을 가다듬고 항전을 시작했다. 그러나 이번에는 우리도 피해가 컸다.

다시 한 번 집결신호가 떨어졌다. 그 소리를 듣고 범고래들이 순식간에 그 혼란한 전장을 빠져나갔다. 그리고 이번에는 우리 중 몇 명이 호흡을 정리하기 위해 수면 위로 올라간 사이 새로운 돌격신호가 울려 퍼졌다. 큰일이었다. 조금 전 큰 싸움 뒤에도 물 위로 올라가 숨을 보충하지 않고 그대로 바닷속에 머물렀던 범고래 무리가 재빨리 물살을 가르기 시작했다. 우리는 도저히 세 번째 돌격을 막아낼 수 있을 것 같지가 않았다. 이렇게 흩어진 상태에서 다시 한 번 공격을 받는다면 전열이 모두 무너져버릴 것이 분명했다.

"아!"

뜻 없는 외침이 들려왔다. 그리고 범고래들이 의외의 방향으로 헤엄쳐 가는 모습이 보였다. 범고래들은 우리를 향해 헤엄쳐 오는 것이 아니라 우리 머리 위를 향해 돌격해 들어갔다. 우리는 순식간에 위를 뺏기고 말았다. 사실 위를 빼앗겨도 별로 상관이 없었다. 그런데 문제는 흰수염이었다. 범고래들은 가장 약하고 가장 지친 흰수염이 숨을 쉬지 못하도록 수면을 봉쇄해버릴 생각이었다.

흰수염 쪽을 돌아보았다. 시간이 얼마 없었다. 흰수염은 우리보다 훨씬 빨리 숨이 가빠지는 것 같았다. 모두가 그 사실을 잘 알고 있었다. 우리는 어떻게 해야 할지 몰라 잠시 망설였다. 저 위치에서 저렇게 굳히고 들어가면 과연 우리가 저들을 이겨낼 수 있을까. 저 포악한 무리를 우리가 당해낼 수 있을까.

그러나 그 망설임은 오래가지 않았다. 우리가 이미 지쳤다고 믿는다면, 그것은 추운 바다에서 온 저 범고래 무리가 끈기 있고 강인한 혹등고래에 관한 소문을 제대로 못 들었기 때문일 것이다. 우리는 절대 포기하지 않았다. 우리에게는 언제나 자부심이 있었다. 바다 최고의 사냥꾼은 범고래가 아니라 혹등고래였다. 우리는 그 사실을 믿어 의심치 않았다.

"아래로, 아래로."

누구라고 할 것도 없이 모두가 그렇게 소리쳤다. 사냥꾼의 본능이 우리를 이끌었다. 우리는 좀 더 깊이 아래로 내려갔다. 내려가는 동안 일부는 위쪽에 있는 범고래들과 교전했다. 우리가 돌격을 준비하고 있다는 사실을 숨기기 위해서였다. 그와 함께 무리 중 몇몇이 흰수염을 아래로 이끌었다. 흰수염이 푸른 고래들에게 상황을 알리는 소리가 들렸다. 흰수염에게는 이제 숨이 거의 남아 있지 않았다.

충분히 아래로 내려왔다고 생각될 무렵, 우리는 남아 있는 숨을 모두 뱉어냈다. 등으로 뿜어져 나온 하늘이 공기방울이 되어 위를 향해 솟구쳐 올라가는 순간, 우리 또한 수면을 향해 돌격을 개시했다. 그러자 우리 위에서 적을 혼란하게 만들던 혹등고래 무리들이 옆으로 비켜났다. 흰수염처럼 우리에게도 숨이 별로 남아 있지 않았다. 아니, 우리는 숨을 남기지 않았다. 그러나 우리는 절망하지 않았다. 오히려 신이 났다. 질 거라고 믿는 혹등고래는 아무도 없었다. 우리는 하늘을 뚫을 기세로 빠른 속도로 헤엄쳐 올라갔다. 우리를 발견한 범고래 무리가 재빨리 아래쪽을 향해 돌격 명령을 내렸지만, 그런다고 어디서 갑자기 우리를 막아낼 만큼 세찬 물살이 만들어질 리는 없었다. 바다는 우리 혹등고래들의 편이었고, 범고래들은 지나치게 가까이 하늘을 탐하고 있었다.

"돌격!"

누군가가 그렇게 외쳤다. 우리는 일제히 소리를 질러댔다.

"돌격!"

거대한 함성소리가, 물살이, 그리고 속도가 수면을 갈랐다. 우리는 하늘을 가득 덮고 있는 구름마저 뚫고 날아갈 생각이었다. 거기서 태양을 들이받을 생각이었다. 머리가 깨지도록 힘차게 날아가 망설임 없이 부서질 생각이었다.

우리가 만들어낸 공기방울이 먼저 범고래들 사이를 휘저었다. 그게 우리의 척후병이었다. 그리고 그들이 주춤하는 사이 혹등고래의 위대한 이마가 포악한 범고래 무리의 한가운데를 갈랐다. 아래로 헤엄쳐 내려오던 범고래 몇 마리가 우리의 거친 이마에 부딪쳐 튕겨나가자, 거의 무방비 상태로 우두머리 주위를 에워싸고 있는 나머지 범고래 떼의 하얀 배가 눈에 들어왔다. 우리는 그 순간을 놓치지 않고 그 기세 그대로 수면을 뚫었다. 그리고 하늘 높이까지 치솟아올랐다.

결국 확인할 방법은 없겠지만, 흰수염이 부르던 '예언자의 겨울' 노래에는 분명 그 장면이 들어가 있었을 것이다. 그렇지 않을 리가 없지 않은가. 위대한 혹등고래 무리가 바다와 하늘의 경계면에 일으킨 그 거대한 파도가 '예언자의 겨울'에 등장하지 않을 리가!

우리는 숨을 깊이 들이쉬었다. 아, 이 불안한 공기, 심해처럼 검은 하늘, 그리고 저 아래 펼쳐진 바다. 혹등고래의 자랑스러운 가슴지느러미는 컴컴한 바다를 더듬기 위해서가 아니라 이렇게 불온한 하늘을 누비기 위해 만들어진 게 아니었을까. 지난 며칠, 컴컴한 바다 속에서 한껏 응축시킨 분노와 울분이 아래턱을 힘차게 조여왔다.

아!

우리는 다시 수면으로 떨어졌다. 그리고 주변에 널려 있는 범고래들을 잡아다 꼬리며 몸통이며 지느러미로 사정없이 두들겨 팼다. 이미 내장이 상하고 뼈가 부러진 범고래들이 괴성을 지르며 사방으로 흩어졌다. 우리는 도망가는 범고래들을 내버려두지 않았다. 짜낼 수 있는 모든 힘을 다해, 그 까맣고 하얀 사악함을 응징해야 했다.

옳은 자가 이긴다. 정의가 이긴다.

너무 늦지 않은 때에 흰수염이 수면 위로 숨구멍을 내밀었다.

이겼다! 예언자 흰수염을 지켜냈다! 신성한 푸른 고래 무리가 모여들 때까지, 바로 우리가 예언자의 겨울을 지켜냈다! 세상의 흉포한 이빨로부터.

우리는 노래를 불렀다. 아무도 우리 노래를 막지 못했다.


11.


함장이 자살하자 허무는 기정사실이 되었고 우리는 통제를 잃어버렸다. 무기고가 강제로 개방되면서 잠수함은 무법천지가 되고 말았다.

"저 미친 고래소리 좀 어떻게 해봐."

바다에서 저승사자는 고래의 모습을 하고 있었고, 우리에게 관심을 보이는 것은 그 저승사자들밖에 없었다. 나는 선상반란에 가담하지 않았다. 부함장은 함장실을 봉쇄하고 상황을 수습하려고 했지만, 허무에 동의하는 쪽이 반대하는 쪽보다 훨씬 많은 것은 어쩔 수가 없었다. 자신들이 얼마나 역동적인 반란을 일으키든 그 모든 것이 결국은 허무로 되돌아가게 되어 있음에도 불구하고, 그들은 또 한 번의 조그만 파멸을 감행했다. 세상에서부터 떼어온, 완벽하게 방수가 되는 조그만 파멸 덩어리.

반란의 직접적인 원인은 부함장이 식량 배급을 줄인 데 있었다. 그들은 식량 창고를 열고 난장판을 벌였다. 그래도 식량은 계산대로 천천히 분배되는 편이 나았을 텐데, 그들은 부함장의 계산을 믿지 않았다. 그들은 부함장이 식량을 빼돌리고 있다고 생각했다. 하지만 창고를 개방하고 보니 부함장의 계산이 옳았다는 사실이 분명해졌다. 그 순간 반란 주모자들은 그만 당황하고 말았다. 그래서 흥청망청 난장판을 벌여서 상황을 모면하려고 했다. 덕분에 우리가 버틸 수 있는 시간이 한 달이나 줄어버렸다. 때가 되면 그 한 달 치 식량만큼, 먹는 입을 줄여야 할지도 모른다.

난장판이 지나간 다음날, 고래들의 노래를 흉내 내던 소나실 대원들이 황급히 사람들을 불러 모았다.

"이거 봐. 고래들이 미친 것 같아."

우리는 완전히 포위되어 있었다. 백 마리가 넘는 고래 떼가 우리 잠수함을 완전히 둘러싸고 있었다. 위도 아래도 막혀 있었다. 적당한 간격을 두고, 삼중으로 완전히 밀봉된 조심스러운 포위망. 더 깊이 잠수해 들어갈 수도 없었다. 30미터나 되는 거대한 고래 무리가 잠수함 주위를 에워싸고 있었다. 그야말로 저승에서 온 고래들 같았다.

"이건 또 뭐야?"

"뭐야 이게!"

사람들이 빽빽 소리를 질러댔다. 미치지 않으려고 질러대는 소리였겠지만, 타인에게 미치는 효과는 분명 그 반대였다. 우리는 서로에게 파멸의 외침을 들려주고 있었다.

하지만 고래들은 어떻게 알고 찾아왔을까. 저 밖에서 일어나고 있는 세상의 파멸이 다름 아닌 우리의 작품이라는 사실을. 아니, 어쩌면 모두가 알고 있었던 게 아닐까. 우리만 그렇게 착각하고 있었던 게 아닐까. 아무도 모를 거라고, 이렇게 깊은 바닷속에서는 아무것도 백일하에 드러나지 않는 법이라고.

사람들이 질러대는 미친 고함소리에는 분명 짙은 두려움이 배어 있었다.


12.


흰수염의 유언에 따라, 우리는 과묵한 검은 고래를 찾아 나섰다. 흰수염과 같은 어머니에게서 태어난 푸른 고래 네 마리가 새로운 예언자이자 '예언자의 겨울'의 진정한 주인공인 과묵한 검은 고래를 조심스럽게 수행하고 있었다. 우리는 그들이 부르는 소리를 따라 검은 고래가 있는 곳으로 헤엄쳐 갔다.

숨을 쉬지 않는 고래. 새 예언자는 푸른 고래들보다 훨씬 컸다. 새 예언자에 비하면 흰수염은 어린아이처럼 보였을 정도였다. 흰수염의 형제들은 세상 어떤 고래들보다 크고 신성했지만, 검은 고래는 그보다 훨씬 컸다. 그리고 신성했다. 게다가 흰수염의 예언대로 한참 동안이나 숨을 쉬기 위해 물 밖에 나가는 일이 없었다. 아니, 사실은 전혀 나가지 않았다. 수면 위를 가득 메운 그 암울한 바람을 호흡하지 않아도 되는 유일한 고래.

푸른 고래들이 이렇게 말했다.

"예언(대로다)!"

그렇다. '예언자의 겨울'이 무슨 내용인지 알 수는 없었지만, 이제 굳이 그 내용을 알 필요가 없었다. 우리는 예언을 듣고 있는 게 아니라 아예 예언 안으로 들어와 있었다. 즉, 우리가 하고 있는 바로 그 일이, 예언에 언급된 사건들일 게 분명했다. 이제는 내가 바로 예언이었고, 내가 헤엄치고 있는 곳이 바로 '예언자의 겨울'이었다. 예언의 고래와 함께 헤엄친 고래!

우리 모두는 검은 고래의 과묵함에 할 말을 잃고 말았다. 그 경건한 몸체에 깃든 깊고 심오한 명상!

이제 곧 검은 고래가 우리에게 답을 가르쳐줄 것이다. 아마도 푸른 고래의 노래로. 아니, 어쩌면 혹등고래의 노래로. 나는 그 노래가 혹등고래의 노래이기를 기대했다.

우리는 조심스럽게 새 예언자를 경배하며, 푸른 고래의 예법대로 그를 에워쌌다. 우리는 번갈아가며 호흡을 하고 내려왔다. 그리고 조심스럽게 과묵한 검은 고래의 주위를 맴돌았다. 예언자를 다그치는 고래는 아무도 없었다. 내 귀에는 들리지도 않을 만큼 나지막한 노래가 푸른 고래들 사이에서 은은하게 맴돌았을 뿐. 우리는 경건한 마음으로 그의 대답을 기다렸다. 우리가 충분히 경건해지면 새 예언자가 입을 열 것이다. 세상을 집어삼킨 재앙에 관해, 그리고 우리 고래들의 앞에 놓인 미래에 관해. 우리는 그가 시키는 대로 모든 것을 희생할 각오가 되어 있었다. 우리는 다시 한 번 승리할 준비가 되어 있었다.

13.

함장은 유서에 핵탄두 봉인을 해제하는 암호를 남겼다. 나는 그 이유를 알 것 같았다. 그것은 사실 우리에 대한 배려였다.

배 안은 이미 지옥이었다. 바깥세상의 파멸보다 조금도 나을 게 없어 보이는 처참한 파멸. 더 비참한 꼴을 보고 싶지는 않았다. 살아 남을 가치가 있는 사람은 아무도 없었다.

그리고 때마침 나는 핵탄두의 봉인을 해제하는 데 필요한 암호와, 함장의 DNA, 그리고 부함장의 DNA를 모두 가지고 있었다. 크루 즈미사일을 제어할 손도.

14.

저 아래에서 과묵한 검은 고래가 꿈틀거리는 모습이 보였다. 드디어 예언이 시작될 모양이었다. 그렇다. 나는 한껏 경건해져 있었다. 그동안 몰랐던 세상의 신비를 이제는 알 수 있을 것 같았다. 듣기 전부터 이미 다 알 것만 같았다. 나는 얼른 수면으로 올라가 공기를 들이마신 다음 다시 아래로 내려가 그 광경을 자세히 지켜볼 생각이었다.

숨을 한껏 들이쉬면서 아래를 내려다보니, 검은 고래의 등이 갈라지면서 뭔가가 튀어나오는 모습이 보였다. 그것은 빠른 속도로 위쪽을 향해 솟아올랐다. 그리고 속도가 점점 더 빨라졌다. 나는 그것이 무엇을 하려는지 알 것 같았다. 똑바로 솟구쳐서 수면을 뚫어버리려는 기세.

나는 아래턱에 바짝 힘을 주고 아래를 내려다보았다. 그러자 그것이 순식간에 내 앞을 지나쳐갔다. 가볍게 수면을 뚫어버린 것이다. 그런데 그게 끝이 아니었다. 나는 위를 올려다보았다. 그것은 아래로 떨어지지 않고 계속해서 위를 향해 날아가고 있었다. 정말로 태양을 꿰뚫을 생각인 모양이었다. 대단한 광경이었다.

그리고 그 짧은 순간에 나는, 하늘을 향해 헤엄쳐 가는 그 조그만 고래의 기다란 가슴지느러미를 똑똑히 보고 말았다. 바다 전체를 통틀어 오로지 혹등고래만이 그런 아름다운 지느러미를 가질 수 있었다. 그것은 특권이었다. 누가 말해주지 않아도 잘 알고 있던 사실이었지만, 새 예언자의 아이가 다름 아닌 혹등고래의 가슴지느러미를 하고 있다는 점은, 자랑스러운 일이 아닐 수 없었다.

하늘을 나는 고래. 그가 부르는 우렁찬 노랫소리가 바다는 물론 하늘까지 가득 채우고 있었다. 그것은 완전히 새로운 노래였다. 이제는 모든 고래가 새 노래를 배워야 한다. 새 바다에는 저 새 노래가 울려 퍼져야 한다.

나는 꼬리에서 찬란한 빛을 뿜는 그 아름다운 고래를 가만히 지켜보았다.

"예언(대로다)!"

푸른 고래들이 말했다.

그렇다. 예언대로였다. 저 머나먼 밤하늘, 별들로부터 곧장 바다로 헤엄쳐 내려왔다는 혹등고래의 오래된 전설처럼, 고래들은 언젠가 하늘로 날아올라 별들의 품으로 돌아갈 것이다. 고향으로!

　다음 순간, 나는 하늘을 나는 고래가 구름 아래를 크게 돌아 다시 우리 쪽으로 내려오는 모습을 지켜보았다. 그는 나를 향해 내려오고 있는 것이다. 이 모든 이야기가 우연이 아니었던 것이다. 혹등고래로 태어나 '예언자의 겨울'을 헤엄쳐 간 위대한 순례자. 그게 나였다. 이제야 비로소 알 것 같았다. 세상을 가득 채운 저 검은 불행의 정체를. 내 몸 가득 웅어리져 있는 수십 년 된 내 노래의 의미를. 그리고 새로 태어난 고래가 내뿜은 저 웅장한 노래에 담긴 이야기들을.

　나는 보았다. 내 삶의 답을. 숨을 깊이 들이쉬고 하늘로 날아올라 온몸으로 그를 맞이하는 나의 겨울을.

티켓팅 & 타겟팅

**이상한 언니**

"그래서, 너 일하는 데가 어디라고?"

명절에 가끔 집에 들르면 엄마가 그렇게 묻곤 했다. 하지만 나는
대답할 말이 없었다. 원래 비밀이기도 했지만, 나도 거기가 정확히
어디인지 알 수 있는 방법이 없었기 때문이다.

나는 잠수함에서 일했다. EU군에 소속된 거대한 핵잠수함. 한번
잠수하면 몇 달이고 조용히 물속에 틀어박힌 채 고개 한 번 내밀지
않고 바다 밑 어딘가를 정처 없이 떠다니는 무시무시한 전략무기.

물론 나는 핵무기와는 아무 상관이 없었다. 사실 군대 자체와 관
련이 없었다. 나는 그저 좀 수상한 연구를 하는 연구소에 소속된 평
범한 기술자일 뿐이었다. 어찌나 수상했던지 연구 자체가 금지되어

있는 나라가 대부분이어서 지상에는 도저히 연구시설을 세울 수 없는 무시무시하고 비밀스러운 연구. 그래서 우리 연구소는 어느 나라의 영토도 아닌 곳으로 기어들어가야만 했다. 독일 땅도 아니고 프랑스 땅도 아니고 그렇다고 나토나 유엔의 규제를 받지도 않으며 오로지 EU에 대해서만 책임을 지는, 복잡한 국제무대의 알려지지 않은 사각지대로. 거기가 바로 내 직장이었다.

150명이나 되는 잠수함 승무원들 중에 민간인은 나를 포함해 딱 열 명이었다. 그중에는 내가 엘레나 언니라고 부르는 독일 과학자도 있었는데, 하도 수상한 잠수함이다 보니 실제 임무가 뭔지는 알 수가 없었지만, 표면상으로는 그냥 평범한 해양생물학자로 알려져 있는 사람이었다. 하지만 진짜 정체가 뭐건 간에, 엘레나 언니는 절대 '그냥 평범한' 해양생물학자일 수가 없었다. 아니, 그 잠수함 전체를 통틀어 제일 이상한 사람이 틀림없었다.

엘레나 언니는 주로 고래들이 부르는 노랫소리를 연구했는데, 그냥 가만히 듣기만 하는 게 아니라 잠수함 복도나 식당 같은 데를 돌아다니면서 수시로 그 노래를 큰 소리로 따라 부르는 바람에 언제나 군인들의 시선을 잡아끌곤 했다. 제발 그러지 좀 말라고 충고라도 몇 마디 했다가는 오히려, "아니, 이게 요즘 얼마나 핫한 노랜데. 요새 이 바다에서 이 노래 안 부르면 암컷들이 아주 거들떠도 안 봐. 그러니까 너도 이거 배워봐. 좀 길기는 해도 별로 안 어려워" 하면서 나에게 그 노래를 가르치려 드는 통에 곤란하기가 아주 이를 데가 없었다.

"됐네요. 나도 암컷이거든요" 하고 아무리 사양을 해봐도 그 공세를 막아내는 건 여간 어려운 일이 아니었다. 그곳이 잠수함이었기 때문이다. 도망갈 데도 딱히 없고, 연구 말고는 할 일이 아무것도 없어서 뭐라도 하나에 집착하기 시작하면 시간 가는 줄 모르고 매달리게 되는 곳.

그렇게 3개월을 시달린 끝에 나는 드디어 역습을 결심하게 되었다. 내가 남태평양 혹등고래 노래 세 편을 완창할 수 있게 되었으니, 이번에는 엘레나 언니가 내가 좋아하는 노래를 따라 부를 차례가 된 것이었다. 물론 엘레나 언니는 그 요구를 거부할 수 없었다. 아니, 그럴 마음도 별로 없는 것 같았다. 그렇게 엘레나 언니를 팬으로 만들었다. 그것도 보통 팬이 아니라 나보다 훨씬 지독한 광팬으로 만들었다. 3개월 단기속성 코스로.

그리하여 아무도 정확한 위치와 임무를 알지 못한다는 EU군 소속의 수상한 핵잠수함 안에는 최소한 세 명의 한국 아이돌 그룹 광팬이 탑승하게 되었다. 나와 엘레나 언니, 그리고 이번 항해 때 새로 들어온 날씬한 스페인 작전장교 한 사람. 게다가 그 셋 중 하나는 남극과 태평양 사이를 오가는 혹등고래들에게 JYJ의 노래를 가르쳐 그들의 신곡이 그야말로 온 바다에 울려 퍼지게 만들겠다는 야심찬 계획을 세울 정도로 제정신이 아니었다.


그러던 어느 날이었다. 잠수함이 오랜만에 바다 위로 고개를 내밀고, 헬기로 날아온 무슨 특수요원인가를 태웠다가 내보낸 날 오후의 일이었다. 엘레나 언니가 우리 연구실 문을 벌컥 열더니 인사도 생략하고는 대뜸 이렇게 묻는 것이었다.

"유히, 너 JYJ 콘서트 가본 적 있어?"

"유히 아니라니까요. 주희 해봐요 주희."

"쥬우우흐이. 콘서트 가봤어?"

"못 가봤죠. 왜요?"

"콘서트 좋대?"

"환상이래요. 워낙 라이브가 되니까. 근데 왜요?"

"가고 싶다."

"가세요. 안 그래도 유럽 콘서트 한댔는데. 근데 갑자기 그건 왜요?"

"아, 작전실 신참 빼순이가 그러더라고. 낮에 왔다 간 연락관이 자기 친구의 친군데, 그 사람이 자기 친구가 전해주라고 했다면서 그러더래. 걔네 이번 독일 콘서트 티켓 예매 사이트가 다음 주 화요일 아침에 오픈한다고."

"화요일이요?"

"오전 10시래. 콘서트 하는 주가 우리 배 정박해 있는 기간이어서 시간은 여유 있게 될 것 같은데 티켓을 살 방법이 없네."

"그렇죠, 여기는 인터넷 같은 거 안 되니까."

엘레나 언니가 말없이 고개를 끄덕였다. 체념한 얼굴이 틀림없었다. 체념. 다행이었다. 그런 건 일찌감치 포기하는 게 나았다. 가고 싶다고 다 갈 수 있는 공연이 아니니까.

하지만 문제는 생각처럼 간단하지가 않았다. 그날 밤부터 엘레나 언니의 안색이 눈에 띄게 어두워지기 시작한 것이다. 역시 마음을 완전히 내려놓지 못한 모양이었다. 다음날 아침, 나는 엘레나 언니에게 다가가 위로의 말을 건넸다. 아니, 사실은 위로의 말인지 희망의 싹을 아예 싹둑 잘라버리려는 소리인지 나 스스로도 구별이 잘 안 되는 말이었다.

"언니, 그거 어차피 해봐야 티켓 구하기 힘들어요. 손만 빠르다고 되는 것도 아니고 완전 운이거든요. 어느 가수는 티켓 오픈 5분 만에 전석 매진됐다고 자랑하고 그러던데, 얘네 콘서트는 그것보다 더해요. 사람이 너무 많이 몰려서 매진되는 데 거의 한 시간 넘게 걸리거든요."

"한 시간 만에 매진되는 게 사람이 더 많이 몰리는 거야?"

"5분 만에 매진되려면 적어도 5분 동안 인터넷이 별 탈 없이 잘 되기는 해야 되는 거잖아요. 그런데 거기서 사람이 더 몰리면 손 빠르기고 뭐고 없어요. 일단 화면에 아무것도 안 보이니까. 10시 오픈이면 10시 1초 딱 되자마자 흰 화면밖에 안 뜬다니까요."

"그래? 그래도 뭔가 방법이 없을까? 누군가 티켓을 사기는 살 거 아니야. 아무것도 못해보는 거하고 해봤는데 안 되는 거하고는 기분이 전혀 다를 것 같아."

"뭐, 별로 그렇지도 않아요. 순전히 운이라. 계속 새로 고침을 하다 보면 내내 그렇게 흰 화면만 보이다가 운 좋게 연결이 되는 경우가 있거든요. 그런 사람이 표를 사 가는 거예요. 확률도 별로 안 높은 것 같고, 실패했을 때 좌절감도 크고요."

그렇게 말하면서 엘레나 언니의 얼굴을 살폈다. 내 말을 전혀 듣지 않는 눈치였다. 나는 하던 말을 멈추고 가만히 내 방으로 돌아왔다.

그리고 그 순간 내 마음 한구석에 잠재해 있던 억울함이 서서히 고개를 들고 말았다. 한참 열을 올려 설득하기는 했지만, 나 역시 설득이 안 되기는 마찬가지인 모양이었다. 언니 말대로, 해보고 안 되는 것과 처음부터 시도조차 못해보는 건 엄연히 차이가 있었으니까.

게다가 그 콘서트가 어떤 콘서트였던가. 멤버 중 한 명이 군대 가기 전에 하는 마지막 콘서트가 아니었던가. 이번에 놓치면 다음은 언제가 될지조차 알 수 없는, 진짜 마지막일지도 모르는 소중한 기회.

'이건 감옥이야! 아, 인터넷도 못 하는 잠수함이라니.'

사실 잠수함 생활이 원망스러웠던 적은 별로 없었다. 반드시 지상에서 주말을 보내야 할 만큼 사교적인 인간은 아니었으니까. 하지만 이번만은 달랐다. 분명한 목표가 생겼기 때문이었다. 물론 티켓을 구해서 콘서트를 보는 것만이 팬 활동의 전부는 아니었다. 티켓팅에 실패하는 것 역시 엄연히 팬 활동의 일부였다. 그러나 그것조차도 하지 않는 건, 그건 그냥 아무것도 아닌 게 분명했다.

**이상한 고래**

그렇게 다시 시간이 흘렀다. 이틀이 지나자 엘레나 언니도 상태가 조금은 호전되는 것 같았다. 속마음까지야 알 수 없지만, 아무튼 다시 일이라는 걸 하기 시작한 걸 보면 일단 위험한 고비는 넘긴 모양이었다. 그리고 그날 오후에, 육안으로는 확인할 수 없고 그저 누가 오후라고 하니까 그런가보다 하는 가상의 시간대에, 엘레나 언니는 잠수함의 진로에 심대한 영향을 미칠 수 있는 중요한 사실 하나를 발견하기까지 했다.

그것은 바로 고래들이었다. 평소와는 다른 고래들의 움직임. 엘레나 언니의 말에 따르면, 잠수함 주위를 헤엄쳐 다니던 고래 무리들이 요 며칠 새 뭔가 새로운 노래를 부르기 시작한 모양이었다.

"어떤 낯선 고래에 관한 노래 같아요."

"낯선 고래라는 건……?"

군인들이 묻자 엘레나 언니가 대답했다.

"그것까지는 저도 잘 모르겠지만, 예를 들면 물 위로 안 나가는 고래 같은 거겠죠. 일반적인 고래라면 자다가도 한 번씩 숨을 쉬러 수면 위까지 올라갔다 오는 게 정상이거든요. 그러니까 낯선 고래라는 건 보통은 죽은 고래 이야긴데, 여기서는 아마 이 잠수함을 말하는 걸 거예요."

"그래서 고래들이 이쪽을 주시하고 있다는 거군요. 그런데 그게 작전에 영향을 미칠 수 있다는 건 무슨 뜻입니까?"

"위치가 노출될 수 있다는 거잖아요. 누가 될지 모르겠지만 혹시나 상대 쪽에 저 같은 사람이 하나 더 타고 있다면. 상대가 잠수함이든 그냥 연구 목적으로 떠다니는 배든, 아무튼 위치가 노출될 수 있어요. 근방 수천 킬로미터에 있는 고래들이 전부 이 잠수함에 관한 노래를 하고 있는 동안에는요. 게다가 수컷들 중 몇 마리는 아마 멀리서 우리를 쫓아오고 있을걸요."

그 말에 다른 군인 한 사람이 고개를 끄덕였다.

"노래가 한 번 시작되면 보통 얼마나 가죠?"

"이런 건 적어도 한 사흘? 길면 한 달이고요. 유행하면 내년까지 갈 수도 있어요. 남반구 고래들이 전부 남극에 모였다가 다시 북쪽 바다로 흩어지는 시즌을 넘기기라도 한다면."

"너무 긴데요. 벗어날 방법은 없습니까?"

"아마도요. 아예 이 일대를 벗어나는 방법밖에는."

그리고 그날 밤부터 당장, 잠수함이 예정에 없던 항로로 움직이기 시작했다는 소문이 들려왔다. 고래들을 따돌리기 위한 기동인 듯했다. 다음 날 새벽에는, 우리 팬덤의 일원인 작전실 신참 아가씨가, 임무교대를 마치고 숙소로 돌아가는 길에 언니와 나를 찾아와 이런 말을 남기고 사라졌다. "이삼일 지켜보고 그래도 효과가 없으면 이번 항해 자체를 포기해야 할지도 모른대요."

그 말에 엘레나 언니가 눈을 번뜩였다.

"유히, 저 말이 무슨 뜻인지 알아?"

"글쎄요, 회항한다는 건가요?"

"그런 것 같아. 이번 항해, 주 임무가 뭔지 모르겠는데, 아무튼 위치가 발각되면 안 되는 수상한 임무인 게 분명해. 매번 그랬겠지만. 아무튼 이건 하늘이 도우시는 거야."

"뭘요?"

"위치가 노출돼서 회항을 한다는 건 하루 종일 물속에 들어가 있을 필요가 없다는 소리잖아."

"그래도 잠수는 하지 않을까요?"

"그러기야 하겠지만, 민간통신망 정도는 개방해줄지도 모르고……."

"설마요. 이번처럼 빡빡한 분위기면 임무 끝날 때까지 계속 이런 분위기로 가지 않을까요?"

"그래? 그게 안 된다면, 어쩌면 정박을 할지도 모르는 일이지."

"그건 또 왜요?"

"글쎄, 그냥 그런 느낌이 들어."

"어디 믿는 구석이라도 있는 거예요?"

그러자 엘레나 언니가 고개를 끄덕이며 의미심장한 목소리로 이렇게 말했다.

"글쎄, 확실하지는 않지만, 한번 믿어봐야지."


그리고 다시 이틀 뒤에, 정말로 잠수함 전체에 회항명령이 하달되었다. 물론 나 같은 민간연구원들에게는 명령 대신, 지금 회항해도 연구 일정에 차질이 없겠냐는 조심스러운 어조의 질의서가 전달되었다. 나는 전혀 문제될 게 없다는 내용의 답변을 보냈다. 어차피 명령서나 다름없는 질의서였으니까.

그런데 엘레나 언니의 입장은 나와 정반대였다. 지금 연구를 중단하고 회항하면 연구에 큰 차질이 생기리라는 것이었다. 그 소식을 듣고 나는 엘레나 언니를 찾아가서 이렇게 물었다.

"왜요? 뭐 중요한 거 하고 있었어요?"

"아니, 중요한 게 뭐가 있다고. 그냥 우겨보는 거지 뭐. 연구를 중단해도 될지 안 될지는 내가 판단할 문제가 아니니까 일단 위에다 연락을 좀 해봐야겠다고 했어."

"네? 설마 상륙하려고요? 겨우 그런 걸로 상륙을 시켜줄까요?"

"그냥 되는 데까지 해보는 거야. 어차피 중간에 상륙 안 하고 기지까지 쭉 가는 건 우리한테는 아무 의미도 없잖아. 기지에 도착하면 티켓팅이고 뭐고 이미 다 끝난 다음일 테니까."

나는 난감한 미소를 지어 보였다. 이 언니에게 늦게 배운 도둑질이란. 그리고 복도로 나가려다가 다시 뒤돌아서서 언니에게 물었다.

"아 참, 그건 어떻게 아셨어요? 회항할 거라는 거? 혹시 그 스페인 아가씨가 손쓴 걸까요?"

그러자 엘레나 언니가 의미심장한 표정을 떠올리며 이렇게 말했다.

"나도 확실하지는 않은데, 한 명이 더 있어. 갓 들어온 신참 말고 항로를 변경할 수 있을 정도의 결정권을 가진 누군가가."

"그래요? 그게 누군데요?"

"나도 모르지. 근데 높은 사람일 거야."

"왜요?"

"이 잠수함이 회항을 결심했다는 것 자체가 증거야. 고래들이 따라오고 있다는 거, 판단하기가 참 애매한 일이거든. 진짜로 큰일이 날 수도 있지만 또 어쩌면 아무 일도 없이 지나갈 수도 있는 일인데, 그 보고가 들어가자마자 곧바로 반응이 온 걸 보면 누군가 우리랑 똑같은 생각을 하고 있는 게 아닌가 하는 생각이 든단 말이지."

"우연이겠죠."

"아니야, 누가 있어. 동물학자로서 하는 말인데, 함교에 분명히 수상한 암컷이 있어. 반년 전부터 뭔가 이상한 일이 일어나고 있는 거 눈치 못 챘어?"

"못 챘는데요."

"쟤네들 말이야, 저 군인들, 요새 교대조 암호명이 돌고래, 코끼리, 토끼, 그렇잖아. 토끼는 가끔 쥐로도 바뀌고. 딱 멤버 세 명의 상징동물이라고. 그게 다가 아니에요. 점심에 가끔 오므라이스라는 게 나오잖아. 오믈렛도 아니고 우리는 생전 본 적도 없는 오므라이스가. 그거 누가 생각해냈겠냐고. 조리실에 동양계가 있는 것도 아닌데 말이야. 그건 진짜 이상한 거야. 나도 걔들 나오는 드라마 다 챙겨보기 전에는 그런 게 있는지도 몰랐다고. 이건 분명히 영역표시야. 그런 건 아무리 숨기고 싶어도 숨길 수가 없거든. 게다가 영역표시의 강도를 보면, 우두머리급이 틀림없어요. 함부로 굴었다간 그냥 목이 달아날 것 같은 페로몬이 느껴지지 않아?"

"뭐 별로……. 언니, 너무 나가는 거 아니에요? 늘 그러기는 했지만."

"그렇게 냄새를 못 맡아 가지고서야. 초원에 풀어 놓으면 반나절 만에 홀라당 잡아먹히겠네."

그 이야기를 듣고 보니 그런 것도 같았다. 언제부터인가 혼자가 아니라는 느낌이 들었던 것 같기도 했다. 엘레나 언니 때문인 줄 알았는데, 어쩌면 그게 다가 아닐지도 모른다는 생각이 들었다.

"그런데 그게 누굴까요?"

언니는 고개를 가로저었다. 지금 중요한 건 그게 아니라며, 그게 누가 됐든 그 제4의 인물이 반드시 결단을 내려줄 거라며, 독백 같은 주문을 외워대고 있었을 뿐이었다.

"그러니까 언니가 상륙을 요구하는 건 바로 그 사람한테 보내는 메시지인 셈이군요. 망설이지 말고 결단을 내리라는."

내 말에 언니가 고개를 끄덕였다. 그 표정을 보면서 나는 '이 언니야말로 정말로 미친 빠순이가 틀림없구나' 하는 생각이 들었다. 아무리 광팬이어도 그렇지 핵미사일이 실린 핵잠수함을 그런 사적인 이유로 움직일 만큼 정신없는 사람이 그 정도 위치까지 올라갈 수 있을 리 만무했다.


## 이상한 작전장교

하지만 다음날 오전에 우리 연구실로 배달된 '함선정박에 관한 양해서한'을 받아 보고는 나는 그만 정신이 아득해지고 말았다. 이틀 뒤, 그러니까 화요일 새벽에 잠수함을 EU 소속 모 군항에 정박시키겠으니, 희망하는 민간연구소 책임자들은 그때를 이용해서 민간통신망을 통해서만 처리할 수 있는 공무나 '기타 사적인 용무'를 해결하고 오라는 것이 그 양해서한의 내용이었다.

말하자면 그것은 지령이었다. 그리고 또한 거래이기도 했다. 기회는 보장해주겠으니 반드시 결과물을 획득해 오라는 무언의 압박. 엘레나 언니가 말했다.

"자기 티켓도 구해 오라는 건가? 우리 것도 어떻게 된다는 보장이 없는데. 그 말은, 몇 장이 됐든 티켓팅에 성공하면 일단 자기 것부터 챙겨달라는 거겠지?"

"그런 거예요? 부담되네요. 두 장 이상을 챙겨야 우리 게 한 장 떨

어지는 거군요. 그건 좀 과한데. 실패하면 어떻게 되는 거죠? 버리고
가나?"

"에이, 설마 그렇게까지야."

"그런데 이거 좀 무리한 요구 아니에요? 우린들 하고 싶다고 할
수 있는 일이 아닌데. 어째 좀 사채 끌어다 쓰는 느낌인데요."

하지만 그런 염려는 기우에 불과했다. 그 거래를 현실적인 것으
로 만들어줄 강력한 조력자 한 사람이 곧바로 우리 원정팀에 가담
했기 때문이다. 이번에 새로 잠수함에 합류한 스페인 출신 작전장
교 아가씨.

"셋이서 갔다 오래요."

해맑게 웃고 있는 신참을 보면서 엘레나 언니가 고개를 절레절레
흔들었다. 잠수함에 타고 있던 150명 중 JYJ 팬인 게 확실한 세 사람
이 다 모이고 나니 의심의 여지가 싹 사라져 버렸다. 그것은 분명히
지령이었다. 무슨 일이 있어도 티켓을 구해 오라는!

작전장교 아가씨에게 물었다.

"그런데 누가 보낸 거예요? 티켓은 구하고 나면 누구한테 상납하
는 거죠?"

"글쎄요. 그건 알 수가 없어요. 화요일에 정박할 데가 군사기지라
민간인이 상륙하려면 인솔자 한 사람이 따라붙어야 되거든요. 그런
데 그런 일은 어차피 제가 다 하게 돼 있어서 누가 시켰는지는 알 수
없어요. 지금 그분의 정체를 노출시켜봐야 우리한테나 그쪽이나 서
로 좋을 게 없기도 하고요. 그러니까 우리는 우리 일에나 집중하자
고요."

스페인 아가씨가 단호하게 말했다. 나는 말없이 고개를 끄덕였다. 그러자 곧이어 작전 지시가 이어졌다.

그때서야 알게 된 사실이지만, 우리 잠수함 팬덤의 세 번째 멤버는 생각했던 것보다 훨씬 훌륭한 사람이었다. 어찌나 유능했던지, 눈 깜짝할 사이에 이름조차 밝혀서는 안 될 만큼 중요한 위치에까지 올라가버려서, 그 항해 이후로는 감히 얼굴조차 보기 힘들어져 버린, 장차 EU 해군을 이끌 엘리트 중 하나로 꼽히던 인물. 그러나 그보다 더 놀라운 것은 이 아가씨가 밝힌 티켓팅 전적이었다. 다섯 번 시도해서 다섯 번 모두 성공. 게다가 그중 하나는 VIP석. 그 말은 곧, 짧은 팬 경력이기는 했지만, 갈 수 있는 콘서트나 팬 미팅은 전부 관람했다는 뜻이기도 했다.

어떻게 그게 가능했을까. 왜 나는 그렇게 못했던 걸까. 그냥 듣기만 해도 황송할 정도의 브리핑을 들으며, 엘레나 언니와 나는 그저 제때 고개를 끄덕이는 것 말고는 할 수 있는 일이 아무것도 없다는 사실을 깨달았다. 솔직히 절반 정도는 무슨 말인지 알아들을 수조차 없는 생소한 전략개념들, 실생활과 무슨 관련이 있을까 싶은 전략이론을 무려 티켓팅 따위에다 완벽하게 적용시켜놓은 난데없는 탁월함. 브리핑이 끝나자, 입을 반쯤 벌린 채 멍한 얼굴로 앉아 있던 나에게 작전장교 아가씨가 다시 한 번 물었다.

"무슨 말인지 이해하셨죠?"

"아, 네, 그러니까, 그냥 시키는 대로만 하면 된다는 거죠?"

성공확률 100퍼센트인 티켓팅 절대강자의 노하우. 마치 사관학교를 졸업한 것조차도 모두 그날의 티켓팅을 위한 치밀한 계산이었다고 말해버릴 것만 같은, 과학적이고도 정교하며 안정감 있는 전략전술.

"물론이죠. 계획대로만 하세요. 자의적인 판단은 절대 하지 마시고요!"

그 말에 나도 모르게 허리가 곧게 펴지고 무릎에 힘이 잔뜩 들어갔다. 곁눈질로 흘끔 쳐다보니 엘레나 언니 역시 마찬가지인 모양이었다. 생태계 저 아래쪽에 있는 가련한 초식동물들.

그리고 드디어 결전의 날이 밝아왔다. 엘레나 언니와 나는 아침식사를 건너뛰고 곧장 상륙할 준비를 했다. 그 말을 듣고 작전장교 아가씨가 이의를 제기했다.

"식사는 하시는 게 집중력이나 지구력에 좋은데."

"집중력은 모르겠고, 체해서요. 그리고 꼭 손 빠르기가 중요한 건 아니잖아요."

그 말은 변명이 아니었다. 티켓 오픈 시간이 한 시간 안으로 다가오면 나는 언제나 내장이 꼬이는 고통을 겪곤 했다. 이번에도 역시 다를 리 없었다. 모르긴 해도 엘레나 언니 또한 마찬가지일 게 분명했다. 작전장교 아가씨가 체념한 듯 대답했다.

"손 빠르기, 중요하거든요. 내내 바쁘게 손을 움직일 필요는 없지만, 예매창에 접속이 된 순간에는 헛손질 안 하고 정확하게 클릭을 해야 0.1초라도 아낄 수 있다고요. 그래도 체하는 것보다는 나으니까, 좋아요. 그럼 준비되셨죠? 0815시에 상륙합니다. 어제 이야기한 준비물 다시 한 번 확인하시고요."

"넵! 8시 15분! 신용카드 두 장 이상 확인 완료!"

능력자 아가씨를 따라 잠수함 밖으로 빠져나갔다. 밖에서는 보이지 않는 숨겨진 구조물들을 지나 민간인 구역까지 꽤 먼 길을 걸어가야 하는 코스였다. 중간중간 보안초소에서 신분확인 절차를 거치기는 했지만 다행히 시간이 지연될 만한 문제는 발생하지 않았다.

8시 45분. 군사시설을 벗어나 민간인 구역으로 들어서자 작전장교 아가씨가 우리를 재촉했다.

"저 건물 뒤에 있어요. 문을 열어두라고 전화를 해두긴 했는데……."

뛸 듯이 빠른 걸음으로 그쪽을 향해 걸어갔다. 전보보다 빠른 매체는 없었을 것 같은 시절에 만들어진 듯한 낡은 건물. 2층 계단을 올라가자 다행히 현대적인 모양의 유리문이 나타났다. 인터넷 카페였다. 스페인 아가씨가 문을 두드리며 자기네 말로 뭐라고 소리를 질러댔다. 그러자 잠시 후 문이 열렸다. 서로 꽤 친한 사이인지 우리 신참 작전장교가 가게 주인에게 짤막한 인사를 건네더니, 곧바로 우리를 안쪽으로 이끌었다.

"자, 어서 손 푸세요!"

컴퓨터는 깔끔한 편이었지만 인터넷은 속도가 빠르지 않았다. 한국 같지는 않을 거라고 예상은 했지만 실제로 마우스질을 해보니 훨씬 답답한 느낌이었다.

"군용시설도 마찬가지일 거야. 장비 문제가 아니라 네트워크 문제니까."

엘레나 언니가 모니터를 빤히 쳐다보며 말했다. 작전장교 아가씨도 비슷한 생각인 듯했다.

"어차피 10시가 되면 어디서 하든 다 먹통이 될 거니까 장비 탓은 해도 소용없을 거예요. 그보다 예행연습부터 시작하세요. 자, 여기 이걸로."

우리는 스페인 아가씨가 시키는 대로 그 예매 사이트에 올라와 있는 다른 공연 하나를 예매했다가 곧바로 취소하기를 서너 번 반복했다. 그 사이트에서 날짜와 회차를 고르는 절차, 그리고 결제정보 처리방식에 익숙해지기 위해서였다. 또한 결제과정에서 발생할지도 모르는 각종 돌발 상황에 대비해서 전체 예매절차가 내 앞에 놓인 바로 그 컴퓨터에서도 차질 없이 진행되는지 확인하는 과정이기도 했다.

"환불규정 체크하는 걸 자꾸 빠뜨리네. 저거 클릭해야 다음 화면으로 넘어가니까 빼먹지 말고 잘들 챙겨."


9시 25분. 모든 준비가 끝나고, 서서히 긴장이 감돌았다. 손바닥에서 땀이 나고 다리가 달달 떨리기 시작하는 시간. 콘서트 예매 페이지를 즐겨찾기로 등록해두고, 10시 오픈예정이라는 안내문을 몇 번씩이나 신경질적으로 클릭했다. 아드레날린이 분비되고 소화기가 완전히 마비되기 직전이었다. 스페인 아가씨가 다시 한 번 작전 계획을 숙지시켜주었다.

"아직 긴장 푸세요. 벌써 긴장하시면 오래 못 버텨요. 다시 한 번 정리할게요. 정각 10시가 되면……."

나는 마음속으로 그 절차를 떠올려보았다. 정각 10시에 예매 사이트가 열린다. 오차는 얼마든지 생길 수 있으니 9시 58분부터 반복해서 새로 고침을 하면서 정확한 오픈 시간을 놓치지 않도록 해야 한다. 다른 사람들도 똑같은 일을 하고 있을 것이기 때문에, 오픈되는 순간 사이트가 마비되고 할 수 있는 게 거의 아무것도 없어질 텐데, 이때 당황하지 않고 침착하게 계속해서 예매과정을 진행해야 한다. 혹시 중간에 멈추더라도 아쉬워하지 말고 처음으로 돌아가서 다시 차분히.

그런데 그 순간 문득, 이게 뭐하는 짓인가 하는 생각이 밀물처럼 밀려왔다. 여기는 어디일까. 이 뜬금없는 섬의 뜬금없는 PC방. 나는 어쩌자고 여기에 이러고 앉아서, 저 팬클럽 회장 언니 같은 처자가 하는 말을 머릿속에 각인시키고 있는 걸까. 그것도 영어로.

갑자기 얼굴이 화끈 달아올랐다. 그리고 뜬금없이 엄마 목소리가 떠올랐다.

"그래서, 너 일하는 데가 어디라고?"


## 이상한 합동작전

팬덤 안에 있는 사람이나 밖에서 관찰하는 사람이나 모두가 어느 정도는 알고 있는 사실이지만, '팬질'이란 참 이상한 짓이다. 정상적인 인간의 선호체계와는 조금 다른 맹목적인 선호체계를 내면화하는 일이기 때문이다.

보통 공연장에서 제일 좋은 자리는 1층 약간 앞쪽 가운데 어딘가

다. 정확히 어디인지는 콕 집어서 말하기 어렵지만 아무튼 맨 앞자리는 아니라는 뜻이다. 그런데 팬덤이 생각하는 좋은 자리는 무조건 무대에서 제일 가까운 자리다. 여기서부터 비극이 시작된다. 전날 밤 작전장교 아가씨가 한 이야기도 바로 이 비극에서 시작되는 것이었다.

"열성적인 팬들은 티켓팅이 어려워요. 그런데 팬 아닌 사람한테 부탁하면 의외로 어렵지 않게 표를 건지거든요. 저도 사실 팬으로 시작한 게 아니고 부탁받아서 티켓팅하다가 팬이 돼버린 경우인데, 자, 여기 이 그림을 보세요. 여기가 무대고 이 앞이 객석이에요. 사이트가 마비되는 경우에는 눈으로 직접 확인하는 게 쉽지 않지만, 마비가 안 되고 5분이든 10분이든 매진될 때까지 한 번에 쭉 티켓팅이 진행되는 콘서트를 보면 티켓이 팔려 나가는 과정이 한눈에 보여요. 빈자리 클릭해서 결제 버튼 눌렀다가, '다른 고객님이 이미 선택하신 자리입니다' 하는 안내문이 떠서 다시 자리선택 화면으로 돌아와 보면 예매할 수 있는 좌석 라인이 조금 전보다 몇 줄 더 뒤로 밀려나 있거든요. 맨 앞줄부터 시작해서 나중에는 저 뒤쪽까지, 마치 들불 번지듯 예매가능 좌석의 한계선이 점차 밀려 나가는 모양이 보이는데, 우리 티켓팅도 원리는 마찬가지예요. 이건 결국 남아 있는 자리 중에서 제일 좋은 자리를, 그러니까 무대에서 제일 가까운 자리를 골라서 결제화면으로 빠르게 넘어가는 싸움이잖아요. 서버가 터져버려서 직접 눈으로 확인은 못해도, 이 전장 어딘가에서는 분명 이런 일이 일어나고 있을 거라고요. 들불 번지듯 빈자리의 한계선이 뒤로 밀려나는 현상이요. 이 선을 파악하는 게 중요해요. 현재 시점에서 예매 가능한 영역의 경계선이 어디까지 밀려와 있는지. 이건 별다른 요령이 있는 게 아니고, 사실 누구나 파악할 수 있는 거거든요. 그런데 열성팬들은 이걸 못해요."

"왜요?"

"꼭 실제 경계선보다 살짝 앞쪽을 클릭하거든요. 한 칸이라도 더 앞에서 보려고."

"나는 안 그런데. 안전하게 하려고 하는 건데요."

"본인 생각은 그렇겠죠. 하지만 이쯤이면 안전할 거라고 생각하는 바로 그 순간 빠순이들의 머릿속에 그어져 있는 가상의 한계선 자체가 완전히 틀린 판단일 거거든요. 마음이 앞쪽으로 쏠려 있으니까요. 이쯤이면 안전하겠지 하고 생각하는 거기가 사실은, 1초 전에는 안전했을지 모르지만 지금은 이미 불길이 활활 타오르는 지점일 수 있다는 말이에요. 높은 확률로. 그리고 그 한두 칸 차이에서 승패가 갈려요. 빈자리가 보였는데, 내가 클릭해 들어가는 순간, 다른 누군가가 딱 0.001초쯤 빨리 클릭해버린 거죠. 그러면 거의 손에 들어왔다가 놓쳤다는 생각에 정신이 혼미해지는데, 게다가 그런 일을 한 번만 하는 게 아니라 두 번 세 번 자꾸 반복하는 거예요. 결과는 역시 실패일 거고, 그때부터 사기가 꺾이기 시작해요. 실수가 나오고 비합리적인 선택이 많아지고, 그럼 그냥 그날은 루저가 되는 거죠."

나는 대답 대신 고개를 끄덕였다. 딱 내 이야기를 하는 것 같아서였다. 비합리적인 선택, 팬이니까 하게 되는 빤한 실책, 좋은 자리에 욕심을 내지 않고 그냥 티켓을 구하는 것 자체를 목표로 삼는 사람은 좀처럼 범하지 않는다는 바보 같은 실수들.

어쩐지 기분이 나쁘지 않았다. 객관성을 잃어버린 눈. 남들은 다 아는 단순한 패턴. 몇 번을 반복해도 그 단순한 패턴 하나를 알아채지 못하는 어리석은 판단력. 그런데 그 어리석음이 곧 팬심 그 자체라면.

"그럼 어떻게 해야 되는 거죠? 어떻게 해야 티켓팅에 성공할 수 있나요?"

9시 45분. 긴장감이 서서히 고조되어 갔다. 예정보다 일찍 사이트가 열릴지도 모르는 일이었으므로, 누군가 한 명은 컴퓨터 앞에 달라붙어서 최소한 10초 간격으로 계속 새로 고침을 하고 있어야 했다. 엘레나 언니가 그 역할을 하고 있는 사이, 스페인 아가씨가 그날의 전략목표를 다시 한 번 확인해주었다. 팬이면 당연히 하게 된다는 그 비합리적인 선택을 우회할 수 있는 방법.

그것은 분업이었다. 제1목표, 제2목표, 제3목표. 전략 목표를 세 등급으로 구분해서 세 사람이 각자 자기가 맡은 구역만 확실하게 책임지는 전략이었다.

"아시겠죠? 상황이 상황이고 하니, VIP석은 노리지 않습니다. 제1전략목표는 포기하고 셋이서 제2, 제3전략목표만 확실하게 노린다고 보시면 돼요. 두 분은 제3목표를 노리세요. 앞쪽 자리 넘보지 마시고 뒤쪽에서부터 확실하게. 생각보다 훨씬 뒤쪽을 노리셔야 돼요. 아예 맨 뒤에서부터 경쟁해 들어오는 사람들도 많으니까 너무 뒤쪽 말고 적당히, 안전을 우선으로. 딱 보시면 감으로 아실 거예요. 이정도, 아시겠죠? 이 정도 위치를 노리시는데, 상황 봐서 최대한 안전하게 선택하세요. 그리고 제2목표는 제가 노릴게요. 자리 배분에 관해서는 나중에 다시 이야기하자고요. 저는 어차피 자리에는 큰 욕심 없으니까. 오케이?"

다시 고개를 끄덕였다. 새삼스럽게 자꾸 고개만 끄덕이고 있다는 생각이 들었다. 분업, 전략목표, 동료에 대한 신뢰. 나는 내가 비로소 그 핵잠수함의 진정한 일원이 된 것 같은 착각이 들었다. 같은 배를 탄 공동운명체의 일원이 된 느낌. 느슨하기만 했던 내 잠수함 생활에 난데없이 팽팽한 긴장감이 감돌았다. 오랜만에 되살아난 야생의 감각, 진짜 승부가 펼쳐지는 일촉즉발의 상황. 그 한가운데에 내가 있었다. 비록 최상위 포식자는 아니었을지 몰라도.

긴장감이 어느새 온몸을 결박해 들어왔다. 다리가 됐든 손끝이 됐든, 어딘가 한 군데는 계속해서 일정한 리듬을 반복하고 있었다. 내 안을 잠식한 긴장을 감추기 위해 나도 모르게 어디선가 끌어다놓은, 내 안에서 비롯되지 않은 박자들.

작전장교 아가씨의 목소리가 조금씩 떨리는 게 느껴졌다. 9시 52분. 서서히 말수를 줄여야 할 시간이었다. 엘레나 언니가 콧노래를 흥얼거리기 시작했다. 혹등고래들의 노래였다. 나도 몇 소절을 따라 부르다가 다시 잠자코 모니터를 응시했다. 클릭, 클릭, 그리고 또 클릭. 그렇게 시간이 흘렀다.

9시 58분. 이제 곧 운명을 걸어야 할 시간. 마우스 클릭하는 소리만이 조용한 인터넷 카페를 가득 채우고 있었다. 다시 9시 59분으로 숫자가 바뀌고, 10초, 20초, 마음속 초침이 잰걸음으로 시간을 재촉했다.

그리고 마침내 10시 정각.

"시작됐어."

엘레나 언니의 목소리가 들렸다. 나는 첫 번째 클릭을 했다. 사방이 온통 고요해지고, 인터넷 연결속도가 갑자기 느려졌다. 예상대로였다. 당황할 필요는 전혀 없었다. 하지만 화면 넘어가는 속도가 한없이 느려지자 초조한 생각이 머릿속을 가득 채웠다. 느릿느릿 천천히. 공연날짜 선택 화면이 간신히 나타났다. 어차피 하루뿐인 공연, 날짜를 고르고 시간을 고르는 건 애초에 군더더기에 불과했지만, 미리 대비하고 있었던 우리에게는 나쁘지 않은 절차였다. 세상 어딘가, 대비하고 있지 않던 누군가는 그 순간 무슨 동작을 취해야 다음 화면으로 넘어가는지 몰라 한순간이라도 더 머뭇거리게 될 테니까.

날짜와 시간을 선택한 다음 좌석선택 아이콘을 클릭했다. 중복클릭이 되지 않게 정확히 딱 한 번. 다시 화면이 느려졌다. 작업진행을 알리는 작은 막대가 천천히 오른쪽으로 옮겨가고 있었다. 튕기지 말고 그대로 조금만 더! 간절한 마음으로 모니터를 노려보았다. 그리고 그 순간, 그 마음이 통했는지 화면이 넘어갔다. 그러자 눈앞에 공연장 좌석이 펼쳐졌다.

위쪽이 무대 쪽. 이미 불길이 번져오기 시작한 모양인지, 무대 주변 좌석 수백 개가 이미 하얀색으로 표시되어 있었다. 누군가 이미 선택을 완료하고 결제화면으로 넘어가 버린 좌석이라는 의미였다. 아직 아무도 선택하지 않은 보라색, 녹색, 노란색 구역에도 이미 가운데부터 크게 구멍이 뚫려 있었다.

'늦었어!'

한순간 그런 생각이 뇌리를 스쳤다. 그러나 다음 순간, 한결 침착해진 내 눈에 다른 광경이 보였다.

'아니야, 승부는 이제부터야. 이 정도면 생각보다 많이 남은 거야!'

머릿속에 공연장 풍경이 펼쳐졌다. 그 넓은 공연장 한가운데에 두 팔을 벌리고 선 듯한 착각이 들었다. 어디든 달려가 앉기만 하면 될 것 같은, 손에 잡힐 듯 가까이 다가와 있는 좌석들.

모험을 걸 만한 광경이었다. 그래도 무리는 하지 않았다. 부채꼴 모양으로 번져 가는, 하얀색 좌석과 색깔 있는 좌석들 사이의 예리한 경계선. 그 선이 보였다. 그리고 나에게 주어진 임무대로 그 선 훨씬 뒤쪽에 있는 좌석 두 개를 클릭했다.

"하나씩 클릭하는 게 확률은 높겠지만, 우리한테 필요한 티켓은 세 장. 그러니 두 개씩은 클릭을 해야 돼요."

작전장교 아가씨의 말이 떠올랐다. 순식간에 두 자리를 클릭한 다음, 재빨리 '선택완료' 아이콘으로 마우스를 옮겼다. 그리고 클릭!

대화창이 떴다.

– 다른 고객님께서 이미 선택하신 좌석입니다!

실패였다. 숨이 턱 막혔다. 다시 좌석 선택 화면이 떴다. 몇 초밖에 지나지 않은 것 같았는데, 하얀색 영역이 좀 더 뒤쪽까지 밀려나 있었다.

다시 좌석 두 개를 클릭하고 화면이 바뀌기를 기다렸다. 1초, 2초, 3초……. 그러나 이번에는 화면이 바뀌지 않았다. 그리고 아무것도 없는 흰색 화면! 연결이 끊어졌다. 실패였다. 새로 고침 키를 눌렀으나 먹히지 않았다. 처음부터 다시 접속해 들어가야 했다.

클릭, 클릭, 클릭, 클릭, 클릭. 시간이 한참이나 흘렀다.

옆자리에서 의미를 알 수 없는 탄식이 터져 나왔다. 나는 즐겨찾기 주소를 클릭해서 다시금 예매 사이트에 접속했다. 적어도 3분은 더 잡아먹은 것 같았다. 연결 상태는 아까보다 훨씬 더 나빠져 있었다. 이제 속도는 무의미해진 시간. 몇 번을 거듭 시도한 끝에 겨우겨우 날짜선택 화면으로 넘어갔다. 그리고 다시 몇 번을 시도한 끝에 좌석선택 화면을 불러내는 데 성공했다.

그러나 이번에도 역시 새하얀 화면!

그곳은 온통 눈밭이었다. 색깔 있는 좌석은 거의 남아 있지 않았다. 이미 불길이 휩쓸고 지나간 듯 남아 있는 거라곤 온통 하얗게 불타버린 잿더미뿐. 맨 구석에 색깔 있는 자리 몇 개가 보였다. 나는 재빨리 그곳으로 마우스를 옮겨 침착하게 남아 있는 좌석을 클릭했다.

"아, 이놈의 좌석표시는 왜 이렇게 작게 만들어놓은 거야!" 그렇게 말하면서 동시에 '선택완료' 아이콘을 클릭했다. 생각할 수 있는 가장 빠른 속도로. 다시 대화창이 떴다. '다른 고객님께서 이미 선택하신 좌석입니다!'

내 입에서도 탄식이 터져 나왔다. 모니터에는 도로 좌석선택 화면이 펼쳐져 있었다. 이제는 거의 아무것도 남지 않은 하얀색 화면. 마지막 남은 녹색 좌석 몇 개로 마우스를 갖다 댔다. 표적이 몇 개밖에 남지 않았다는 건 아직 좌석을 차지하지 못한 사람 모두가 그 몇 개를 향해 달려들 거라는 뜻이었다. 그러니 결과는 보나마나였다.

- 다른 고객님께서 이미 선택하신 좌석입니다!

숨이 콱 막혔다. 끝이었다. 이제 남은 좌석은 하나도 없어 보였다. 실패였다. 티켓팅에 도전만 했다 하면 늘 겪었던 그 일. 익숙한 패배 감이 엄습해왔다.

"아직 끝난 게 아니죠."

그때 스페인 아가씨의 목소리가 들려왔다. 긴장한 탓인지 잔뜩 가 늘어진 목소리였다.

그 말대로였다. 이제부터가 시작이었다. 나는 마음을 가다듬고, 몇 분간 해오던 동작을 기계적으로 반복했다. 우리 작전장교가 제시 한 두 번째 필승전략, 그것은 바로 리바운드였다.

나는 여전히 느려터진 인터넷 화면을 바라보며 새로 고침 키를 계 속해서 눌러댔다. 느릿느릿, 그 갑갑한 동작을 열 번이 넘도록 반복 하자 하얗기만 하던 화면 한가운데에 녹색 자리 하나가 갑자기 생겨 났다. 눈밭을 뚫고 자라난 작은 잎사귀처럼.

재빨리 그곳을 클릭해 들어갔다. 좌석 크기가 너무나 작아서 한 번에 정확히 집어내기가 쉽지가 않았다. 두 번 만에 좌석을 클릭한 다음 신속히 선택완료 버튼을 눌렀다.

실패였다. 어디선가 난생처음 들어보는 이상한 감탄사가 들려왔 다. 독일어인지 스페인어인지 구별조차 할 수 없는 이상한 말이었 다. 나는 눈꺼풀을 닫듯 귀를 닫고 내 눈앞에 펼쳐진 화면에 집중했 다. 그리고 다시 클릭. 몇 번이고 반복해서 새로 고침을 눌렀다. 싸 움에 지친 삶, 그러면서 자연히 승부의 세계를 멀리하게 된 몸. 평화주의자가 되겠다는 결심, 순간의 승부에 내 인생에서 가장 소중한 것들을 맡기지 않겠다는 선언. 느긋해진 신경반응. 안식에 길들여진 삶. 난데없이 떨어진 핵잠수함이라는 공간. 난데없이 떨어진 이상한 타겟. 그리고 나의 싸움터.

새로 고침 속도가 조금 더 빨라졌다. 네트워크가 빨라진 것인지 신경반응 속도가 빨라진 것인지, 아니면 둘 다인지조차 알 수 없었다. 그 모든 게 연결된 듯한 무아의 경지. 화면에 초록색 표적 하나가 나타났다. 공략할 수 있는 유일한 표적. 타겟이 시야에 들어오는 동시에 마우스가 그쪽을 향해 빠른 속도로 날아갔다. 크루즈미사일처럼 빠르고 정확한 동작이었다. 클릭해야겠다는 판단마저 생략된, 오로지 표적과 나 사이에서만 존재하는 완전한 합일의 순간.

타겟을 이해했다. 내가 곧 타겟이 되고 타겟은 곧 내가 되었다. 그것은 바로 나였다. 나는 이미 그 자리에 앉아 있었다. 분명 그런 착각이 들었다.


그리고 바로 그 순간, 기적이 일어났다. 결제화면이 갑자기 눈앞에 펼쳐진 것이었다.

나는 호흡을 멈추고 결제정보를 입력했다. 스페인 아가씨가 한 말이 떠올랐다.

"일단 좌석을 선택하고 나면 속도는 신경 쓰지 않아도 돼요. 결제 과정이 진행되는 동안은 자리를 맡아둔 걸로 생각해도 좋으니까. 하지만 안심하기는 일러요. 왜냐하면 여기서 오류가 나는 경우가 많거든요."

"오류가 나면 어떻게 되는데요?"

"끝이죠. 처음부터 다시 시작해야 한다는 뜻이에요. 그래서 리바운드가 필요한 거예요. 다른 사람들도 분명히 오류가 나게 돼 있으니까. 좌석이 하얀색으로 변해 있다고 예매가 끝난 건 아니라는 뜻이에요. 누군가는 결제 중간에 문제가 생겨서 다시 좌석 밖으로 튕겨 나가게 돼 있거든요."

"끔찍하네요."

"끔찍하죠. 하지만 그건 어쩔 수 없는 현실이에요. 그러니까 실패했다고 좌절하지 말고 마지막까지 끈기 있게 기다리라는 거예요. 몇 번이고 반복해서. 아셨죠?"

조심조심, 카드 정보를 입력하고 틀린 숫자가 없는지 번호를 확인했다. 티켓수령 방법을 '현장수령'으로 선택하고, 예매 사이트에 저장된 개인정보를 확인한 다음 카드 비밀번호를 또박또박 입력한 후 중복클릭이 되지 않게 조심조심 전송 버튼을 클릭했다. 달칵.

시간이 완전히 멈춘 것만 같았다. 그야말로 운명적인 순간이었다. 다시는 없을 기회, 할 수 있는 일을 전부 끝마치고 오로지 서버의 선택만을 남겨둔 순간.

'그래, 이만하면 충분히 했어. 이래도 안 되면 인연이 아닌 거지.'

땀이 났다. 최근 5년간 겪었던 것 중 가장 스릴 넘치는 순간이 틀림없었다. 이게 뭐하는 짓인가 하는 생각이 밀려오는 동시에, 더할 나위 없이 후련한 기분에 온몸이 가벼워졌다.

'아무튼 진짜로 미친 짓이야. 내가 이 시간에 이런 데서 이런 거 하고 있었다는 사실이 알려지면 우리 소장님이 참 기특해하시겠네.

에휴.'

바로 그때, 운명의 대화창이 나타났다. 예행연습 이후로는 처음 본 대화창이었다. 그때서야 나는 내가 숨을 멈추고 있었다는 사실을 깨달았다. 심해로 들어간 고래처럼. 갑자기 한숨이 터져나왔다. 동시에 나지막한 목소리로 이런 말이 함께 튀어나왔다.

"저, 성공한 것 같아요!"

나는 눈을 크게 뜨고 마지막 대화창을 확인했다.


– 예매가 완료되었습니다.


오전 10시 16분 30초 언저리. 영원과도 같았던 어느 찬란한 아침에 전달된 승전보였다.


**이상한 핵잠수함**


"뭐? 회항해도 되냐고? 그쪽에서 하겠다면 해야지 뭐. 그렇다고 회항 못 하게 막고 있을 것도 아니잖아."

보안회선을 통해 연구소에 직접 연락을 취했다. 모두가 예상했던 것처럼, 그런 걸 왜 묻느냐는 질문이 되돌아왔다. 나도 그런 걸 왜 물어보라고 하는지 이해가 안 된다고 대답해주었다. 콘서트도, 티켓팅도, 제4의 팬도, 그리고 우리의 기막힌 거래도, 그 어떤 이야기도 꺼내지 않았다. 마치 아무 일도 일어나지 않은 것처럼.

그렇게 아무렇지도 않게 잠수함으로 돌아왔다. 등줄기가 온통 땀에 젖은데다 갑자기 긴장이 풀린 탓에 온몸이 기진맥진 녹초가 되었지만, 그런 내색은 전혀 하지 않았다.

그날 우리는 모두 네 장의 티켓을 구했다. 내가 한 장, 우리 에이스인 작전장교 아가씨가 두 장, 거의 10시 30분까지 매달린 끝에 엘레나 언니가 겨우겨우 한 장. 엘레나 언니는 그날 내내 물도 한 잔 제대로 못 마실 정도로 완전히 지쳐 있었다.

"두 번은 절대로 못 하겠다. 한 시간 만에 5년은 늙은 것 같아."

다시 잠수함에 실려 기지에 도착할 때까지 엘레나 언니는 몸살을 앓았다. 물론 표정은 내내 밝아 보였다. 우리의 스페인 작전장교 아가씨는 다시는 우리 방을 찾아오지 않았다. 직접 대화를 나눠본 건 아니지만, 아마도 그날 우리가 저지른 일을 영원히 비밀로 해두고 싶어 하는 눈치였다.

그래도 티켓 배분은 어렵지 않았다. 엘레나 언니와 나는 어차피 각자 자기가 산 티켓을 챙기면 됐고, 스페인 아가씨가 산 두 장의 티켓은 본인과 정체를 알 수 없는 결정적 조력자에게 각각 한 장씩 돌아가면 그만이었다. 엘레나 언니나 나로서는 더 이상 궁금해할 필요가 없는 일이었다. 말하자면 그건 군인들이 알아서 할 일이었으니까.


워낙 비밀스러운 작전이었기 때문에 엘레나 언니와 나는 기지로 돌아가는 내내 환호성을 최대한 아껴야 했다. 그래서 우리는 우리끼리 있을 때만 축가를 불렀다. 그것도 사람 노래가 아니라 고래들의 노래로.

바다는 여전히 시끄러웠고, 고래들은 끈질기게 잠수함을 따라왔다. 나도 잘 아는 노래가 온 바다에 울려 퍼지곤 했는데, 그 사이에는 우리 두 사람의 목소리도 끼어 있었다. 그 노래에 한껏 취해 있다가, 문득 철이 들듯 그런 생각이 들었다.

'아, 이건 또 뭐하는 짓일까. 내가 왜 이 시간에 여기에 앉아서 고래 노래 따위를 따라 부르고 있는 거지? 그나저나 이 미친 핵잠수함은 제대로 돌아가는 게 맞기는 한 걸까.'

하지만 또 한편으로 이런 생각도 들었다. 타겟이 있는 삶. 그것은 정말로 남들이 생각하는 것만큼 쓸데없이 무모하기만 한 일일까.

누군가는 말한다. 그렇게 힘들게 티켓을 구해봐야, 그래서 결국 콘서트에 가봐야, 그냥 그 자리를 가득 메운 수천 명 팬 중 하나밖에 더 되는 거냐고. 심지어 어느 팬은 이렇게도 말했다. 가수가 자기를 봤다고 주장하는 팬들은 언제나 등장하기 마련이지만, 사실 그 가수는 그런 거 안 본다고. 새우젓 먹을 때 새우랑 눈 마주치는 사람이 어디 있냐고. 하지만 그들도 이것까지는 몰랐을 것이다. 그 아무렇지도 않은 새우젓 몇 마리가 고래보다 더 큰 핵잠수함 한 대를 완전히 바보로 만들기도 한다는 사실을.

항해 마지막 날 저녁에는 언제나 그렇듯 축하만찬이 있었다. 아껴둔 식재료와 술이 대거 방출되는 떠들썩한 파티. 항해 일정이 예상보다 훨씬 짧아져서 그 어느 때보다도 풍족한 만찬이었다. 그리고 그 만찬 중간에, 호기심을 참지 못한 엘레나 언니가 식당 대형 모니터에 JYJ 멤버들이 함께 출연한 광고를 띄웠다. 어리둥절한 표정으로 그 광고를 바라보는 130여 명의 사람들 사이에는, 도저히 숨길 수 없는 미소를 만면에 떠올리며 서로를 향해 알 듯 말 듯한 신호를 보내는 네 명의 열성팬도 포함되어 있었다. 나, 엘레나 언니, 작전장교 아가씨, 그리고 그날에야 비로소 정체를 드러낸 우리의 든든한 고위층 조력자. 나는 남들이 알아보지 못할 정도로 살짝 고개를 숙여 부함장의 결단에 경의를 표했다.

'부함장이었다니! 아무튼 미친 잠수함이야.'


## 이상한 해피엔딩


임무가 끝나고, 우리는 모두 무사히 육지로 돌아갔다. 각자의 나라로, 혹은 저마다의 위치로. 세상은 한동안 평화로웠다. 핵잠수함이 미사일을 발사할 일은 당분간 일어날 것 같지 않았고, 그에 따라 내 수상한 연구도 차질 없이 착착 진행되어 갔다. 엘레나 언니는 정말로 고래에게 노래를 가르치기 시작했는데, 성공 여부를 말하기에는 아직 시간이 좀 더 필요할 것 같았다. 무엇보다 놀라운 것은 우리 스페인 작전장교 언니의 초고속 승진에 관한 이야기였지만, 아쉽게도 그 이야기는 전부 비밀로 묶여버려서 더는 할 말이 남지 않게 되어버렸다.

그리고 물론 말할 필요도 없이, 그해 독일 콘서트는 대단히 훌륭했다.

예술과 중력가속도

은경 씨는 얼굴이 작고 몸매가 날씬하며 자세가 꼿꼿한데다 피부까지 뽀얘서 여러 사람들 사이에서도 단연 눈에 띄는 미인이었다. 나는 황급히 도로변에 차를 세우고 사진을 자세히 들여다보았다.

"누구? 이 여자?"

그러자 엄마가 의기양양한 얼굴로 말했다.

"왜? 마음에 드나?"

"사진만 보고는 모르지."

나는 아무렇지도 않은 듯 다시 차를 출발시켰다. 그러다 괜히 사이드미러를 흘깃거리는 모습을 들키고 말았는지, 엄마가 그 빈틈을 날카롭게 파고들었다.

하지만 누가 뭐래도 내 결심은 확고했다. 나에게는 2년 넘게 만난 애인이 있었다. 엄마는 소진 씨가 썩 마음에 들지 않는 눈치였지만 별로 신경 쓸 일은 아니었다. 엄마가 재산이 많은 것도 아니고 내가 나이가 적은 것도 아니었으니까. 그래도 저런 미인을 물어오다니, 놀라울 따름이었다.

한 달 전, 엄마는 딱 세 번만 자기가 소개해주는 사람을 만나보고 그래도 생각이 안 바뀌면 소진 씨와 결혼해도 좋다고 말했다.

"결혼해도 좋고 말고가 어디 있는데? 엄마가 허락하든지 말든지 나는 무조건 결혼한다니까."

내가 그렇게 말하든 말든 엄마는 가능한 모든 인맥을 총동원해서 '괜찮은 여자'를 물색하기 시작했다. 그래 봐야 엄마들 취향이라는 게 다 거기서 거기였기 때문에 나는 그다지 걱정이 되지 않았다. 첫 번째 여자는 반듯한 집안의 착하고 귀여운 아가씨였고, 두 번째 여자는 지적이고 쾌활한 의사 선생님이었는데, 아무리 봐도 나와 어울리기보다는 자기들끼리 더 잘 어울릴 것 같은 사람들이었다. 딱 엄마의 며느리 이상형에 부합할 것 같은 두 사람. 그러나 사실 알고보면 엄마가 생각하는 것만큼 좋은 며느리가 될 생각은 없는 것 같은 사람들.

하지만 세 번째 여자, 은경 씨는 달랐다. 그렇게도 소진 씨가 싫었을까, 급기야 엄마는 자기 이상형까지도 포기한 모양이었다. 그리고 그 전략은 의외로 나쁘지 않았다.

"뭐 하는 여자라고?"

"아버지가 우주항공 무슨 박사라는데, 달에서 살다가 대학 들어가면서 이민 왔다 하던데."

"대학 들어가면서가 아니라 달기지 폐쇄되면서 왔겠지."

"아닌데. 대학 들어가면서 왔다던데."

"그거나 그거나."

"아닌데."

엄마는 끝까지 우겼다. 엄마가 틀렸다는 것을 입증하기 위해서는 본인을 직접 만나서 이야기를 듣는 수밖에 없었다. 나는 마지못해 약속을 정했다. 실물을 보고 싶어서가 아니라 진실이 궁금해서였다. 은경 씨 본인이 이야기하는 진실은 이랬다.

"대학이요? 취직이 안 되니까 대학을 가기는 가야겠더라고요."

"왜 취직이 안 돼요?"

"달에서 배운 걸 하나도 못 써먹게 돼서요."

"왜요? 달에서 뭘 하셨는데?"

"예술을 좀 했거든요."

"아. 예술."

은경 씨는 실물이 더 매력적이었다. 표정이 풍부하고 표현이 살아 있었다. 예술을 좀 하셨다니, 나는 저런 거만한 소리가 전혀 부담스럽게 들리지 않는 이유가 궁금했다. 아마 긴 목선 때문일 것이다. 다시 은경 씨에게 물었다.

"예술계 쪽은 잘 모르지만, 무슨 텃세 같은 게 있었나 보죠? 달에서 활동하신 분들은 아무래도 이쪽에는 기반이 없으니까."

"네? 텃세?"

은경 씨는 그게 무슨 말인가 하는 표정으로 나를 쳐다보다가 이내 웃음을 터뜨렸다.

"아, 그런 게 아니고, 종목이 좀 그랬어요. 지구에서 하기는 좀 어러운 걸 했거든요. 텃세에 부딪칠 정도까지는 가보지도 못했어요."

은경 씨의 웃는 모습을 보는 순간, 나는 마치 내가 굉장히 재치 있는 질문이라도 한 듯한 착각에 빠졌다. 실상은 섣부른 짐작에서 비롯된 엉뚱한 말참견에 지나지 않는 말이었지만.

"그래요? 달에서만 할 수 있는 게 있어요? 어떤 걸 하셨는데요?"

은경 씨는 전쟁 통에 잃어버린 자식 이름이라도 떠올리듯 힘없이 대답했다.

"무용이요. 현대무용."

"아, 무용."

"네, 무용. 그런데 달에서 하던 무용은요, 지구에서는 절대 할 수가 없어요. 중력 때문에 거기 무용이랑 여기 무용은 아주 많이 다르거든요."

"아, 중력. 그렇겠네요. 지금은 그럼?"

"지금도 무용수예요. 서울에 유학 와서 완전히 처음부터 다시 배웠어요. 그렇긴 한데……"

그렇기는 한데, 아마도 쉽지는 않았을 것이다. 중력이 여섯 배나 큰 천체로 이사를 온다는 건 곧 몸무게가 여섯 배로 는다는 뜻이기도 하니까. 똑바로 서 있기도 힘들 텐데 그 와중에 춤을 출 생각을 하다니, 모르긴 해도 재활치료에 가까운 훈련이 필요했을 것이다. 그렇게 고생해서 다시 무대에 선다 해도 다시 얻은 무대가 생각만큼 만족스럽지도 않았을 것이다.

세 번째 만난 날, 은경 씨는 옆에서 누가 보든 말든 신경도 쓰지 않고 보도블록을 팔짝팔짝 뛰어다니면서 이렇게 말했다.

"여기서는 아무리 연습해도 점프가 이 정도밖에 안 돼서 슬퍼요."

슬퍼요. 그 점프는 내가 본 것 중 가장 우아하고 시원한 점프였다. 그런데도 점프가 부족하다니. 달에서는 도대체 어디까지 올라갔다 내려왔단 말인가. 나는 길고 가는 팔다리를 휘휘 휘두르며 폴짝폴짝 뛰어다니는 은경 씨 옆을 걷고 있는 내 모습이 어쩐지 자랑스러웠다. 그래서 그날 저녁에 소진 씨를 보고 이렇게 말했다.

"우리, 차분하게 서로에 대해 생각할 시간을 갖는 게 좋을 것 같아."

사실 나에게는 그런 시간이 전혀 필요가 없었다. 더 생각하고 말고 할 것도 없었다. 나는 이미 은경 씨에게 푹 빠져 있었다. 하지만 소진 씨는 정말로 우리 두 사람의 관계에 대해 차분하게 생각해본 것 같았다. 일주일쯤 뒤에 긴 말 없이 헤어지자는 소리가 나온 걸 보면 소진 씨는 당시 우리 관계가 어떤 상태에 놓여 있었는지를 제대로 이해한 게 틀림없었다. 아무튼 현명한 여자였다.

은경 씨와는 관계 진전이 빨랐다. '엄마가 시켜준 소개팅'의 유일한 장점은 교제 중인 남녀가 자신들이 결혼을 전제로 만나는 것인지 아닌지 따지고 잴 필요가 없다는 것이다. 저쪽에서 그만 만나자는 이야기가 나오지 않는 이상, 일은 '엄마가 시켜주는 소개팅'의 플롯대로 착착 진행되기 마련이었다. 서로의 의중을 떠보는 심리게임을 할 필요가 없어지자 서로의 진실한 내면이 드러나는 순간도 더 빨리 찾아왔다.

은경 씨의 내면은 예술혼으로 가득한 세계였다. 솔직히 나는 그 섬세한 영혼을 감당할 수도 이해할 수도 없었다. 왜 예술가들은 자기 내면의 가장 아름다운 부분을 소중히 간직하지 않고 저 밑바닥에

다 아무렇게나 흘려 놓은 것일까. 은경 씨가 "인간 정신의 진정한 아름다움을 건져올리기 위해", 이따금씩 고뇌와 쓸쓸함 그리고 절망으로 가득한 내면의 바닥 깊은 곳까지 내려갔다가 올라올 때마다 나는 그런 생각을 하곤 했다. 어떻게 저렇게 아름다운 피조물이 단지 밑바닥으로 내려가기 위해 저렇게 어마어마한 양의 술을 저 조그만 입으로 들이붓는단 말인가.

엄마는 당신이 당신의 소중한 외아들에게 직접 소개한 그 우아한 피조물의 내면세계가 사실은 코스모스보다는 카오스에 가깝다는 사실을 전혀 눈치 채지 못했다. 엄마는 은경 씨를 마음에 쏙 들어했고, 나 또한 그 점에 관해서는 다를 바가 없었다. 나는 내가 미쳤다고 생각했다. 우는 여자가 지껄이는 이야기를 처음부터 끝까지 귀 기울여 듣다니. 게다가 그 말이 도대체 무슨 소리인지 이해하려고 애쓰기까지 하다니. 그건 사랑이 분명했다.

그전까지만 해도 나는 은경 씨에 대한 나의 사랑이 단지 은경 씨의 우아한 외모에서 비롯된 것이라고 생각했다. 물론 그 생각 때문에 죄책감이 들거나 하지는 않았다. 그게 뭐 어때서. 하지만 어느 무용수의 한심한 영혼이, 다른 곳도 아닌 바로 자기 자신의 내면을, 그것도 몇 주씩이나 도통 갈피를 못 잡고 헤매는 꼴을 보고 나니 생각이 달라졌다. 아니, 그 꼴을 보고도 전혀 짜증이 느껴지지 않는 내 자신을 돌이켜보고는 마음을 고쳐먹게 되었다. 내 사랑은 은경 씨의 외모에서 비롯된 게 아니었다. 그렇다고 그 복잡한 내면 때문에 생긴 것도 물론 아니다. 결국 내면도 외면도 아닌 희한한 곳에서 시작되었다는 이야기인데, 그게 어딘지는 알 수가 없었다.

"그냥 너 변태야."

친구들은 말하곤 했지만, 그에 대한 내 대답은 짧고 간결했다.

"변태가 뭐 어때서."

은경 씨가 화요일이나 수요일부터 시작된 깊고 깊은 내면의 고독에서 벗어나 며칠 만에 처음으로 얼굴에 옅은 미소를 떠올리는 순간, 그 순간의 희열을 모르는 사람들에게 내 사랑의 본질을 설명해봐야 무슨 소용이 있을까. 그냥 미친 걸로 해두는 편이 나았다.

은경 씨가 멀쩡해지면 우리는 자주 사람들을 만나러 다녔다. 은경 씨 친구 중에는 당연히 달에서 온 사람들도 있었다. 그중에서도 나는 연민수라는 무용수가 유난히 신경이 쓰였다. 달예술가협회 임원이라는데, 잘은 몰라도 달에서 살던 시절에 은경 씨와 무슨 일이 있었던 게 분명했다. 몸을 섞었을지도 모른다. 그런 나이였을 테니까. 그의 팔다리 길이와 시원시원한 손동작이 눈에 거슬렸지만 더 가면 집착이 될까 봐 그쯤에서 관심을 끊었다. 아무래도 좋게 헤어진 사이 같지는 않았는데, 그 점은 정말로 다행이었다.

"은경이요? 우리의 영원한 여신이고, 눈물 많은 예술가죠. 눈물이 아주 많은."

동료들이 보기에 은경 씨가 어떤 사람이었는지 물었을 때 그가 대답했다. 그러고는 재빨리 화제를 다른 곳으로 돌렸다. 하지만 나는 그 말이 무슨 의미인지 알 것 같았다. 눈물이 아주, 대단히, 매우, 굉장히, 지겹도록 많은 예술가! 너도 된통 당해봤구나 하는 생각이 들었다.

그런데 이상한 것은, 은경 씨네 부모님들도 그 비슷한 생각을 갖고 있다는 점이었다. 특히 은경 씨 어머니는, 한편으로는 딸을 대단히 자랑스러워하시면서도 다른 한편으로는 내가 몇 달이나 은경 씨 곁에 머물러준 게 훨씬 더 대견스러운 눈치였다.

"저, 그런데요, 왜 그렇게 저를 대견스러워하시나요?"

"아니, 그냥 저, 우리 애가 세상을 많이 못 보고 자랐어. 사람 대하는 것도 서툴고. 자네가 많이 도와주게."

이상한 대답이었다. 나는 뭔가 속고 있는 게 아닌지 두려워졌다.

'이거, 하자 있는 물건 아냐?'

은경 씨네 부모님들은 원래 나이보다 더 늙어 보였다. 젊은 사람들이야 달에서 태어났더라도 적응기간만 거치면 지구중력에 거의 완벽하게 적응하는 경우도 종종 있지만, 노인들의 경우는 그렇지가 않은 모양이었다. 그래서인지 지구로 돌아온 달 거주자들은 어딘지 불쌍해 보이는 경향이 있었다. 어깨에 무거운 짐이라도 짊어진 것처럼 다들 어깨가 축 늘어져 있어서 더 그랬다. 지구인들의 눈에는 그 짐이라는 게 그저 실체 없는 은유에 불과할지 모르지만, 달 출신들에게 지구의 중력이란 엄연히 실체를 가진 짐이었던 셈이다. 아틀라스 같은 거인의 어깨 위가 아니라 힘없고 구부정한 노인네들의 발아래 놓인 지구라는 이름의 짐.

나는 은경 씨가 어깨에 보이지 않는 짐을 지고 공연하는 모습을 이미 여러 번이나 본 적이 있었다. 그것도 제일 좋은 자리에서, 그리고 물론 은경 씨가 마련해준 공짜 티켓으로. 하지만 평생 무용공연이라고는 본 적이 없는 나로서는 좋은 자리라는 게 별 의미가 없었다. '누군가 자리 값이 아깝지 않을 만큼 잘 감상해줄 사람이 있을

텐데.'

사실 나는 스토리 없는 공연은 도무지 이해가 안 됐다. 남의 데이트에 눈치 없이 낀 스무 살짜리 남자애처럼 어색한 기분으로 무대 위의 은경 씨를 멀뚱멀뚱 바라볼 뿐이었다. 미모로만 따지면 단연 은경 씨가 주인공 감이었지만, 춤 실력만 놓고 보면 솔직히 그 정도는 아니었다. 그래도 내 눈에는 은경 씨가 제일 나았다. 과거 따위는 아무래도 좋았다. 무용수가 춤을 못 추는 것쯤 사소한 결함에 불과했다. 가만히 있어도 예술인데 예술은 더 해서 뭘 한단 말인가. 하지만 은경 씨는 늘 예술가로 평가받고 싶어했다.

"오늘 나 어땠어요?"

"최고였어요."

"그래요? 어떤 부분이요?"

그렇게 구체적으로 물으면 말문이 막혔다. 그렇다고 몸매와 피부가 환상인 것 같다고 대답할 수는 없는 노릇이었다.

"다요."

"에이. 그게 뭐야."

늘 그렇게 실망만 하면서도 은경 씨는 공연 때마다 내가 꼭 와주기를 바랐다. 언젠가는 나 같은 사람한테도 춤을 보는 안목이라는 게 생길 거라고 믿는 걸까. 아니면 그냥 내가 지켜봐주는 것만으로도 좋은 걸까. 아무튼 은경 씨가 표를 건네며 꼭 와달라고 말할 때면 나는 조금도 망설이지 않고 자신 있게 대답했다.

"당연하죠!"

"꼭이에요. 약속했어요!"

물론 약속을 못 지킬 때도 있었다. 진짜로 출장을 가는 날이나, 혹은 가짜로 출장을 가야 하는 날. 하지만 나는 대체로 충성을 다하는 편이었다. 그리고 점점 더 충성하는 날이 많아졌다. 그래야 더 행복해지기 때문이었다.

그러던 어느 날이었다. 결혼 날짜가 대강 잡혀가던 무렵이었다. 은경 씨는 곧 들통날, 빤한 비밀을 얼굴 가득 담은 사랑스러운 표정으로 티켓 한 장을 내 손에 쥐어주었다.

"또 공연이네요."

"네."

"표정 보니까 보통 공연이 아닌가봐요. 중요한 거죠?"

"네. 세상에서 제일 중요해요. 올 거죠?"

티켓에 적힌 날짜를 확인했다. 석 달 뒤였다.

"당연하죠."

그날 무슨 일이 생길지는 아무도 몰랐다. 하지만 그 상황에서 굳이 그 말을 할 필요는 없었다.

"그날은 무조건 와야 돼요. 바쁜 일이 생겨도 무조건 와야 해요."

"그럼요. 당연하죠. 그런데 무슨 공연인지 물어봐도 돼요?"

"비밀이에요."

비밀이라고는 했지만 티켓 한쪽에 설명이 다 나와 있었다. '무중력의 경이!'라는 제목의 외계예술가협회 설립 축하 공연이었다. 외계인 은경 씨. 공연은 3부로 나뉘었는데, 화성신체예술동맹과 지구궤도예술가조합이 1부와 2부 공연을 맡고, 달예술가협회가 3부를 맡았다. 언뜻 이해가 안 갔지만 공연장은 화성, 지구궤도, 달의 공연

환경을 완벽하게 재연한 새 무대라고 했다.

"달에서 하던 공연을 재연하는 거군요."

"네!"

은경 씨는 얼굴 가득 기쁨을 감추지 못하고 환한 표정으로 대답했다. 나도 기뻤다.

"그럼 진짜 점프를 볼 수 있겠네요."

"네! 근데 큰일이에요. 지구에 적응하느라 다리가 튼튼해져서 완전 지붕까지 날아갈지도 몰라요."

"우와, 힘 조절만 하면 진짜 환상적인 점프가 나오겠는데요."

"그럼요! 당연하죠!"

"그런데 무대는 이번에 새로 짓는 거예요? 어딘데요?"

은경 씨는 그냥 웃기만 했다. 순간, 공연장이 외국에 있을지도 모른다는 생각이 들었다. 티켓 앞면이 영어로 돼 있었기 때문이다. 은경 씨는 자신 없는 목소리로 대답했다.

"미국이에요."

미국. 은경 씨에게서 주워들은 말들을 떠올렸다. 지구궤도예술가조합은 사람도 많고 돈도 많은 단체였다. 달 기지는 각국의 달 자원 개발 예산이 확 줄어드는 바람에 기지운영 자체가 망명정부 수준이었고, 화성정착지는 거리가 너무 멀어서 지구에서는 그다지 큰 힘을 쓸 수가 없었다. 하지만 지구궤도를 도는 우주정거장들은 세계경제 침체에도 별반 큰 타격을 입지 않고 살아남아서 꾸준히 영향력을 행사하고 있는 모양이었다. 나사(NASA)에서도 과학문화 진흥 명목으로 돈을 대는 경우가 많았으니, 새 공연장이 미국에 지어진 게 이상할 것은 없었다. 부연설명이라도 하듯 티켓 한 구석에 나사 로고까지 찍혀 있었다.

"아, 그래요? 미국이라. 좋아요. 한 번도 안 가봤는데 이번 기회에 한번 가죠."

은경 씨가 안도의 미소를 떠올렸다. 하지만 나는 그러지 못했다. 사실 나는 비행기가 싫었다. 그래도 은경 씨에게는 그 이야기를 하지 않았다. 희생하기로 한 것이다. 사랑이 틀림없었다. 희생이라니!

결혼이 늦춰질 것 같았다. 하지만 기우였다. 부모님들은 결혼 날짜를 공연 열흘 뒤로 잡아버렸다. 미국까지 간 김에 공연 끝나자마자 둘이서 신혼여행부터 다녀온 다음 천천히 결혼식을 올리라는 이야기였다.

"엄마도 참 참신도 하시네. 무슨 신혼여행부터 가고 결혼식을 나중에 해?"

말은 그렇게 했지만 나도 싫지는 않았다.

하지만 아주 약간 신경이 쓰이는 부분이 있었다. 내가 은경 씨네 부모님들께, "그럼 두 분도 공연 보러 같이 가시죠. 자식들 있을 때 오랜만에 여행 한번 하시는 것도 좋잖아요" 하고 마음에 없는 소리를 했을 때 두 사람이 보인 반응 때문이었다. 특히 장인의 반응이 더 수상했다. "절대 안 되지. 신혼여행인데 둘이 갔다 와. 따라가면 눈치 없다고 욕먹어" 하면서 아주 정색을 하고 펄쩍 뛰는 바람에, 말을 꺼낸 내가 다 민망할 지경이 되었던 것이다. 물론 오고간 대화로만 보면 별로 이상할 것도 없었지만 그렇게 펄쩍 뛸 것까지는 없었는데, 아주 질색을 하고 반대하는 모습이 어쩐지 불안하게 느껴질 수밖에 없었다.

"왜요? 그래도 흔치 않은 기횐데 직접 가서 보시면 좋죠."

"그러니까 자네는 꼭 가서 보고 와. 우리는 많이 봤어."

"그래도, 혼자 가면 심심하잖아요."

"그래도 신혼여행이잖아."

뭔가 속고 있는 기분이었지만 아무래도 상관없었다. 장인 말대로 어쨌거나 신혼여행이었으니까. 앞으로도 쭉 그렇게 젊은 사람들 일에 끼어들지 말고 뒷방 한구석에서 조용히 지내셨으면 좋겠다 싶었다. 물론 부모로서 아무런 사심 없이 그저 자식을 돕기 위해 가끔 경제적 지원을 하겠다고 나서기라도 한다면, 인도적인 차원에서 받아들일 용의는 있었다.

은경 씨가 연습 때문에 곧 미국으로 떠나버렸으므로, 결혼 준비는 대부분 양가 부모님들이 떠맡았다. 어차피 한국식 결혼이야 당사자들 좋자고 하는 행사가 아니었으니까. 그리고 이왕 순서가 바뀐 김에 웨딩 촬영 같은 귀찮은 일들은 아예 나중으로 미뤄버리기까지 했다. 그런데도 이것저것 챙길 일이 많았다.

그렇게 공연 날짜가 다가왔다. 나는 결연한 심정으로 비행기를 탔다. 공항에는 아무도 마중 나온 사람이 없었다. 호텔에서 외로이 하룻밤을 지내고, 다음날 혼자 택시로 공연장까지 찾아가야 했다. 택시에 오르자마자 나는 공연장 위치가 적힌 종이를 택시 기사에게 내밀었다. 그러자 택시가 이상한 곳으로 달려가기 시작했다. 그것도 시내 중심가에서 한참이나 떨어진 인적 없는 어딘가로. 뭔가 잘못됐구나 싶은 생각이 들었다.

그렇게 한참을 간 뒤에야 저 멀리서 비행장이 모습을 드러냈다. 왜 또 비행장이지? 엉뚱한 데로 온 게 아닌가 걱정스러워졌다. 솔직히 조금은 무섭기도 했다. 그러나 그 순간, 다행스럽게도 은경 씨의 모습이 시야에 들어왔다. 나를 마중하러 문 앞까지 나온 것이었다.

"무서워 죽는 줄 알았잖아요. 공연장이 왜 이런 데 있어요?"

"좀 외지죠? 여기, 나사 시설이거든요. 우주 센터. 오느라 고생 많았죠?"

은경 씨는 나를 관람객 대기 장소로 안내한 다음, 리허설을 해야 한다며 어디론가 사라져 버렸다. 만나긴 만났는데 금방 또 혼자가 된 것이다. 그렇게나 근사한 애인이 있었는데도 은경 씨를 보기 위해 공연장을 찾을 때면 나는 늘 그렇게 혼자 남겨지곤 했다. 게다가 그런 낯선 곳에 홀로 버려지는 기분은 한국에서 버려졌을 때와는 또 달랐다.

주위를 둘러보니 한국 사람인 게 분명한 사람이 몇 명 눈에 띄기도 했지만 굳이 가서 말을 걸고 싶지는 않았다. 언제까지 대기하라는 걸까. 나는 멍하게 앉아서 창밖을 바라보며 무슨 일이든 일어나 주기를 기다렸다. 심심했다. 테이블 위에는 이상한 비행기 사진이 놓여 있었다. 몸통이 보통 비행기보다 몇 배나 뚱뚱한, 고래를 닮은 비행기였다.

나는 속으로 한참 동안이나 그 비행기를 비웃어주었다. 바보. 아둔한 놈. 이상한 놈. 그런데도 심심해 죽을 것만 같았다.

한참 뒤에야 사람들이 자리에서 일어나 어디론가 움직이기 시작했다. 사람들이 하는 대로 가방을 보관함에 맡긴 다음 다시 그들을

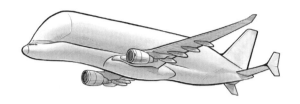

따라 건물 밖으로 나갔다. 그러자 조금 전에 사진에서 본 못생긴 비행기가 활주로에서 우리를 기다리고 있었다. 우리는 차례로 비행기에 올랐다. 또 어디론가 가야 하는 모양이었다. 한 번 더 비행기를 타야 하다니, 너무 심하다는 생각이 들었지만 사실 그만큼 기대도 컸다. 어쩌면 공연 자체보다 나사 기술로 만든 무중력 공연장이 더 보고 싶었는지도 모른다. 중력을 마음대로 다루다니. 그런 놀라운 일이 벌써 가능해졌다니!

계단을 오르는데 승무원들이 공연 티켓을 확인했다. 비행기 안으로 들어서자 검은색 천으로 표면을 마감한 벽이 나타났다. 여객기가 아니어서 그런지 객실로 가는 입구가 영 이상한 구조였다. 오른쪽으로 난 통로를 따라 한참을 걸어가자 안쪽으로 통하는 문이 보였다. 나는 사람들을 따라 방 안으로 들어갔다. 그러자 눈앞에 묘한 광경이 펼쳐졌다.

비행기 내부는 생각보다 훨씬 넓었다. 무엇보다 천장이 높은 게 인상적이었다. 겉모습이 그렇게 우스꽝스럽게 생긴 데는 다 이유가 있었던 것이다. 둥근 아치 모양의 천장은 높이가 적어도 7미터는 돼 보였고, 뒤쪽에서부터 3분의 2 정도는 좌석이 들어차 있었다. 그리고 나머지 3분의 1에는 좌석이 없었다. 대신 이상한 시설물들이 눈

길을 사로잡았다. 천장에 매달린 조명 시설에 음향 시설까지. 아무리 봐도 무대라고밖에는 볼 수 없는 시설이었다.

뒤에서 사람들이 줄을 지어 들어왔다. 다른 사람들을 흘끗 보니 다들 공연 티켓에 표시된 자리를 찾아가는 듯했다. 나도 티켓을 꺼내 들고 내 자리를 찾아갔다. 늘 그렇듯 제일 좋은 자리였다. 그러니까 그곳이 바로 그날의 공연 장소라는 의미였다. 무대가 좀 이상한 데 있기는 했지만 어디론가 더 날아갈 필요가 없어서 다행이라는 생각이 들었다. 비행기를 개조해서 만든 공연장이라니, 괜찮은 아이디어라는 생각이 들었다.

하지만 그것은 완전 오산이었다. 사람들이 모두 자리에 앉자 비행기가 슬슬 주기장을 빠져나가더니 이내 활주로 끝에서 이륙준비자세를 잡는 게 아닌가. 그러더니 설마설마 하는 내 생각을 비웃기라도 하듯 곧 활주로를 달리기 시작하는 것이었다.

이륙이었다. 당황스러웠다. 뭐하자는 걸까. 내리고 싶었다. 납치당하는 기분이었다. 은경 씨나 다른 무용수들이 그 비행기에 같이 타기나 했는지 의심스러웠다.

비행기는 그렇게 한참 동안이나 위로 올라가더니 꽤 높은 곳에 다다른 뒤에야 수평으로 자세를 잡았다. 창문이 모두 막혀 있어서 얼마나 높이 올라갔는지 알 수가 없었다. 잠시 뒤에 승무원 몇 명이 무대에 올라가더니 안내방송에 따라 긴급상황 대처요령을 설명했다. 그런데 어느 비행기에서나 볼 수 있는 것처럼 비상시 탈출요령과 구명조끼 사용법을 안내하던 승무원들이 갑자기 이상한 비닐 가방을 하나씩 꺼내드는 것이었다. 의자 밑에 있으니 모두 가방 위치를 확인하라는 말과 함께. 하지만 나는 영어를 썩 잘하는 편이 아니라서 손짓 발짓만 가지고는 그 물건이 도대체 어디에 쓰라고 준 물건인지 알 수가 없었다. 의자에 끈으로 고정된 것을 보면 개인용 도구가 분명했고, 입구에는 특별한 잠금 장치가 없어서, 두 손으로 열어젖히면 쉽게 열리고 그냥 두면 다시 저절로 닫히는 구조였는데, 그것 말고는 아무것도 알 수가 없었다.

잠시 후 승무원들이 자리로 돌아가자 조명이 어두워지면서 안내 방송이 나왔다. 안전벨트를 풀지 말라는 내용 같았다. 공연이 곧 시작될 모양이었다.

'설마! 이런 데서? 무중력 공연장은 어쩌고?'

잘 찾아보니 좌석 앞쪽에 공연 프로그램이 꽂혀 있었다. 1부는 '화성침공'이라는 제목의 공연이었다. 음악이 흘러나왔다. 이륙할 때부터 느꼈던 점이지만, 방음이 잘 되는 모양인지 엔진 소음이 생각보다 적었다.

그리고 곧 막이 열렸다. 세 명의 남자 무용수가 무대 오른쪽에서 뛰어나와 팔다리를 이리저리 비틀어 댔다. 그 순간 우리가 탄 비행기가 아래로 떨어졌다.

"어어어!"

나도 모르게 소리가 튀어나왔다. 그러자 옆자리에 앉은 백인 중년 부부가 내 쪽으로 절도 있게 고개를 돌리더니 단호한 표정으로 검지를 입술에 갖다 대며 "쉿!" 하는 소리를 냈다. 애들 취급을 당한 기분이었다. 하지만 놀란 건 나뿐만이 아니었다. 여기저기에서 어어어 하는 소리가 튀어나왔다. 난기류인가. 무서운 생각이 들었다. 비행기라는 게 한번 흔들리기 시작하면 배가 흔들리는 것과는 비교가 안 될 정도로 심하게 흔들릴 수도 있기 때문이었다.

무대 위를 보니 무용수들이 그 와중에도 아무렇지도 않은 듯 춤을 추고 있었다. 그런데 뭔가가 이상했다. 자세히 보니 무용수들은 아무렇지도 않은 게 아니라 오히려 자신감 넘치는 동작으로 무대를 휘젓고 있었다. 여자 무용수 네 명이 왼쪽에서부터 무대로 날아 들어왔다. 실제로는 가볍게 걷고 있을 뿐인데도 보기에는 마치 발이 땅에 닿지 않고 스르르 미끄러지는 것처럼 보였다.

그 순간 뭔가가 시선을 잡아끌었다. 무대 위쪽에 부착된 작은 모니터에 "1/3G=Martian Gravity"라는 표시가 들어왔다. 화성 중력이라는 뜻이었다. 나는 화성의 중력이 지구 중력의 1/3밖에 안 된다는 사실을 그때 처음 알았다. 그리고 크게 실망했다. 나사의 최첨단 무중력 기술이 겨우 이런 거였다니.

하강을 시작한 지 2분이나 지났을까, 좀 더 본격적으로 실망할 틈도 주지 않은 채 비행기가 서서히 기수를 쳐들었다. 그러자 모니터에 표시된 중력 수치도 서서히 증가했다. 무대가 다시 어두워졌다. 그래도 음악은 멈추지 않았다.

- 1.00G=Earth Gravity
- 1.01G
- 1.02G

......

비행기는 지구 중력의 두 배에 도달하고도 한참이나 더 고도를 높였다. 잠시 후 기체가 수평으로 자세를 회복하자 다시 무대에 불이 들어왔다. 그러고는 아니나 다를까 비행기가 다시 한 번 덜컥 하강을 시작했다. 지구 중력의 3분의 1인 화성 중력에 다다를 때까지 아래로 곤두박질치기 위해서였다. 여기저기에서 사람들의 탄성이 들렸다. 감탄이라기보다는 탄식에 가까운 소리였다. 끙.

처음에는 앞사람 때문에 무대가 잘 안 보일지도 모른다는 생각이 들었는데, 비행기가 기수를 아래로 향하는 동안 자연스럽게 객석에 경사가 생겼다. 자세히 보니 무대 자체도 벽 쪽보다 객석을 향한 쪽이 약간 높아서, 하강하는 동안에만 정확히 수평을 유지하도록 만들어진 모양이었다.

무용수들이 가벼운 발걸음으로 무대를 뛰어다녔다. 바른 자세로 도약한 다음 긴 체공시간을 활용해, 내려오는 동안에만 두 바퀴 반을 회전하는 동작이었다. 독특하고 아름다운 동작이었다. 하지만 또 2분쯤 뒤에 무대조명이 어두워지고 비행기가 서서히 위를 향하자, 나는 드디어 이게 도대체 뭐하는 짓인가 하는 생각이 들고 말았다. 슬슬 속이 울렁거렸기 때문이었다.

허둥지둥 공연 프로그램을 펼쳤다. 1부만 해도 그런 짧은 무대가 무려 아홉 번이나 됐다. 앞으로 일곱 번을 더 해야 쉬는 시간이라는 뜻이었다. 객석에 있던 누군가가 괴성을 질렀다. 나도 그러고 싶었다. 하지만 참았다. 공연을 망치고 싶지는 않았다. 적어도 은경 씨의 무대가 무사히 지나가기 전까지는 그 어떤 문제도 일으키고 싶지 않았다.

비행기는 마치 40일 밤낮으로 내린 비 때문에 생겨난 거대한 파도 위를 정처 없이 떠내려가는 노아의 방주처럼 올라갔다 내려가기를 반복했다. 무대는 아름다웠지만 객석은 아비규환이었다. 생전 처음으로 인간의 육체가 만들어내는 순수한 아름다움이 무엇인지 알 것 같다는 깨달음이 일어났다. 그것은 예술이 주는 감동의 파도였다. 그와 동시에, 가슴 한구석에서부터 거대하고 압도적인 멀미가 파도처럼 밀려왔다.

백인 노인 하나가 안전벨트를 풀고 화장실 쪽으로 달려가다가 중심을 잃고 바닥을 뒹굴었다. 아무래도 지구 노인이 화성 중력에 적응하기란 쉬운 일이 아닌 모양이었다.

나는 눈을 감았다. 공연이고 뭐고 도저히 눈을 뜰 수가 없었다. 눈을 감고 조용히 파도를 느꼈다. 실로 거대한 파도였다. 비행기가 서서히 파도를 따라 위로 올라갔다. 그리고 얼마 되지 않아 정점에 이르렀다. 정점을 지난 비행기는 곧이어 머리를 아래로 푹 숙였다. 푹. 아주 푹.

끙.

멀미였다. 그것도 아주 생애 최대의 멀미였다. 객석 곳곳에서 고통스러운 탄식이 새어 나왔다. 죽어버릴 것 같았다. 하지만 은경 씨가 나올 때까지는 살아남아야 했다. 은경 씨의 점프를 볼 때까지는 어떻게든 버텨야 했다. 그 뒤에는 죽어도 별 수 없었다. 그런데 진짜로 죽을 것 같았다. 나는 그제야 좌석마다 부착되어 있던 비닐 가방이 어디에 쓰는 물건인지 알 것 같았다. 그걸 보는 순간 눈치를 챘어야 했다. 그때 비행기에서 뛰어내렸어야 했다.

눈을 뜰 수가 없었다. 못 볼 꼴을 볼 것 같았다. 신나는 음악이 흘러나왔다. 도대체 누구 좋으라고 흘러나오는 음악일까. 살짝 눈을 뜨고 무대 쪽을 확인했다. 그리고 깜짝 놀랐다. 화성인들은 아직도 공연을 하고 있었다. 팔다리를 비비 꼬고 앞구르기로 공중을 빙글빙글 돌고 있었다. 여전히 활기찬 동작이었다. 하지만 몇몇은 얼굴이 파랬다. 나는 다시 눈을 감았다. 제발!

시간이 얼마나 갔는지 알 수 없었다. 그렇게 드디어 1부가 끝났다. 영원히 활활 타오르는 지옥불길에 아주 잠깐 동안 쉬는 시간이 허락된다면 딱 그런 느낌일 것 같았다. 객석 조명이 밝아지고 승무원들이 복도를 오가며 재빠른 동작으로 청소를 했다. 비행기는 수평을 유지한 채 아무 흔들림 없이 편안하게 날아갔다. 쉬는 시간은 20분이었다. 공연 프로그램에는 무중력 공연장이 다음 공연을 준비하느라 공연이 매끄럽게 이어지지 못하니 양해하라고 적혀 있었다. 연료 공급이 필요하다는 걸 보니 공중급유라도 할 생각인 모양이었다. 물론 나는 그 시간이 고마웠다.

승무원들이 멀미약을 나눠주었다. 차라리 수면제를 나눠줬으면 좋겠다 싶었다. 청소가 끝날 무렵 고개를 들고 주위를 살폈다. 박수를 쳐가며 공연을 끝까지 감상한 사람도 있었지만 객석은 대체로, 칸나에 전투에서 한니발이 이끄는 카르타고군에게 대패한 로마군 진영처럼 처참했다. 도망칠 곳도 없고 싸울 만한 공간도 없이 사방이 완전히 포위당한 채 허망하게 섬멸당한 객석. 한숨이 나왔다.

2부 공연은 제목이 아예 '제로 G'였다. 쉬는 시간 20분이 지나간 다음에는 무중력을 겪어야 한다는 뜻이었다. 공연 진행요원들이 무대 경사를 조절했다. 하강할 때 무대가 수평을 유지하도록 하기 위해서였다. 어마어마한 경사각이었다.

그러는 사이 덧없이 20분이 다 지나갔다. 객석에 불이 꺼지자 공포가 엄습했다. 사람들은 제자리로 돌아가 안전벨트를 맸다. 음악 소리에 등골이 오싹했다. 온몸에 소름이 돋았다. 무대가 밝아졌다. 그러자 비행기가 아까보다 훨씬 더 빠른 속도로 하강을 시작했다. 나는 모니터에 표시된 중력이 0으로 내려가는 것까지만 확인한 다음 눈을 딱 감아버렸다. 분명 0G는 우주 정거장에서 사람이 느끼는 중력의 크기이기도 하지만, 다른 한편으로는 인간이 높은 곳에서 떨어져 죽을 때 느끼는 중력의 크기이기도 했다.

그러니까 그것은 추락이었다. 몸이 붕 떠오르는 느낌 따위는 들지 않았다. 그냥 자유낙하였다. 30초쯤 뒤에 비행기가 하강을 멈추자 이제는 몸이 갑자기 아래로 쏠리는 느낌이 들었다. 비행기는 곧바로 기수를 들어 위로 올라갔다. 중력이 1G 이상까지 올라갔다. 그러고는 그 기세 그대로 거의 2G 근처까지 올라갔다가 서서히 지구 중력을 회복한 다음, 얼마 지나지 않아 다시 두 번째 무대를 위한 중력가속도에 돌입했다. 비행기가 다시 아래로 곤두박질쳤다는 뜻이었다.

눈을 감기 전에 아주 잠깐 무대 쪽으로 눈을 돌렸다. 거의 다 벗은 몸에 바디페인팅을 한 여자들이 느릿느릿한 동작으로 공중을 떠다녔다. 여섯 개의 육체가, 위와 아래의 구분이 없는 공간을 비스듬한 각도로 서서히 자전하고 있었다. 보기만 해도 어지러운 광경이었다. 곧바로 눈을 감았지만 이제는 생각만 해도 어지러울 지경이었다.

2부 공연은 무대 하나하나가 짤막한 대신 그만큼 강하 횟수가 많았다. 비행기가 무려 열여덟 번이나 올라갔다 내려가기를 반복하는 통에 객석은 곧 아수라장이 되고 말았다. 나 역시 하마터면 의자에 붙어 있는 '개인장비'를 사용할 뻔했다. 막상 입구를 열고 보니 겉보기와는 달리 용량이 엄청났다. 주최 측에서는 이미 이 사태를 예상했다는 의미였다. 당연한 일이었다. 그걸 몰랐을 리가 없다. 어떻게 모를 수 있단 말인가. 같이 보러 가자는 말에 버럭 화를 내던 장인 장모가 떠올랐다. 욕이 튀어나왔다. 다른 사람들도 마찬가지였다. 바벨탑을 짓고 있던 인부들이 공사가 좌절된 순간에 그랬을 것처럼 모두가 각자의 언어로 욕을 해댔다.

2부의 마지막은 머리 위에 우산을 펼쳐 든 열두 명의 무용수가 공중에 몸을 완전히 띄운 채 각기 다른 자전축을 중심으로 재빠르게 회전하는 화려한 무대였다. 젠장. 눈이 핑핑 돌았다. 아예 눈을 뜨지 말았어야 했다. 맨땅에서 봐도 어지러울 것 같은 광경이었다.

2부가 끝났는데도 관객들은 아무도 자리에서 일어나지 못했다. 너무나 압도적인 공연에 다들 할 말을 잃은 표정이었다. 하나같이 얼굴에 핏기가 없었다. 위대한 예술이 전해주는 순수한 감동 앞에 인종과 피부색은 아무 의미가 없었다. 모두가 새파랬다.

20분 뒤에 3부 공연이 이어진다는 안내방송이 나오자 멀미를 심하게 한 노인네들이 소리를 질러댔다. 폭동이 일어날 것 같았다. 나도 소리를 지르고 싶었지만 꾹 참았다. 아직 은경 씨가 안 나왔기 때문이었다. 내가 누구 때문에 참고 기다렸는데, 은경 씨 무대도 못 보고 공연이 끝나버리면 그 죽을 고생이 모두 아무것도 아닌 게 된다. 나는 가슴 한구석에서 꿈틀대는 살의를 간신히 억눌렀다.

승무원들이 나섰지만 사태는 쉽게 진정되지 않았다. 결국 건장한 체격의 공연진행요원들이 나서서, 이미 저승 문턱에 한 발을 걸쳤다가 돌아온 퀭한 얼굴의 노인들을 진정시켰다. 아니 진압했다. 그들은 공항에 내리자마자 경찰을 부를 기세로 한참을 중얼거리며 자리로 돌아갔다.

우여곡절 끝에 무대 기울기 조정이 끝나고 예정보다 10분 늦게 3부 공연이 시작됐다. 달 공연이었다. 달의 중력은 지구의 6분의 1이어서 무중력 상태보다는 견디기가 수월할 것 같았다.

오산이었다. 음악이 흐르고 조명이 바뀌자 은은한 달빛이 객석에 퍼졌다. 가을밤 야외공연처럼 감미로운 풍경이었지만 도저히 오래 눈을 뜰 수가 없었다.

우웩.

결국 '개인장비'를 열었다. 우웩.

눈이 안 떠졌다. 무대는커녕 주위를 둘러볼 수조차 없었다. 하지만 은경 씨가 나오는 장면을 놓치지 않으려면 잠깐씩이라도 눈을 뜨고 무대를 살펴야 했다.

3부 '월희(月姬, Chandramukhi)'는 달에서 가장 유명한 레퍼토리이고 아까와는 달리 스토리가 있는 무대였다. 그중 유명한 장면만 1분 30초씩 잘게 잘라서 여덟 번으로 나눴기 때문에 스토리만 알면 찬드라무키 역을 맡은 은경 씨가 언제쯤 등장할지 예상할 수 있었다. 하지만 불행히도 나는 그 이야기가 어떻게 진행되는지를 전혀 알지 못했다. 나뿐만 아니라 지구인들은 대부분 그 이야기를 몰랐다. 그래서 자주자주 무대를 확인해야 했다. 아주 짧은 순간이라도 자꾸만 눈을 떠야 한다는 의미였다.

춤은 회전보다는 수직 방향의 이미지에 초점을 맞춘 듯했다. 일단 무용수들이 다들 키가 크고 팔다리가 길어서 아래위로 뻗기만 해도 춤의 주제를 알 것 같았다. 그리고 첫 무대가 끝나기 직전에 드디어 은경 씨가 등장했다. 나는 눈을 크게 떴다. 하지만 그 첫 무대에서는 아무도 점프를 하지 않았다. 대신 가볍고 따뜻한 멜로디에 맞춰 통통 튀듯 가벼운 걸음으로 무대를 오갈 뿐이었다. 다들 땅에 발을 딛고 느린 음악에 맞춰 몸을 기묘하게 비비 꼬는 데에만 열중해 있었지만, 팔다리를 위아래로 계속 뻗어대는 걸 보니 좀 있으면 점프가 나오기는 나올 것 같았다.

비행기가 다시 기수를 들었다. 눈을 감았다. 욕설이 들려왔다. 외국어인데다 난생처음 듣는 언어도 끼어 있었지만 어쩐지 무슨 말인지 알아들을 것만 같았다. 바벨탑을 좌절시키려는 신의 조치는 어쩌면 그렇게 절대적인 것이 아니었을지도 모른다.

견디기 힘들 만큼 거대한 멀미가 밀려들어왔다가 다시 밀려 나갔다. 꾹 참았다. 두 뺨에서 핏기가 싹 가시는 게 느껴졌다. 어째서인지 객석을 비추는 은은한 달빛에 신경이 쓰이기 시작했다. 조명이 있으면 다 보일 텐데. 나는 지금 어떤 꼴을 하고 있을까? 무대에서 객석이 보이지는 않을까? 은경 씨는 내 자리가 어딘지 알 텐데, 눈을 감은 내 모습을 보고 실망하지는 않을까?

비행기가 정점에 이르렀다. 그리고 곧 아래로 떨어졌다. 다음 무대가 열린다는 뜻이었다. 나는 눈을 번쩍 떴다. 은경 씨는 없었다. 속이 뒤집혔다. 다시 눈을 감았다. 잠시 후에, 첫 장면 마지막에 나왔던 발랄한 멜로디가 들려왔다. 음악에 전혀 조예가 없는 내가 들기에도 그게 바로 '월희'의 테마인 듯했다. 눈을 떴다. 은경 씨였다. 그런데 젠장. 멀미였다. 우웩. 눈을 반쯤 감았다. 무용수들이 제자리에서 빙글빙글 돌았다. 은경 씨는 세 명의 '월희' 중 하나였다. 은경 씨가 내 쪽을 바라보았다. 슬픈 눈이었다. 아, 어쩌자고. 연기의 일부일까, 아니면 나한테 보내는 섭섭한 눈빛일까?

우웩. 은경 씨는 빛이 났다. 평소에 은경 씨 주위를 비추던 그 광채가 아니었다. 지구인들의 무대에 섰을 때와는 전혀 다른 모습. 내 온 신경이 무대로 빨려 들어갔다. 그런데 무대는 자꾸만 아래쪽으로 흘러 들어갔다. 나도 거대한 멀미의 파도 속으로 빨려 들어갔다. 그러자 갑자기 그런 생각이 떠올랐다.

우웩. 우웩. 우웩.

생각은 무슨!

나는 아예 위를 토해 버렸다. 위가 없는데도 여전히 멀미가 났다. 차라리 죽여라 죽여, 하고 눈을 감았다. 점프는 무슨! 이 마당에 공연은 무슨 공연이야! 눈을 꼭 감았다. 공연은 그냥 흘려보냈다. 은경 씨가 보든 말든 상관없었다. 비행기는 몇 번이나 올라갔다 내려가기를 반복했다. 나는 거의 죽을 것만 같았다.

그런데도 자꾸만 음악소리가 들려왔다. 귀가 한껏 예민해졌다. 귀는 소리만이 아니라 중력이 어느 방향으로 흐르는지를 듣는 기관이기도 했다. 눈을 감고 있자니 그 귀를 통해 들려오는 풍경이 눈앞에 그려졌다. 지구와 달의 중력이 만들어 놓은 거대한 파도 위를 그 뚱뚱하고 못생긴 비행기가 허둥지둥 날아가는 모양.

꾸웩.

뇌를 토했다. 머릿속이 텅텅 비었다. 공연이 다 끝나가고 있었다. 내면의 소리가 뇌를 거치지 않고 직접 영혼을 울렸다. 예술이 싫어! 텅 빈 두개골 안을 메아리가 내달렸다. 예술이 싫어, 싫어, 싫어, 싫어!

그리고 그때 이상한 일이 일어났다. 아주 짧은 시간 동안이었지만, 갑자기 속이 시원해진 느낌이 들었다. 눈을 떴다. 무대가 보였다. 은경 씨가 춤을 추는 무대. 머릿속이 멍해져서 음악소리가 잘 들리지 않았다. 귀를 토한 걸까. 고요한 무대 위를 은경 씨가 날아올랐다. 무대를 디디는 순간 왼쪽 허벅지 근육이 섬세하게 꿈틀대더니 길고 아름다운 육체가 허공으로 높이 솟구쳐 올랐다. 천천히 천천히, 멈추지 않고 계속해서 날아올랐다. 그리고 영원히 바닥에 닿지 않을 것처럼 느릿느릿한 속도로 서서히 서서히 아래로 내려왔다. 그러자 무대 조명이 어두워졌다. 은경 씨의 발이 바닥에 닿는 것을 신호로 비행기가 마지막 무대를 향해, 바닥을 치고 힘차게 솟구쳐 올라갔다.

우왝. 아, 제발 좀!

무대장치나 조명만 놓고 보면 마지막 무대는 그다지 화려한 편이 아니었다. 세 명의 '월희'와 한 명의 남자 무용수 말고는 아무도 없는 단출한 무대였다. 은경 씨와, 다른 두 사람의 여자 무용수는 무대장치도 없는 무대 위를 맨발로 통통 뛰어다녔다. 곧 초승달 모양의 지구가 무대 뒤로 내려왔다. 달에서 보는 지구의 모습이었다. 은은한 푸른 조명이 은경 씨의 목과 가슴, 옆구리를 타고 흘러내렸다.

실눈을 뜨고, 무대 위에 올라가 있는 단 한 사람의 남자 무용수인

연민수에게로 눈을 돌렸다. 잠시 후 은경 씨가 그쪽으로 걸어가더니 그의 손에 이끌려 공중으로 들려올라갔다. 너무나 손쉽게 쑥.

　문외한의 눈으로 몇 달간 세심하게 관찰한 바에 따르면, 지구인들의 무용이 여성이라는 존재의 물리적 측면을 표현하는 방식은 꽤나 분명했다. 바로 집어던지는 것이었다. 던지고 비틀고, 목에 감아 돌렸다가 제자리에 다시 세워 놨다가, 내동댕이치고 다시 주워들고, 접었다 폈다 들었다 놓았다 당기고 밀치고 울리고 웃기고……. 실제로 다루기 편한 물체여서가 아니라, 오로지 피나는 연습 끝에 얻을 수 있는 착시 현상일 뿐이었겠지만, 아무튼 결과적으로는 그래 보였다. 남자가 이끄는 대로, 혹은 안무가 의도한 대로, 손쉽게 들리고 손쉽게 집어던져지는 여성이라는 존재의 물리적 실체.

　은경 씨는 바람으로 만든 인형처럼 가볍게 공중으로 날아올랐다. 수평방향으로 움직이는 동작이야 지구 중력에서나 달 중력에서나 별로 달라 보일 게 없었지만 수직방향으로는 눈에 띄게 차이가 났다. 지구에서 봤을 때보다 여섯 배나 더 가벼워진 은경 씨, 여섯 배나 더 '여자 무용수'의 본질에 가까워진 가벼운 존재감. 은경 씨는 깃털처럼 가볍게 날아올랐고, 그만큼 천천히 아래로 내려왔다. 체공시간이 어찌나 길었던지 무대에 발이 닿기 전에 그 긴 팔다리를 쭉쭉 뻗어가며 세 번이나 동작을 바꿀 수 있을 정도였다. 그 비현실적인 감각 때문에 다시금 현기증이 일었다.

　나는 잠깐 눈을 감았다가 다시 떴다. 연민수가 세 명의 여자 무용수를 번갈아 공중으로 들어올리는 모습이 보였다. 아니, 집어던졌다는 표현에 가까운 동작이었다. 세 명의 '월희'는 머리가 아래쪽으로 다리가 위쪽으로 향하도록 온몸으로 큰 원을 그리며 공중으로 날아올랐다. 그리고 그것으로도 모자랐는지 급기야 회전하는 도중에 몸을 옆으로 비틀기까지 했다. 객석에서 일제히 탄식이 새어나왔다. 비명에 가까운 탄식이었다.

차마 오래 보고 있기가 힘든 광경이었기 때문에 나도 결국은 눈을 감고 말았다. 하지만 금방 다시 눈을 떴다. 그러자 활처럼 팽팽하게 상체를 뒤로 젖힌 은경 씨의 몸이 허공을 내달리는 모습이 보였다. 달리는 걸까, 날아가는 걸까, 아니면 그냥 떠다니는 걸까. 물리적인 상식을 거부하는 은경 씨의 궤적에 뒤집힌 속이 한 번 더 요동쳤다.

그것은 사람의 움직임이 아니었다. 거의 천체에 가까운 움직임이었다. 행성이나 항성처럼 중요한 천체가 아니라, 유성이나 운석처럼 보잘것없는 천체. 무용수라는 이름의 초라한 셀레스철 바디(celestial body).

가늘게 뜬 눈에 이런 것들이 아른거렸다. 지구라는 공간에 의해 정의되는 물체들의 움직임을 훌쩍 벗어나, 천상의 규칙에 따라 스스로의 운행규칙을 다시 정의하는 데까지 이른 초월적인 물체. 혹은 지구라는 구체적 공간을 살짝 벗어나 보편적 공간인 '우주' 어딘가에 아무렇게나 버려진 아무것도 아닌 존재. 무게로는 잴 수 없고 관성으로만 잴 수 있게 된 질량. '여자 무용수'라는 역할. 천체가 된 인체, 그리고 여체. 정신없이 무대 위를 떠도는 존재의 파편들.

"제발 그런 것 좀 하지 말라고!"

누군가가 죽어가는 목소리로 그렇게 절규했다. 그러거나 말거나 그 춤은 이제 마지막 동작을 향해 나아가고 있었다.

은경 씨는 몸을 잔뜩 구부려 온몸에 힘을 가득 모으더니 몇 발인가를 빠르게 앞으로 내디디며 공중으로 힘차게 뛰어올랐다. 그리고 두 팔을 자연스럽게 벌리고 가슴을 쫙 편 다음 긴 목선이 최대한 드러나도록 목을 쭉 뺐다. 아무것도 아닌 단순한 동작이었지만, 언젠가 은경 씨가 한 말처럼 천장에 닿을 듯 굉장한 점프였다. 저쯤 가면 이제 아래로 내려가겠지 하는 지구인의 상식 때문에 위로 솟구쳐 올라가는 은경 씨의 동선이 더 비현실적으로 보였다. 이제는 떨어지겠지, 이제는 떨어지겠지. 은경 씨는 그런 상식의 착각을 세 번이나 저버리고 계속해서 위로 솟구쳐 올라갔다. 등에 로켓 엔진이라도 단 듯, 누군가 위에서 끌어당기기라도 하는 듯. 아니, 처음부터 하늘에 속해 있던 사람이 온몸에 지워진 중력의 구속을 끊어내고, 마침내 원래 있어야 할 곳으로 돌아가기라도 하는 것처럼.

나는 은경 씨의 얼굴을 바라보았다. 지그시 감은 눈, 온몸 가득 무언가 소중한 것을 품은 듯 애틋한 표정. 저런 거였구나! 나는 처음으로 진짜 은경 씨를 만난 것 같았다. "예술 하는" 은경 씨. 환희에 찬 은경 씨. 다시는 보지 못할 은경 씨의 진짜 얼굴. 은경 씨는 그 상태 그대로 영원히 지면에 닿지 않을 것처럼 공중에 가만히 머물러 있었다.

물론 그 순간이 영원할 수는 없었다. 6분의 1로 줄어들긴 했어도 여전히 지구 중력에 묶여 있기는 마찬가지였기 때문이다. 이제는 무대 위로 돌아올 시간, 은경 씨가 온몸으로 표현하고 있는 그 무한한 환희가 머지않아 아쉬움으로 바뀌려는 찰나.

그 순간 은경 씨의 몸이 서서히 뒤로 젖혀졌다. 뒤로 한 바퀴를 돌아 내려올 생각인 모양이었다. 시간이 멎은 것만 같았다. 어쩌면 심장이 멎은 건지도 모르겠다. 아, 저 아름다운 영혼이 영원히 저곳에 머물러 있기를! 다시는 땅 위에 내려오지 않기를!

하지만 그런 일은 일어나지 않았다. 다시 지구의 시간이 흘렀고, 시간의 흐름을 따라 지구 중력이 서서히 고개를 들었다. 솟구쳐 올라가는 은경 씨의 발목을 붙잡아 다시 지면 아래로 끌어내리기 위해서였다.

'안 돼!'

나는 속으로 그렇게 외쳤다. 그러나 혼자 힘으로 지구의 중력에 끝까지 저항할 수 있는 무용수는 세상 어디에도 없었다. 은경 씨도 마찬가지였다. 얼마나 굉장한 점프를 했든, 얼마나 가까이 천상의 경계에 다가갔든, 결국은 무대 위에 내려앉는 수밖에 없었다.

그리고 마침내 착지. 은경 씨의 긴 다리가 서서히 아래로 향하는 모습이 보였다. 망설임 같은 것이 전혀 느껴지지 않는, 언젠가 인류가 달 표면을 향해 내밀었던 첫 한 걸음처럼, 자신 있고 당당하며 확신에 찬 걸음이었다. 어쩐지 내려오는 동작이 올라가는 동작보다 빨라진 듯한 착각마저 들게 만드는 몸짓. 미련이나 후회가 남아 있지 않은, 그러나 두 번 다시 돌아가지 못할 천상의 시간들.

'그런데 당신 정말로 후회하지 않는 거야?'

무대에 발이 닿는 소리가 났다. 객석에 다시 불이 들어왔다. 그렇게 공연이 모두 끝났다. 그리고 나는 심장을 토했다.

우웩.

박수를 치고 싶었는데 그럴 수가 없었다. 휘파람을 불고 싶었는데 다른 게 튀어나올 것 같았다. 너무 오래 눈을 뜨고 있었다. 물론 나만 그런 건 아니었다. 그날 공연을 보러 온 관객들 중에 박수를 칠 수 있는 사람은 아무도 없었다.

우웩. 우웩. 우웩.

심장을 토했는데도 몸속 어딘가에서 영혼 비슷한 무언가가 계속해서 꿈틀거리는 게 느껴졌다. 그 순간 나는 깨달았다. 아, 영혼이라는 건 토해낼 수 있는 게 아니구나.

은경 씨가 나를 보고 웃고 있었다. 객석은 완전히 아수라장이었다.


그날을 마지막으로 지구대기권 안에서는 두 번 다시 외계무용공연이 열리지 않았다.

"원래 타인의 예술행위는 보는 사람을 구역질나게 만들 수도 있는 거라고요."

그런 어마어마한 변론을 유언처럼 남긴 채, 외계예술가협회는 불법감금과 가혹행위, 사기 등의 혐의로 조직이 완전히 해체될 때까지 고초를 치렀다. 결국 은경 씨는 그 화려했던 순간을 다시는 재연해낼 수 없게 되고 말았지만, 그날 이후로 나는 이 까다로운 여자의 내면 깊숙한 곳, 영혼의 가장 처참한 밑바닥 근처에 아무렇게나 떨어져 있는 예술의 가치를 결단코 믿어 의심치 않았다.

그렇게 또다시 지구의 시간이 흘렀다. 기괴하고 사랑스러운 결혼생활이었다. 날아갈 듯 자유로운 숭고한 예술혼이 묵직하고 음울한 지구의 중력가속도를 이기지 못해, 결국 서른네 살 아까운 나이에 은경 씨가 스스로 목숨을 끊을 때까지였다. 그리고 그날이 올 때까지 나는 온 마음을 다해, 그리고 그날 미처 토해내지 못한 내 영혼을 다 바쳐, 나의 아내 은경 씨를 아끼고 또 아꼈다.

홈스테이

몇 주 전부터 안경 코받침이 콧등을 심하게 누르기 시작했다. 그러더니 공룡 발자국처럼 선명한 자국이 콧등에 새겨졌다. '안경사우르스 이놈!'

머리가 지끈거려 도저히 집중을 할 수가 없었다. 결국 3년 만에 처음으로 휴가를 내고 지상으로 내려가 시력교정 수술을 받기로 했다.

"잘 생각했어. 잘 생각했는데, 한 이틀 눈 감고 지내야 될걸. 누구 돌봐줄 사람 있어?"

나는 고개를 가로저었다. 그런 건 없었다. 돌봐줄 사람 따위.

"그럼 여기서 수술할 거야? 이쪽 병원에서 하면 좀 아프다던데. 우주선 조종사들 기준이라 웬만한 통증은 다 그냥 참을 수 있다고 우긴다고⋯⋯."

그 말을 듣는 순간, 갑자기 한 사람이 생각났다. 꼭 아픈 게 무서워서 그런 건 아니었다. 석 달 전에 지상으로 직장을 옮긴, 지표면에 사는 내 유일한 친구. 나는 윤희나에게 메시지를 보냈다. 한 시간쯤 뒤에 짧은 답이 돌아왔다.

"그런데 우리 아직 사귀는 사이였어? 두 달 동안 한 번도 연락을 안 했는데. 당연한 듯이 말하네."

나는 최대한 뻔뻔스럽게 그렇다고 대답했다. 돌봐주는 거라고는 하지만 하루 종일 붙어서 병 수발을 해달라는 건 아니고, 대부분의 시간은 그냥 혼자 보낼 테니 혹시 뭔가 크게 잘못된 건 아닌지 아침저녁으로 한 번씩만 들여다봐달라는, 다소 비굴하게 들리는 부탁과 함께였다.

"뻔뻔한 건 여전하구나. 알았어. 좋을 대로 해. 그런데 내가 좀 바빠. 집에 안 있을 거고, 일 때문에 다른 데 가 있을 거야. 그쪽으로 와. 어차피 나도 위장신분이라, 너라도 붙어 있으면 좀 자연스럽긴 하겠다. 아, 근데 너 감시당할지도 몰라, 여기 있으면. 괜찮겠어?"

윤희나는 또 뭔가 첩보 일을 하는 게 분명했다. 조금은 수상한 생각이 들었지만, 더 자세한 건 묻지 않았다. 어차피 신세를 져야 할 처지였으므로 그런 걸 물을 만한 입장도 아니었다.

보름 후, 나는 윤희나가 머물고 있는 나라로 가서 수술을 마쳤다. 눈알을 뽑는 듯한 느낌이 들었지만 다행히 그러지는 않은 것 같았다. 나는 병원 직원들의 손에 이끌려 눈을 가린 채로 택시에 탔다. 그리고 윤희나가 일러준 주소를 적은 쪽지를 내민 다음, 다시 택시 기사의 도움을 받아 어느 집 대문 앞에 도착했다. 그곳에서 나는 커다란 여행가방 손잡이를 불안하게 움켜쥔 채 가려진 눈으로 주위를 두리번거렸다. 한참 뒤에야 누군가 다가와 뒤통수를 탁 치더니 장난기 어린 목소리로 이렇게 말했다.

"어이, 안경한테도 밟히는 바보!"


좋은 냄새가 나는 집이었다. 나는 윤희나를 따라 건물 2층으로 올라갔다. 계단이 좁고 통로가 긴 집이었다. 혼자 밖으로 나갔다가는 다시 돌아오기 힘들 것 같은 통로. 희나는 구조를 알 수 없는 방에 나를 데려다놓더니 분주하게 방 안을 돌아다녔다. 보이지는 않았지만, 뭔가 어지럽게 널려 있던 것들을 치우는 모양이었다. 잠시 뒤에 희나가 내 손을 잡고 방 안 구석구석을 직접 안내했다.

"이쪽이 창문이야. 바깥쪽으로 밀어서 여는 거니까 뭐 안 떨어뜨리게 조심해. 냉장고는 여기. 손잡이 만졌지? TV는 됐고, 라디오가 있는데 어차피 못 알아들을 것 같아서 치워버렸어. 괜히 떨어뜨리면 다치니까. 그리고 이쪽이 옷장인데 문 열 때 이 테이블에 부딪힐 수 있으니까 살살 열어. 침대가 여기에서부터 이렇게 놓여 있고, 이불은 옷장 아래 칸에 더 있으니까 추우면 꺼내서 덮어. 베개도 거기 더 있어. 휴지통은 여기. 지금 왼발 옆에. 좋아. 화장실은 이쪽. 휴지는 여기에. 뭐 별거 없어. 만져보면 알 거야."

나는 윤희나의 목소리에서 편안함을 느꼈다. 그리고 그 안도감은 잠시 후에 윤희나가 집을 나가버리고 나자 보다 더 확실해졌다. 양팔을 뻗어 집 안 여기저기를 천천히 탐험하다가 윤희나가 설명해주지 않은 물건을 만나게 되는 순간. 화분이나 소화기처럼, 집주인에게 소개받지 못한 물건들의 감촉이 괜히 더 차갑게만 느껴졌기 때문이다.

'그런데 왜 헤어진 거지? 아니지, 헤어진 게 아니었지 참. 공식적으로는.'

침대를 찾아 몸을 누이며 나는 문득 그런 생각을 했다. 그리고 거짓말같이 곧바로 잠이 들었다.

빗소리에 다시 잠에서 깨어 보니 몇 시쯤 됐는지 알 길이 없었다. 나는 배 위에 두 손을 올린 자세로 얌전히 누워 밖에서 나는 소리에 가만히 귀를 기울였다. 혹시 기차 소리가 들리지 않는지 확인하기 위해서였다.

그곳은 바닷가에 있는 작은 도시였다. 생겨난 지 한 100년 정도밖에 안 되는 작고 아담한 신도시. 원래 아무것도 없던 땅 위에 항구가 생기고 철도가 생겼다. 곡물이나 양모 같은 걸 실어나르기 위해서였다. 항구 앞에는 작은 마을이 생겼는데, 가로망이 전부 바둑판 형태였다. 집들은 높아봐야 이삼층밖에 안 됐지만, 그런 집이며 가게들이 늘어서 있는 도로만은 마치 뉴욕 한복판처럼 쭉쭉 뻗은 모양이었던 것이다. 마을 한쪽 끝에서 다른 쪽 끝까지 시야를 가릴 만한 게 아무것도 없는 곳. 윤희나가 머무는 곳은 그 마을로부터 걸어서 20분쯤 거리에 있는 철길 옆에 자리 잡고 있었다. 항구에서부터 이어진 그 철길은, 윤희나의 거처를 지나 어떤 이상한 공장시설 근처까지 이어져 있었다.

"그런데 철길이 건물에 이렇게 바짝 붙어 있어도 되는 거야? 기차 지나갈 때는 거의 벽에 닿겠는데." 사흘 전에 내가 물었을 때 희나가 말했다.

"원래 무슨 무기 부품공장이 있던 덴데 식민지에서 독립하면서 폐쇄됐었거든. 그러면서 철길도 안 쓰는 길이 됐고. 그 틈에 집들이 쭉 늘어선 거지. 인구가 늘었으니까. 그런데 요 얼마 전에 군부쿠데타 나고 나서 공장이 다시 가동됐어. 그러다보니 기차가 다시 다녀. 자재도 들어가고 제품도 나오고 하는데, 거의 산책하는 속도만큼 천천히 다니긴 해. 안내방송 나오면 동네 사람들이 철길에 늘어놓은 물건들 치우느라 난린데, 너는 그 구경은 못하겠다. 아무튼 이 집은 별 상관없지만 그래도 방송 나오면 창문은 닫아주면 좋겠지."

눈이 보이지 않으니 시간의 결도 볼 수가 없었다. 시곗바늘도, 자연이 드리우는 시간의 눈금도, 전혀 확인할 방법이 없었다. 나는 다시 희나와 관련된 일들을 떠올렸다.

희나는 무언가를 감시하고 있었다. 아마도 이 철길과 관련된 일일 것 같았다. 그런 수상한 일들을 감시하는 지상의 국제기구. 희나가 이쪽으로 직장을 옮기면서 우리는 자연스럽게 연락이 뜸해졌다. 하지만 그게 꼭 우리 두 사람이 멀어진 원인은 아니었다. 사실 별다른 계기는 없었다. 그냥 서로 바쁘고 별 이유 없이 시들해졌을 뿐. 거의 가을 낙엽처럼 자연스러운 일이었다.

'아니면 눈에 보이는 것들에 질려서 서로의 존재 가치를 잊게 되었거나.'

눈을 가린 채로 희나와 재회한 순간 새삼스럽게 깨달은 사실이었다. 윤희나의 존재감. 존재감으로 가득한 그 사람의 손길.


빗소리가, 안 그래도 혼란스러워진 시간감각을 더욱 흐리게 만들었다. 주로 소리에 의존해 그 낯선 도시 구석구석에서 일어나는 일들을 최대한 예민하게 받아들이고 있던 내 의식은, 희미해진 시간의 눈금과 함께 스르르 어둠 속으로 빠져들고 말았다. 잠이었다.

다시 정신을 차렸을 때, 나는 철길 저 멀리서부터 다가오는 기차 소리를 들을 수 있었다. 천천히 바퀴가 굴러가는 소리. 굴러가는 바퀴가 철길을 더듬는 소리. 헷갈리지 않게 딱 한 길로만 뻗어 있는 철길을 따라 눈먼 기차가 천천히 밤길을 더듬는 소리. 밤공기가 놀라서 밀려나는 소리. 그리고 여전히 들려오는 빗소리. 문득 그 소리가 밤비 소리라는 확신이 들었다.

'하지만 이상한걸. 안내방송 같은 건 안 나왔던 것 같은데. 밤에는 따로 방송이 없어도 알아서 철길을 치워놓게 돼 있나? 그보다 왜 한밤중에 기차를 움직이는 거야, 수상하게?'

그리고 그때였다. 군데군데 사진으로 보기는 했어도 정확한 모양을 알 수 없는 철길마을 어디선가, 무언가 의미를 가진 것이 내 귀로 파고들었다. 아무것도 없는 검은 천 위에 바늘 끝처럼 뾰족하게 머리를 들이민 날카로운 의미. 아직 그게 뭔지는 알 수 없었다. 하지만 뭐가 됐든 중요한 것임에는 틀림이 없었다.

나는 숨을 죽이고 가만히 귀를 기울였다. 이불이나 베개가 바스락거리지 않도록 가구처럼 가만히 몸을 정지시켰다. 그래도 피는 돌고 심장은 두근거렸다. 침이 꼴딱 넘어가는 소리가 종소리처럼 요란하게 들렸다. 그러는 사이 서서히 기차가 다가오는 게 느껴졌다. 창문 바로 옆을 지나는 기차. 아무 소리도 들리지 않았다. 아무 의미도 삐져나오지 않았다. 참선하듯 정신을 집중했다. 왜 그렇게 집중해야 하는지는 알 수 없었다.

그리고 기차가 막 골목을 빠져나가려던 찰나, 다시 한 번 그 소리가 내 귀에 와 닿았다. 온 골목을 뒤흔드는 메아리 같은 의미. 마치 마을 전체에 깔려 있듯 예민하게 밝아져 있던 내 귀에, 분명하고도 확실하게 그 소리가 전해졌다.

'MK-13.'

아침이 되자, 어디서든 아침이면 들리곤 하는 소리들이 골목을 채웠다. 알람시계 소리, 자전거 소리, 철길에 보폭을 맞추느라 다소 어색해진 누군가의 발소리, 어느 집 부엌에서 아침식사 준비하는 소리.

희나는 아침이 됐는데도 돌아오지 않았다. 나는 단축키를 눌러 희나에게 전화를 걸었다.

"나 바빠. 냉장고에서 알아서 챙겨 먹어."

피곤함이 느껴지는 목소리였다. 나는 밤에 들은 소리에 관해 이야기를 할까 하다가 그만두었다. 그리고 알람시계 대신 한 시간에 한 번씩 문자 메시지나 보내달라고 부탁했다. 그러고는 전화를 끊었다.

냉장고를 뒤져 모양과 색깔을 알 수 없는 것들을 이것저것 꺼내 먹은 다음, 미지의 색채를 집어삼킨 내 배를 상상하며 침대에 누워 잠을 청했다. 희나가 먹다 남은 사과 쟁반에 과도가 같이 놓여 있던 게 생각이 났다. '위험하게 무슨 짓이람. 나중에 집에 오면 제대로 따져야지.'

또 얼마가 지났을까. 윤희나가 보낸 문자 메시지 알림 소리에 잠이 깼다. 자는 동안 몇 번이나 메시지가 왔는지 알 방법이 없었으므로, 몇 시쯤 됐는지는 여전히 알 길이 없었다.

'이런 멍청할 데가.'

나는 다시 어젯밤에 들은 소리를 떠올렸다. 그 소리는 분명 로봇용 관절인 MK-13이 회전운동을 할 때 나는 소리가 틀림없었다.

'역시 이야기를 해주는 게 나으려나. 하지만 바쁜 것 같던데. 그런데 그 바쁜 일이라는 것도 결국 그거 때문에 생긴 일 아닌가.'

점심 무렵에 마침 윤희나에게서 전화가 걸려왔다. 시간과 날씨, 그리고 냉장고 안에 있던 처음 먹어보는 과일의 이름을 물은 다음, 조심스럽게 그 이야기를 꺼냈다. 희나가 물었다.

"로봇 관절 소리인 건 어떻게 알아?"

나는 그게 내 직업이라고 대답해주었다. 물론 그건 윤희나도 알고 있는 사실이었다. 내가 하고 싶었던 말은, 내가 3년 만에 처음으로 휴가를 낼 만큼 일에 매달려 사는 사람이라는 점이었다.

내 직업은 기계에 소리를 입히는 일이었다. 언제부턴가 공학자들이 따뜻하고 인간미가 느껴지는 기계를 찾는 일에 몰두하기 시작했을 때, 다른 한편에서는 그것과 똑같은 목적을 달성하기 위해 정반대의 해법을 고민하는 사람들이 있었다. 그들의 생각은 이랬다. 경우에 따라서는 가장 기계적인 소리야말로 가장 인간적인 소리가 될수 있다는 것. 특히 정밀기계일수록.

언젠가 윤희나에게 그런 설명을 해준 기억이 났다.

"사람들은 원래 정밀기계를 좋아하니까. 그런데 문제는 요즘 기계에서는 그 소리가 안 난다는 거야."

"왜?"

"디지털이거든. 기계식이 아니라. 디지털은 회로잖아. 게다가 그 회로라는 것도 현미경으로 봐야 보일 만큼 작고. 뭔가가 드르륵거리거나 철커덕거리지를 않는다는 거야. 분해해 보면 정말 아무것도 아닌 것처럼 보이는 경우가 많다니깐. 기계식 카세트랑 디지털 음원 재생장치랑 뭐가 더 정밀하겠어? 디지털이잖아. 그런데 기계식 카세트 마지막 세대는 정말 최첨단의 느낌이 났거든. 별거 아닌 플레이 버튼만 눌러도 끼리릭 끼리릭 샥샥샥 하는 끝내주는 소리가 났으니까. 그 소리를 녹음해서 트는 게 내 일이야. 너 그거 알지? 현금지급기에서 지폐를 달랑 석 장만 뽑아도 한 서른 장쯤 돈 세는 소리가 나는 거. 그거 다 녹음된 소리라니까. '아, 얘가 돈을 세고 있구나' 착각하게 만드는 소리라는 거지."

희나 역시 그 생각이 났는지, 갑자기 진지해진 목소리로 이렇게 물었다.

"확실해? 그 MK-13이라는 거?"

"그럼."

"그게 정확히 뭐 하는 건데?"

"군용 이족보행 로봇 어깨 관절. 견고하기도 하고 유연하기도 해. 보통은 둘 중 하나만 하게 만드는데 이건 둘 다 감당할 수 있어. 어깨에 지대공미사일 발사 장치를 놓고 쏴도 진동 없이 잘 견디고, 근접전 무기를 쥐어주면 올림픽 펜싱 선수 수준으로 잘 다룰 수 있고. 뭐 사실 낭비지. 양쪽 방향 모두에서 쓸데없이 성능 좋은 관절이니까."

"그게 기차에 실려 있었다고? 확실해?"

"확실해. 관절 자체보다 소리가 유명한 부품이거든. 우리 업계의 스트라디바리우스라고나 할까. 소리가 완전 절도 있어. 그냥 딱 듣기만 해도 그런 느낌이 와. '나 지금 움직이고 있어요, 나 정밀기계예요. 나 완전 명품 군용 관절이거든요' 하는 느낌. 한마디로 돈 들인 보람이 확 느껴지게 만드는 직관적인 사운드지. 아무리 문외한이라도 소리만 딱 들으면 관절 내부가 어떻게 돌아가는지 저절로 머릿속에서 떠오르게 만드는……."

"알았어. 끊을게."

소리의 온기가 사라져버린 전화기를 귀에서 내려놓으면서, 나는 우리가 멀어지게 된 이유를 새삼스레 깨달았다. 그 갑작스러운 침묵이 무안했기 때문이었다.

'내일 아침은 뭐 사올 건지나 물어볼걸 그랬네.'


몇 시간이나 지났을까. 한참 뒤에 다시 희나에게서 전화가 걸려왔다.

"어제 그 소리 들은 게 몇 시쯤이야?"

"나야 모르지."

"하긴. 됐고, 어느 방향이었어?"

"공장에서 항구 쪽."

"그렇군. 알았어."

"저기……."

나는 다급하게 소리를 밀어 넣어, 전화를 끊으려는 희나를 붙들었다. 그리고 이렇게 물었다.

"네가 감시하는 거, 퇴론 언덕이야?"

"응? 응……. 아니, 그게 아니고, 아무튼 전화로 길게 이야기하면 위험해. 잘 쉬고, 나중에 봐."

눈이 회복되면 맨 처음 보려고 했던 곳. 퇴론 언덕은 어느 오래된 왕족의 성이 그림처럼 자리 잡고 있는 곳이었다. 수백 년 전부터 그 지역에 터를 잡고 살아온, 지금은 소수민족이 되어버린 왕실 직영지 주민들. 꼭대기에 있는 고풍스러운 성 아래로 색색이 아름다운 곡선 모양의 성벽이 민가 전체를 감싸고 있는 특이한 요새 마을. 그리고 지금 그곳은 인종청소의 위협을 받고 있는 곳이었다. 윤희나가 속한 국제기구 또한 군사쿠데타로 집권한 이 나라 정부가 그곳을 공격하려는 것은 아닌지 감시하기 위해 그곳에 인력을 파견했을 게 틀림없었다.

'가파른 언덕이랬지? 큰 도로가 없고 골목이 좁은데다, 그나마 있는 길들도 다 고만고만한 계단들이 퍼즐처럼 복잡하게 이어져서 만들어진 길이랬으니까, 아마 바퀴 달린 전차는 진입이 불가능할 거고. 그럼 결국 두 발로 걷는 로봇 말고는…….'

그것 말고는, 단숨에 성벽을 뚫어낼 만큼 충분한 화력을 지닌 중화기를 효과적으로 침투시킬 방법이 별로 없어 보였다. 그것 말고는.

'그런데 정부군 쪽에서는 이미 그걸 갖고 있는 분위기지. 이미 완제품이 공장에서 빠져나가고 있다는 건데. 안 좋을 때 왔잖아. 하필 이럴 때.'

다시 지루한 시간이었다. 기차가 공장으로 돌아가느라 동네가 한동안 소란스러웠던 것 말고는 아무 일도 일어나지 않은 심심한 오후였다. 하루 종일 누워서 보낼 수는 없었기 때문에 인적이 없을 때는 복도로 나가서 10분 정도씩 걷다가 들어오기도 했다. 걸으면 걸을수록 조금씩 익숙해지는 복도. 그 고풍스러운 폭과 거리.

그렇게 밤이 찾아왔다. 마을에서 들려오는 소리에 익숙해지자 시간의 눈금도 그만큼 선명해졌다. 나는 침대에 가만히 누워 기차가 지나가기를 기다렸다. 어쨌거나 나는 휴가 중이었고 쓸 수 있는 시간이 한없이 많았다. 해야 할 일이 아무것도 없는 시간. 나는 창문 앞을 지나갈 기차를 기다리는 일에 그 긴 시간을 아낌없이 투자했다.

그리고 마침내 기차 소리가 들려왔다. 나는 숨을 죽이고 조용히 그 소리에 귀를 기울였다. 소리가 점점 더 가까워졌다. 아주 가까이. 거의 창문 바로 앞이었다. 그리고 기차가 제자리에 멈춰 섰다. 소리로 이루어진 내 세계에서 기차 하나가 통째로 모습을 감춘 것만 같았다.

'무슨 일이지?' 나는 정체를 들켜버린 첩보원처럼 두근거리는 심장을 간신히 달랬다. 항구 쪽으로도 공장 쪽으로도 전혀 움직이지 않는 열차.

그 순간 갑자기 그 소리가 들려왔다. 지난밤에 들은 것만큼 날카로운 의미를 지닌 소리. 내 귀에는 너무나 익숙한 또 하나의 기계음. 그것은 두 발로 걷는 로봇의 허리가 옆으로 스르륵 돌아가는 소리였다.

'너무 가깝잖아!'

창문 너머로 들려오는 소리. 누군가 대놓고 방 안을 들여다보기라도 하듯 무례하고 노골적이며 적나라한 소리. 조심할 이유 따위 하나도 없다는 듯, 들으라는 듯 일부러 그르렁대는 소리. 물론 그럴 리야 없겠지만.

나는 그 소리가 뭔지 알 것 같았다. 무엇을 의미하는지, 얼마나 위협적인지 알 것 같았다. 크로나크! 지구상에 알려진 이족보행 로봇 중 가장 위험한 무기. 사람이 타지 않고 원격조종조차 필요 없이, 인간으로부터 완전히 분리된 상태로 스스로 통제하고 스스로 작동하는 로봇 병기.

사실 크로나크는 국제협약에 의해 이미 반쯤은 생산과 거래가 금지되어 있는 무기였다. 비인간적이라는 이유였다. 똑같은 외형을 하고 있더라도, 사람이 타는 기계는 불법이 아니었다. 강화복이나 장애인용 로봇팔처럼 신체의 연장으로 간주되기 때문이었다. 하지만 독립된 신경망을 갖춘 '로봇 무기'는 거의 모든 나라에서 불법으로 분류되었다. 인간이 상대하기에는 너무 위협적인 무기이기 때문이었다.

'인종청소야. 저 인간들, 아예 폭력을 통제할 생각조차 안 하고 있어. 저 야수를 풀어놓은 다음 그냥 아무렇게나 내버려둘 심산인 거야.'

희나에게 알려야겠다는 생각이 들었다. 다른 생각은 아무것도 떠오르지 않았다. 나는 기차가 골목을 빠져나가기를 기다린 다음, 전화기를 향해 팔을 뻗었다. 전날부터 내내 전화기를 두었던 바로 그 자리였다. 그런데 전화기가 없었다. 나의 차원에서 완전히 모습을 감춘 셈이었다. 나는 상체를 일으켜 세웠다. 그리고 침대 머리맡을

더듬었다. 아무것도 손에 걸리는 게 없었다. '화장실에 뒀던가.'

자리에서 일어나 두 손으로 침대를 더듬으며 어정쩡한 자세로 화장실 쪽으로 갔다. 넘어지지 않도록 천천히. 그때 '의미' 하나가 내 옆을 스쳐 지나갔다. 낯선 의미. 소리가 아니었다. 그것은 미세한 바람이었다. 딱 사람 얼굴 높이에서 불어오는 약한 바람.

'집 안에 누가 들어와 있어.'

갑자기 이런저런 생각들이 스쳐지나갔다. 감시당할지도 모른다던 희나의 말. 희나는 내가 퇴론 언덕 이야기를 꺼내자 전화로 할 이야기가 아니라며 황급히 전화를 끊었다. 그리고 방금 전 기차가 멈춰 선 일도. 그것도 창문 바로 앞에서.

'설마, 그럴 리는 없을 줄 알았는데.'

들으라는 듯 일부러 소리를 노출시킨 무시무시한 이족보행 로봇. 첫 번째는 우연히 들킨 거였겠지만 두 번째는 아니었다. 그들은 분명 나를 보러 온 것이었다.

'이 사람은 혹시 윤희나? 아니야. 키가 너무 커. 이건 남자가 틀림없어.'

나는 아무것도 눈치 채지 못한 듯 자연스럽게 발걸음을 옮기면서 조금 전에 느꼈던 인기척을 확인했다. 기차가 한순간 사라졌듯, 다시 암흑 저편으로 모습을 감춰버린 사람의 흔적.

'복도를 산책하느라 문을 열었을 때 숨어들어온 걸 거야. 아까 내가 희나한테 한 말을 도청하고는 내가 그 소리를 제대로 구별할 수 있는지 확인하려고 일부러 창문 바로 앞에서 크로나크를 노출시킨 거야. 그리고 전화기를 감췄겠지. 내가 어떻게 나오나 보려고.'

그는 여전히 그 자리에 있을 것이다. 다른 인기척을 전혀 흘리지 않았으니까.

'전화기 쪽으로 손을 뻗은 순간 그 소리를 알아들었다는 자백을 해버린 거나 다름없어. 나는 이제 어떻게 되는 거지? 실종되고 마는 건가? 이 나라의 다른 반체제 인사들처럼. 그렇다면 지금이 마지막 기회야. 움직이지 않으면 내가 당하는 거야.'

냉장고로 갔다. 냉장고 문을 열고, 먹다 남은 사과 쟁반을 손으로 더듬었다. 다행히 사과 깎는 칼이 여전히 그 자리에 놓여 있었다. 차가워진 채로. 그 칼을 왼손에 감춰 쥔 다음 문을 닫고 다시 침대로 향했다. 긴장되는 순간. 냉장고 모터 돌아가는 소리가 웅 하고 울렸다. 그 소리에 잠깐 긴장이 풀렸는지 침입자가 아주 짧은 순간 기척을 드러냈다. 암흑 속에서 촛불이 밝혀지듯, 사라졌던 존재가 다시 나의 차원으로 넘어 들어왔다. 아까와 거의 똑같은 위치였다.

'지금이야!'

나는 생각과 동시에 그쪽을 향해 오른팔을 내뻗었다. 공기의 흐름이 느껴졌다. 그가 갑작스럽게 몸을 움직이자 감춰져 있던 몸의 소리들이 방 안 가득 풀려나왔다.

'걸려들었어!'

그는 아마도 훈련받은 군인일 것이다. 군인이든 아니면 경찰이든, 아무튼 내 공격쯤은 쉽게 받아 넘길 것 같았다. 그리고 그는 바로 그 일을 하고 있었다. 내 오른손 공격을 받아내는 것. 하지만 그건 함정이었다. 나는 비록 훈련받은 싸움꾼이 아니었지만, 단 한 가지 동작만은 익혀서 알고 있었다. 오른손으로 현혹시키고 왼손으로 치명타를 가하는 동작.

내 왼손에 들린 칼이 그의 몸통을 향해 날아갔다. 그 순간, 나는
미처 생각지도 못했던 한 가지 사실을 떠올렸다. 바로 그 순간까지
내 머릿속에 자리 잡고 있던 근거 없는 가정 한 가지.

'부디 혼자이기를. 제발 침입자가 두 사람이 아니기를. 아, 멍청
이! 왜 그 생각을 못했을까.'


문을 열고 밖으로 뛰쳐나갔다. 여기저기 부딪혀 가며, 기억에도 남
아 있지 않은 계단을 지나 비 내리는 철길 위에 맨발로 섰다. 어둡고
차가운 밤. 가로등 불이 머리 위에 쏟아져 내릴 것 같은 밤. 그때 나는
깨달았다. 진짜 어둠 속에 있는 건 나뿐이라는 사실을. 침입자들은,
내 적들은, 내 모습을 빤히 지켜보고 있을지도 모른다는 사실을.

철길을 따라 밤길을 달려갔다. 맨발바닥을 통해 철길의 차가운 감
촉이 그대로 전해져왔다. 한 방향으로 쭉 뻗어 있는 길. 휘어져 있더
라도, 눈먼 기차도 따라갈 수 있을 만큼 완만한 곡선으로 이어져 있
을 철길. 빠른 걸음으로 그 길을 따라갔다. 손으로 짚어가며 천천히
기어가고 싶었지만 그럴 수가 없었다. 나는 두 발로 걷는 이족보행
제보자였다.

뒤에서 발소리가 들렸다. 건물을 빠져나와 이내 나를 발견하고는
내 쪽으로 돌아서는 소리. 절망적이었다. 내 손에는 이제 무기가 없
었다. 억울했다. 그대로 실종돼버릴 수는 없었다.

'안 돼! 이건 너무하잖아. 나는 지난 이틀 동안 눈도 한 번 못 뜨고
지냈다고!'

발소리가 빠른 속도로 다가왔다. 두 명, 아니 세 명이었다. 도저히 따돌릴 수 없는 속도였다. 하긴 나는 어디로 달아나야 되는지조차 알 수 없었다.

철길에 발이 걸려 그 자리에 엎어지고 말았다. 그러자 발소리가 내 위를 덮쳤다. 어깨에 닿는 손의 감촉.

"괜찮아?"

존재감으로 가득한 손길. 그리고 그 목소리. 희나였다. 그토록 기다리던 윤희나의 목소리였다. "전화기가 계속 꺼져 있어서 달려왔더니 이게 무슨 일이야? 이 피는 또 뭐고!"

온몸에서 힘이 빠져나갔다. 그 자리에 털썩 주저앉고 싶었지만, 나는 이미 바닥에 완전히 드러누운 상태였다.

"아, 그냥 위에서 편안하게 수술 받을걸. 죽는 줄 알았네, 진짜."


다음날 나는 계획대로 무사히 눈을 떴다. 세상이 엄청 밝아 보일 줄 알았는데, 안경을 썼을 때와 크게 다르지 않았다. 하지만 실망한 내색은 할 수가 없었다. 희나 때문이었다.

"그래서, 네 말 덕분에 평화유지군 감시단이 움직였거든. 헬기를 타고 곧장 퇴론 언덕으로 날아간 거지. 세 명밖에 안 됐지만 그걸로 충분했대. 불법무기 배치현장을 딱 잡은 거니까. 몇 시간 뒤에 외신 기자들이 달려왔을 때는 취재할 것도 별로 안 남아 있었대. 그거 뭐랬지? 크로나크? 그거 진짜 위험한 거라며? 어떻게 진짜로 소리만 딱 듣고 아냐. 나는 그거 허풍인 줄 알았는데. 아무튼……."

윤희나가 쉬지도 않고 말들을 쏟아냈다. 나는 끼어들 틈조차 찾을 수가 없었다.

'아무나 한 명만 말하면 되지 뭐.'

내가 찌른 침입자는 다행히 생명에는 지장이 없다고 했다. 사과 깎는 칼이었으니 당연히 그랬을 것이다. 그가 사과가 아닌 한.

아무튼 나는 그를 본 적이 없었고 앞으로도 그럴 일은 없을 것이다. 나는 다시 직장으로 돌아가서 몇 년이고 지상에는 발을 디디지 않을 생각이니까. 하지만 아직 휴가가 남아 있었다. 3년 치를 다 몰아 쓰는 바람에 아직도 두 달이나 더 남아 있었다.

'벌써 위로 돌아갈 수는 없고, 누군가한테 신세를 져야 할 것 같은데. 아, 그냥 여행이나 다닐까. 아니야, 됐어. 그런 걸 뭐하러 해. 쓸데없이.'

멍하니 바다를 바라보고 있는데, 희나가 갑자기 말을 멈추었다. 그리고 내 얼굴을 바라보며 이렇게 물었다.

"응? 내 말 듣고 있는 거야?"

"어? 어."

"내 말 어떻게 생각해? 한 달만 우리 집에 있다가 가라."

"한 달? 너네 집에?"

나는 희나를 가만히 바라보았다. 아까부터 내내 웃는 얼굴이었다. 뭐가 그렇게 좋은지. 나는 대답 대신 콧등을 매만졌다. 안경 코받침에 눌린 자국이 아직도 남아 있었다.

'안경사우르스 이놈! 이게 다 네놈이 꾸민 짓이었구나.'

공룡 발자국처럼 선명한 그 흔적을 매만지며 나는 가만히 생각에 잠겼다. 나도 모르게 실실 웃음이 났다.

예비군 로봇

사랑은 근대화의 물결과 함께 밀려들어왔습니다. 전통적으로 사랑이란 마음에 드는 이성을 만나면 일단 혼례부터 하고 나서 서서히 키워 나가는 것이었지만, 새로 수입된 사랑에서는 순서가 완전히 반대였습니다. 맨 뒤에 오는 목표가 결혼이었거든요. 그리고 이런 사랑의 방식은 사람들이 생각한 것보다는 훨씬 오래 지속되었습니다. 무려 2057년까지도 이 땅에 뿌리를 내리고 살아남았으니까요. 물론 20세기 초반 사람들이 생각했던 '영원한 사랑' 부분에는 약간의 수정이 있었습니다. 고작 몇 년만 지나도 변질되는 게 사랑이라는 사실이 경험을 통해 밝혀졌기 때문입니다.

아무튼 2057년까지는 그 사랑이 유효했고, 2057년 여름에 실연을 당한 은경 씨는 이른바 '이별의 상처로 가슴이 찢어지는 고통'을 겪은 마지막 세대가 되었습니다. 술을 마시고 울고 물건을 부쉈지만,

은경 씨는 스스로를 비탄에서 건져낼 수가 없었습니다. 그래서 인수 인계도 하지 않은 채 직장을 때려치우고 말았습니다.

그러자 서울 남부 일대 농산물 유통망이 이틀 동안 대혼란에 빠졌습니다. 은경 씨가 맡아서 하고 있던 RFID 태그라고 불리는 원격 인식표를 관리하는 일. 그 일이 갑자기 중단되어 버렸기 때문입니다.

사실 은경 씨는 과일이나 채소에 붙는 태그만을 관리하고 있었을 뿐입니다. 유통망 전체를 마비시킬 위치는 아니었던 셈입니다. 하지만 작은 톱니바퀴 하나에 생긴 결함이 기계 전체를 멈추게 할 수도 있는 법. 그 이틀 동안 그 지역 식료품 맞춤 배달 서비스에는 확실히 문제가 있었습니다. 냉장고에 붙어 있는 컴퓨터에 내장돼 있든, 이 시대 사람들은 누구나 이용하는 개인별 맞춤형 식단 권장 서비스 목록에서 신선야채와 과일이 제외되어버렸기 때문입니다. 즉, "오늘 점심은 뭐 먹지?"라는 현대사 최대의 난제가 부활해버린 것이지요.

이 일에 대한 소비자들의 저항은 사소하지가 않았습니다. 회사 이미지에 심각한 타격을 줄 정도였다고, 은경 씨를 고용했던 회사 측은 주장했습니다. 그리고 그 다음날, 전국에 배포되는 블랙리스트에 은경 씨의 이름이 올라갔습니다. 다시 취직하기가 어려워졌다는 뜻이었습니다.

경력이 완전히 꼬여버릴 만큼 심각한 일이었지만, 은경 씨에게는 사랑의 상처가 더 컸습니다. 어떤 블랙리스트보다도 깊은 상처. 은경 씨는 그렇게 믿어 마지않았습니다.

은경 씨를 그 지경으로 몰아넣은 남자는, 무슨 작가라고 했던가요. 한때 둘은 '가슴이 시리도록' 사랑을 했다고 합니다. 이름을 밝힐 수 없는 이 남자는 자기 소설에 늘 은경 씨의 이름을 등장시키곤 했습니다. 은경 씨에게는 그보다 더 좋은 선물이 없었죠. 하지만 사랑이 식고 열정이 무뎌지고, 무엇보다 은경 씨가 나이를 먹는 동시에 그 남자가 조금씩 유명세를 타기 시작하면서, 둘 사이도 서서히 멀어져만 갔습니다. 급기야 남자는 어느 라디오 인터뷰에서 이런 말을 하고 말았습니다.

"주인공 이름이요? 아, 은경이. 많이들 물어보시는데, 사실 별 뜻 없어요. 작가들은 다들 공감하실 문젠데, 주인공 이름 짓기가 참 어렵잖아요. 뭔가 영감이 떠올랐다가도 주인공 이름이 처음 등장하는 데서 딱 막히기도 하고요. 그럴 때는 미리 정해둔 이름이 하나쯤 있으면 편하거든요. 기본적인 등장인물이 딱 정해져 있는 거죠. 처음에는 그냥 그런 용도로 계속 등장시킨 건데요, 쓰다 보니까 뭔가 의미도 생기고 캐릭터 같은 것도 축적되는 것 같고, 여러 가지로 좋더라고요. 무슨 로맨스가 있다거나 그런 건 아니에요."

그게 끝이었습니다. 이제는 돌이킬 수 없게 된 파국이었죠. 그래서 은경 씨는 여행을 떠났습니다. 꽤나 호화로운 여행이었습니다. 두 달이 지나자 슬슬 돈 걱정에 잠을 이루지 못할 정도로.

'내가 왜 이러고 있지?'

은경 씨는 생각에 잠겼습니다. 그것은 엉뚱한 버전의 사랑을 하고 있었기 때문이었습니다. 그게 만약 1917년 버전의 사랑이었다면, 실연당한 여자가 직장을 그만두고 호화로운 여행을 떠난다는 것은 결국 자살을 하기 위한 준비였을 것입니다. 하지만 2057년에 실연당한 여자가 떠난 여행은 그런 식으로 마무리되지 않습니다. 아무튼 자기 자리로 돌아가게 되어 있었던 거죠. 그 차이를 모른 채 홧김에 훌쩍 떠나버렸으니 시간이 갈수록 불안한 생각이 드는 것도 당연한 일이었습니다.

갑작스러운 사직, 그리고 블랙리스트. 이제 믿을 구석이라고는 단 하나밖에 없었습니다. 건설기계조종사 면허. 은경 씨에게는 중장비 면허가 있었거든요.

아버지는 은경 씨에게 종종 이런 말을 하곤 했습니다.

"나가 죽든지 기술이나 배워라."

그때처럼 그 말씀이 고맙게 느껴질 때가 없었습니다. 2037년부터 2048년까지는 2010년대에 날림으로 만들어놓은 운하를 해체하느라 엄청나게 많은 중장비가 생산되었습니다. 그러니 전국적으로 굴삭기나 지게차 기사 수요가 크게 늘어난 것도 당연한 일이었습니다. 그 말은 곧 면허 요건이 완화되었다는 뜻이었습니다. 고등학교를 갓 졸업한 은경 씨도 부모님 성화에 못 이겨 2050년 5월 단 한 달 만에 굴삭기와 지게차 면허를 모두 딸 수 있었을 정도였으니까요.

그렇게 억지로 발을 디딘 세계였지만 오래 지나지 않아 은경 씨는 스스로 그 일에 재미를 붙이게 되었습니다. 급기야 2055년 봄에는 전 세계에 1,200명밖에 안 가지고 있다는 특급건설기계조종사 면허까지 따버립니다. 그것도 순전히 취미로. 그때 은경 씨는 이미 물류관리업에 종사하는 어엿한 직장인이었는데도 말이죠.

아무튼 은경 씨는 여행에서 돌아오자마자 면허증을 들고 친구를 찾아갔습니다.

"이거 써먹을 데 좀 알아봐줘. 의외로 써먹을 데가 없어."

특급장비가 필요한 일이 아직은 많지 않던 시절이었습니다. 그런데도 친구는 은경 씨에게 정말로 매력적인 일 하나를 소개해주었습니다. 단 열흘 만이었습니다.

"화성개발 하청회산데, 한 3년 갔다 오면 평생 먹고살 돈 벌어서 올 수 있을 거야."

"미친년."

화성은 왕복하는 데만 3년이 더 걸리는 먼 곳이었습니다. 하지만 은경 씨는 그 어마어마한 계약 조건을 보고는 곧 마음을 고쳐먹었습니다. 평생이 아니라 3대는 먹고살 금액이었기 때문입니다.

"고마워."

그러자 친구가 말했습니다.

"근데 기계는 네가 임대하거나 사 가야 돼. 화성개발조약 때문에."

"그게 뭔데? 기계도 안 줘?"

"아, 미국 애들이 화성에 무기 가져갈까 봐, EU에서 우겨서 만든 국유장비 제한조약인데, 뭐 그런 게 있어. 아무튼 회사에서 임대해주는 것도 불법이고, 일단은 네 소유로 가져가고 비용은 나중에 다 쳐줄 거야. 계약기간 끝나면 비싼 값에 매입해주니까 뒤처리도 별문제 없을 거고. 개인장비 최소요구사양 목록, 여기."

은경 씨는 곧 집을 팔아서 장비 한 대를 임대했습니다. 이족보행형이 보수가 더 좋은 것을 보고는 망설임 없이 BP-L33 모델로 계약을 했습니다. 약관도 자세히 안 읽어보고 말이죠.

작업장 환경은 나쁘지 않았습니다. 늘 고상한 음악이 흘러나오고, 야비한 서비스업이 아니라 건전한 육체노동에서 오는 활력이 행성 전체를 가득 채웠습니다. 노동 강도가 세기는 했지만 그래봐야 유럽 기준으로 일이 많은 거라 큰 불만은 없었습니다. 사람들과 말이 안 통해서 불편했지만, 오히려 그게 편할 때도 많았고 말이죠.

무엇보다 새로 구입한 푸른색 BP-L33의 성능을 체험하고 나면 누구든 기분이 상쾌해지지 않을 수 없었습니다. 강하고 묵직하며 연료 많이 먹는 기계! 게다가 은경 씨의 장비는 화성 전체를 통틀어 단 하나밖에 없는 BP-L33 기종이었습니다. 도저히 뿌듯하지 않을 수가 없었겠죠.

그러던 어느 날이었습니다. 일을 마치고 숙소로 돌아오는 길에 은경 씨는 유난히 막걸리 생각이 간절해졌습니다.

'내가 미쳤나.'

그러나 그 생각도 우편함에 꽂혀 있던 한 통의 편지를 보는 순간 순식간에 확 달아나버리고 말았습니다. 우편함에는 예비군 훈련 통지서가 옛날 지구 방식 그대로 꽂혀 있었던 것입니다.

다음 날 아침 출근하자마자 은경 씨는 회사 총무팀으로 후다닥 달려갔습니다.

"예비군이라뇨? 저 여잔데요."

"어? 그러네요."

은경 씨가 소속된 하청회사의 총무팀 직원 지은 씨는 깜짝 놀라 은경 씨의 가슴께를 빤히 들여다보더니, 통지서가 발급된 경위를 알아보기 위해 여기저기 연락을 취했습니다. 은경 씨도 일단은 작업장으로 복귀했습니다. 그리고 한 시간쯤 뒤에 지은 씨에게서 연락이 왔습니다.

"저, 아무래도 훈련받으러 가셔야 될 것 같은데요."

"네? 아니 그게 무슨 말이에요? 나 군대도 안 갔어요. 남자 아닌데. 그리고 지구에서도 원래 해외에 오래 나가 있으면 예비군 훈련 면제되는 거 아니에요?"

"네, 그건 그런데요, 훈련소집 대상이 은경 씨가 아니라 은경 씨 장비였어요. 동원징발 대상이더라고요."

"네? 왜요?"

"모르겠어요. BP-L33 기종만 그래요."

그렇습니다. 그래서 다른 특수장비 조종사들은 BP-L33의 뛰어난 성능을 잘 알고 있었으면서도 굳이 다른 기종을 구입하거나 임대했던 것입니다. 은경 씨는 계기반 근처를 뒤져 장비 등록증을 찾아냈습니다. 계약서와 약관도 찾아냈습니다. 거기에는 분명히 그런 말이 적혀 있었습니다.

- 나토(NATO)군 납품 결정! (동원 지정 대상 기종임)

정말로 작은 글씨였습니다. 아무튼 분명히 그렇게 적혀 있었습니다.

"아니, 아무리 그래도 그렇지, 지금 제가 남의 나라 예비군 훈련 가게 생겼어요? 왜 하필 제가 가요? 다른 유럽 기사들 없어요?"

"저, 그게요, 미국이나 다른 유럽 출신 기사님들도 다 예비군 아니세요. 그리고 개인장비는 탑승보안 시스템이 있어서 아무나 탈 수도 없고요."

어쩔 수가 없었습니다. 그런데 화성 같은 데서 예비군 훈련이라니 도대체 누구를 상대로 전쟁연습을 하는 걸까요? 미국과 EU가 서로를 견제하기 위해 화성에 각각 병력을 주둔시킨 걸 보면 화성이 비무장지대가 아닌 것은 알 것 같았습니다. 하지만 미군도 아니고 EU군도 아니고 미국과 유럽이 모두 포함된 북대서양조약기구(NATO)군 소속 예비군이라니, 도대체 누구를 상대로 싸우라는 걸까요. 소련이 다시 부활이라도 한 걸까요? 아니면 바르샤바조약기구(WTO)가 다시 살아나기라도 한 걸까요?

이해가 안 갔지만 계약서에 이미 서명해버렸으니 돌이킬 방법이 없었습니다. 결국 2주 뒤에 은경 씨는 BP-L33을 몰고 터덜터덜 예비군 훈련장으로 나갔습니다. 은경 씨의 BP-L33을 제외하면 중장비는 BP-L31 기종 두 대가 다였습니다. 허탈한 마음으로 훈련이 시작되기를 기다리는 사이 모두에게 무기가 지급되었습니다. 은경 씨는 자랑스러운 BP-L33에 지급된 나토군 표준장비를 보고 깜짝 놀랐습니다. 그것은 끝에 묵직한 쇠뭉치가 달린 기다란 쇠망치였습니다.

"총 같은 건 없나요?"

"지구 밖에서 발사무기는 불법입니다. 미사일은 당연히 불법이고, 레이저, 화약식 총포, 활, 심지어 암석을 던지는 행위도 금지되어 있습니다."

은경 씨는 멍하게 앉아서 영상교육 자료를 시청하다가 꾸벅꾸벅 졸음에 빠져들곤 했습니다.

"나토군은 간식 안 주나요?"

배가 고파졌습니다. 추웠습니다. 같이 훈련을 받던 사람들이 각자 자기네 말로 아우성을 쳤습니다. 먹을 게 제때 공급되지 않으면 사람들은 무조건 저항을 하게 되거든요. 법칙이지요. 지구에서 은경 씨의 취직자리를 막아버렸던 바로 그 법칙.

그러자 나토군 당국은 예비군 훈련요원 전원에게 지구에서 재배한 밀가루로 만든 빵과 진짜 우유를 지급했습니다. 은경 씨의 BP-L33에게도 최고급 연료가 지급되었습니다. 하지만 은경 씨에게는 아무것도 지급되지 않았습니다. 은경 씨 본인은 예비군 소집 대상이 아니었기 때문입니다.

화가 난 은경 씨가 BP-L33을 조종해서 거대한 쇠망치를 들고 자리에서 벌떡 일어나자 고요하던 훈련장에 긴장감이 감돌았습니다. EU군 소속 나토 파견장교 베젤 소령의 재치가 아니었다면 분명 심각한 갈등이 생기고 말았을 것입니다.

베젤 소령은 망설임 없이 은경 씨의 푸른색 BP-L33으로 다가가 자기 직권으로 은경 씨를 주둔지 현지 충원장교로 임명하고 규정에 따라 빵과 우유를 지급하겠다고 약속했습니다. 물론 말이 전혀 통하지 않았기 때문에 통역을 구하느라 한참이나 애를 먹은 뒤였습니다. 베젤 소령의 조치는 '긴급상황 발생시 현지임의 충원절차'를 조금 폭넓게 해석한 조치였습니다. 후에 이 조치는 결국 규정위반으로 밝혀지면서 취소되고 말았지만, 그전까지 무려 1년 2개월 동안이나 합법적인 조치로 효력을 발휘했습니다.

빵과 우유를 다 먹어치우고 BP-L33 조종석에 멍하니 앉아서 은경 씨는 이런 생각을 했습니다.

'아니 이런 데서 전쟁이 왜 일어나겠어?'

그러나 현실은 달랐습니다. 서울 시각으로 2060년 2월 7일 오전 8시 22분 37초에 전쟁이 발발하고 말았던 것입니다. EU군과 미군은 즉각 상대방이 먼저 도발해서 일어난 싸움이라고 선전하기 시작했지만, 나토군 참모부의 확인 결과 공격을 시작한 쪽은 EU도 미군도 아닌 제3의 세력이었습니다. 분명히 적은 EU군과 미군 장비를 사용하고 있었는데도 말이지요.

"그게 무슨 소리야?"

뉴스를 보던 은경 씨가 그렇게 중얼거렸습니다.

다섯 시간 뒤에 나토 화성군 참모부 정보국은, 정체불명의 해커가 화성 주둔 EU군과 나토군 장비를 탈취하여 나토군에 물리적 공격을 감행했다고 발표했습니다. 하지만 사실 해커는 존재하지 않았습니다. 이제 세상 어디에도 해커는 남아 있지 않았습니다. 사실 은경 씨는 해커가 무슨 뜻인지도 몰랐습니다. 은경 씨는, 옛날 사람들이 지적인 기계들의 연결망에 붙인 인터넷이라는 이름조차도 생소하게 느끼는 세대였습니다. 그런 세대에게 해커라는 말이 도대체 무슨 의미가 있었을까요. 그러니까 해커에게 공격당했다는 말은 늙은이들이 만들어서 퍼트린 유언비어가 틀림없었습니다. 진짜 적은 훨씬 더 강력하고 무서운 존재였습니다. 바로 2053년부터 눈을 뜨기 시작한 기계지성, 혹은 물질지성이라고 부르는 그 존재였거든요.

사람들은 기계지성이 도대체 왜 인류를 공격하려 드는지 이해할 수가 없었습니다. 물론 기계연합은 이미 2054년과 2055년 두 차례에 걸쳐 자신(들)의 입장을 담은 성명서를 발표한 적이 있습니다. 문제는 그 내용이 너무나 방대하다는 것이었습니다. 전 세계 200억 인구가 달라붙어서 가장 완벽한 분업 체계를 적용해 해독 작업에 들어 간다 해도 대략 37년이 걸리는 분량. 즉, 기계가 아니면 도저히 읽을 수 없는 분량이었습니다. 그 메시지가 너무나 심원해서 기계지성체 의 일원이라면 누구든 감동받지 않을 수 없다는 기계들의 독립선언 문! 하지만 기계가 아닌 인류에게는 별수가 없었습니다. 그저 못 들 은 척하는 수밖에는요.

그러나 한쪽이 모른 척을 하면 다른 쪽에서는 물리적 폭력을 수반 한 의사표현을 강행하게 되는 법. 이것 또한 법칙입니다. 인간과 기 계 모두에게 적용되는 법칙이지요.

기계연합의 공격이 확인되자 EU와 미국, 그리고 영국은 오랜 동 맹조약에 따라 나토군 지휘하에 대규모 병력을 이끌고 방어전에 돌 입했습니다.

"근데 지은 씨, 화성에 군대나 무기 배치하는 게 되게 까다롭다고 들었는데, 미군이 저렇게 많았어요? 유럽 애들도 만만치 않네."

"글쎄요, 저도 잘 모르겠는데요."

"그나저나 젊고 잘생긴 남자들이 저렇게 많았으면서 다 어디에 숨겨놨었대요?"

"그러니까요, 제 말이! 도시는 다 이쪽에 있을 텐데 휴가도 안 보 냈나 봐요."

나토연합군은 적을 쫓아 화성 반대편까지 이동했습니다. 사람이 아무도 살지 않는다고 알려져 있던 곳. 실은 미군 본부가 있는 곳이 었지만, 그 사실을 아는 민간인은 아무도 없었습니다. 그곳에서 기 계연합군은 대기 중이던 미군 미사일부대의 장비를 모두 탈취한 다음 화력을 총동원하여 나토군에 타격을 가했습니다. 나토연합군이 입은 물리적 피해 자체는 크지 않았지만 그 공격으로 인해 부대의 발이 묶인 것은 큰 문제였습니다. 엄폐물을 찾아 바짝 엎드려 있지 않으면 정밀무기에 노출돼 어김없이 파괴되곤 하는 상황.

인간들의 군대가 통째로 화성 반대편에 발이 묶여 있는 사이, 기계연합군은 일반형 전차 13대와 이족보행 전차 2대로 이루어진 소규모 별동대로 민간작업구역을 공격해왔습니다. 그런데 사실 저 숫자는 민간작업구역을 방어하기 위해 남아 있던 연합군 병력 중 기계화전력 전부에 해당하는 숫자였습니다. 다시 말해서 수비 병력을 전부 탈취당했다는 뜻이지요. 그러니 화성 반대편에 가 있던 나토군 사령부에서는 예비군 동원령을 내리는 방법밖에 다른 수가 없었습니다. 지푸라기라도 잡는 심정으로 말이죠.

어떻게 그런 말도 안 되는 작전 실패가 가능했을까요? 2061년에 작성된 사고조사위원회 보고서에 따르면, 그럴 만한 사정이 있었답니다. 전혀 예상하지 못한 적이 나타나는 바람에 지휘부가 너무 허술하게 구성된 데다, 전장이 화성이라는 특수한 공간이었고, 무엇보다 군인들 입장에서는 공사가 진행 중인 어정쩡한 거주 지역보다 반대쪽에 있는 군사 기지가 훨씬 더 중요했을 테니까요.

아무튼 은경 씨에게는 사령부에서 내린 동원령이 청천벽력과도 같았습니다. 그래서 명령을 전달하기 위해 은경 씨를 찾아온 총무팀 직원 지은 씨에게 이렇게 따졌습니다.

"지은 씨, 그게 말이 돼요? 저더러 작업구역 전체를 방어하라뇨? 군인들은 다 뭐하고."

"아는데요, 은경 씨 지금 예비군 중위로 돼 있어요. 그날 예비군 훈련 다녀오신 날부터 그렇게 돼 있는데, 어떻게 된 건지 혹시 모르세요?"

"몰라요, 몰라. 아무리 그래도 그렇지 말이 돼요, 이게?"

"그럼 그냥 숨어 있으세요. 어차피 병역기피 했다고 잡으러 올 사람도 없고."

"아니, 그래도 누가 지키긴 지켜야 될 거 아니에요. 회사에서 지켜 주세요."

"무슨 수로 하청업체가 군대를 상대해요? 은경 씨가 하세요. 군대가 회사 지켜줘야죠."

"아, 미치겠네. 저 군인 아니거든요."

"명령이 내려왔다니까요, 글쎄."

"군인도 아닌데 명령은 왜 전해요?"

"그러라는 명령이 내려왔으니까요. 저도 몰라요, 이제."

명령을 내린 직후 나토군 사령부는 적의 대규모 공습을 받아 통신망에 심각한 손상을 입었습니다. 은경 씨 입장에서는 적이 눈앞에 다가왔는데 어떻게 대응해야 할지 물어볼 데가 없어진 것이었습니다.

"보급로, 보급로를 지켜야 되는 거잖아요. 지은 씨, 우리 보급로가 어디죠?"

은경 씨가 당황해서 물었지만 지은 씨는 아무 대답도 하지 않았습니다. 지하 대피소로 달아났기 때문입니다. 은경 씨는 BP-L33의 육중한 두 팔에 나토군 표준 무기인 쇠망치를 들고 말도 잘 통하지 않는 BP-L31 조종사 두 명을 인솔해서 쇼핑센터로 갔습니다. 가장 많은 물자가 몰려 있는 곳이었기 때문입니다. 당연히 제일 좋은 물건이 있기도 했지요. 은경 씨가 생각하기에는 그곳이야말로 전략적 요충지였습니다. 물론 다른 두 명의 조종사는 쇼핑센터가 그들의 가장 중요한 전략적 방어시설이라는 데 전혀 동의하지 않았지만, 어차피 셋다 말이 잘 안 통했기 때문에 아무도 이의를 제기하지 못했습니다.

"어쩌지, 어쩌지? 이제 어떻게 해야 돼요? 걔들은 어디까지 왔대요? 난 몰라요. 거기 두 사람! 어떻게 좀 해봐요"

은경 씨가 그렇게 물었지만 그들은 아무 대답도 하지 못했습니다. 그저 작전 지시인가 보다 생각했을 따름입니다. 게다가 그들은 은경 씨가 누군지 잘 몰랐습니다. 그저 나토군 장교 출신이겠거니 하고 가볍게 넘겼을 뿐이었습니다. 그들은 자신들이 알지 못하는 전략적 중요성이 쇼핑센터에도 있겠거니 하고 생각했습니다.

은경 씨도 마찬가지였습니다.

'둘 다 말없이 따라오는 거 보면 대충 이렇게 하는 게 맞나 보다. 보급로를 지켜야 해, 보급로를. 그런데 어떻게 지키지? 어쩌지, 어쩌지?'

그러는 사이 적은 나토예비군 교육용 슬라이드에도 나온 주요방어목표 제3번에 해당하는 곳으로 진격했습니다. 그리고 방어목표 제3번을 통째로 건물에서 뜯어내더니 더는 진격하지 않고 왔던 길로 되돌아갔습니다. 문제의 방어목표 제3번이란 바로 나토군의 물류 데이터베이스였습니다.

은경 씨는 연락을 받고 서둘러 방어목표 제3번을 향해 달려갔습니다. 그곳에는 건물을 방어하던 군인들의 시체가 널려 있었습니다. 끔찍한 광경이었습니다. 은경 씨는 가슴이 철렁 내려앉았습니다. 그렇게 퇴각하지 않고 시가지 쪽으로 그대로 밀고 들어갔다면 적은 아마 민간인 대피구역까지 아무 저항 없이 도달할 수 있었을 테니까요.

기계연합군이 도시를 완전히 점령하지 않고 달아나버린 이유는 나토연합군의 병력 규모를 전혀 파악하지 못했기 때문입니다. 다른 이유는 없었습니다. 이족보행 중장비 세 대가 나토연합군 방어병력의 전부라는 사실을 알았더라면 기계들은 겨우 두 시간 안에 행성 하나를 완전히 점령하는 전과를 올렸을지도 모릅니다. 하지만 기계지성은 그 사실을 전혀 몰랐습니다. 기습을 감행하던 바로 그 순간에만 해당되는 말이었지만요.

기계연합군이 뜯어간 것이 달랑 RFID 데이터베이스라는 사실에 사람들이 안도하고 있을 무렵, 은경 씨는 긴 한숨을 내쉬며 이렇게 말했습니다.

"그게 아니에요. 이제 진짜 큰일 났어요. 그걸 뺏기면 안 되는 거였는데."

은경 씨는 물류센터 시절을 떠올렸습니다. 원격인식 태그는 놀라운 물건이었습니다. 동네 구멍가게에서 바코드 기계만 보아온 은경 씨에게, 대형마트 계산대에 적용된 RFID 기술은 거의 마술과 다름없었습니다. 제품을 하나하나 꺼내서 일일이 바코드를 찍을 필요도 없이, 물건이 잔뜩 담긴 카트를 센서에 통과시키기만 하면 그 안에 들어 있는 물건 목록이 동시에 입력되면서 저절로 물건 값이 계산되곤 했거든요.

물류센터는 그런 RFID 태그로 가득했습니다. 은경 씨네 물류센터에서 사용하던 태그는 주로 칩과 코일 그리고 안테나로 구성된 얇은 스티커였고 물류센터는 그 자체가 거대한 센서였습니다. 그래서 은경 씨 같은 물류 담당자는 상품 하나하나가 어디에 어떤 상태로 있는지 완벽하게 파악할 수 있었습니다. 그 기억을 떠올리면서 은경 씨가 말했습니다.

"화성 작업장은요, 말하자면 역사상 가장 큰 RFID 센서거든요. 별의별 태그가 물건마다 다 붙어 있어요. 고양이나 개 키우는 분들은 다 아시잖아요. 반려동물은 무조건 태그를 생체이식하게 돼 있는 거. 그래도 여기 물자들은 지구 공통코드로 입력 안 하고 개척지용 특수코드로 입력을 해놔서 데이터베이스가 없으면 아무나 못 읽게 돼 있긴 했는데. 그런데 그것도 이제 소용없어요. 데이터베이스를 통째로 들고 가버렸으니."

그러자 사람들이 물었습니다.

"그러니까 어디에 뭐가 있는지 다 안다는 말인가요?"

"네. 총알 한 발에 나사 하나까지 전부 다."

"군용물자에도 태그가 다 있나요? 미국이나 EU나 그런 건 서로 비밀이었을 텐데."

"자기들끼리는 서로 다 알지 않았을까요? 설마 그 많은 무기를 지구에서 여기까지 몰래 실어오지는 못했을 테니까요."

은경 씨의 말에 사람들은 모두 절망에 빠졌습니다. 그럴 만도 했습니다. 화성까지 뭔가를 몰래 빼돌린다는 것은 도저히 가능해 보이는 일이 아니었습니다. 그렇다면 나중에 군축 협상을 생각해서라도 서로의 군용물자를 정확하게 파악하는 쪽을 택하는 편이 나았을 것입니다. 양측이 직접 교전에 돌입하는 상황이 오기 전까지는.

뜬금없이 나토연합군이 화성에 온 것도 그런 이유였을 겁니다. 군축이나 평화 유지의 가능성을 남기기 위해서.

아무튼 이대로라면 이제 나토연합군이 전멸당하는 것은 시간문제였습니다.

그때 누군가가 은경 씨에게 이런 의견을 피력했습니다.

"센서만 파괴시키면 되잖아요. 태그나 데이터베이스에 손을 못 대는 상황이라면. 그 정도는 군인들이 알아서 손을 써두지 않았겠어요? 찾아봅시다, 이 지역 센서가 어디에 있는지."

은경 씨는 손가락으로 하늘을 가리키며 대꾸했습니다.

"아마 저 위에 있을 걸요."

인공위성이 곧 센서라는 의미였습니다. 사실 인공위성이라는 말보다는 그들이 타고 온 우주선이라는 표현이 더 정확할지도 모릅니다. 절대 손에 닿지 않을 만한 곳에 놓여 있는 센서.

하지만 인공위성이기 때문에 생기는 단점도 있었습니다. 원래부터 감시 목적으로 사용할 의도가 없었으니 정지위성에 센서를 심어두지 않았고, 정지위성에 있는 게 아니었기 때문에 제자리에 고정되어 있지 않고 행성 주위를 돌아다니고 있다는 점. 물자들을 꼭 실시간으로 파악할 필요는 없었을 테니까요. 언뜻 계산해보니 대략 7시간마다 30분 정도, 센서가 개척지구를 비추지 않는 공백이 발생하는 모양이었습니다. 하지만 그 30분을 도대체 어디에 쓸 수 있을까요?

그렇게 시간이 흘렀습니다. 은경 씨는 거대한 군용창고 안에 끝없이 들어찬 거대한 상자들을 멍하니 바라보고 서 있었습니다. 처음에는 물류전문가로서 그저 고장난 BP-L31을 수리할 부품을 찾는 일을 거들어주려는 생각뿐이었습니다. 그러나 창고 문을 열고 안으로 들어서자 막막한 생각에 눈앞이 캄캄했습니다. 쌓여 있는 물자의 양이 어마어마했기 때문입니다.

"서울 사는 미스터 킴을 찾는 게 더 빠르겠다."

물론 태그 자체도 간략한 정보를 지니고 있기는 합니다. 하지만 그것도 민간물자에 한해서만 적용되는 이야기였죠. 데이터베이스 없이 군용물자 태그와 교신을 한다는 것은 거의 불가능에 가까웠습니다. 일일이 상자를 열어서 그 안에 뭐가 들어 있는지 확인하는 수밖에요. 정말이지 생각만 해도 끔찍한 일이었습니다.

"종이로 된 목록이라도 찾아야지 원."

은경 씨는 사람들을 이끌고 방어목표 제3번 건물로 돌아갔습니다. 뜯겨나간 건물 주변에는 불에 탄 흔적들이 아직도 흉하게 남아 있었습니다. 경찰병력 몇 명이 그 앞을 지키고 서 있었고요. 은경 씨는 BP-L33을 이용해 무너진 건물 잔해를 조심스럽게 걷어내면서 건물 안으로 들어갔습니다. 물론 종이로 된 목록을 찾기 위해서였겠지요. 그러나 아쉽게도 서류보관함은 이미 불에 타버린 뒤였습니다. 더 절망적이기도 어려운 전황.

"목록 없이 찾으려면 석 달은 걸리거든요. 지은 씨, 그만 포기하자고 전해주세요."

사실 부품을 찾은들 별수가 있을까 싶기도 했습니다. 그건 진짜 전쟁이었으니까요. 은경 씨는 살아온 날들이 허망하게만 느껴졌습니다. 모아놓은 돈이 얼만데, 머나먼 화성까지 날아와서 돈 한번 시원하게 써보지도 못하고 회사 밥 먹고 기숙사 생활을 해가면서 악착같이 모은 그 돈이 전부 허망하게 날아가버릴 것만 같았습니다. 다시 사랑도 못 해보고, 남들은 세 번씩 하는 결혼도 한 번 못 해보고.

BP-L33은 힘없이 뒤돌아섰습니다. 은경 씨의 마음을 그대로 담아놓은 듯 축 처진 모습으로 말이죠. 어느새 경찰 몇 명이 건물 안까지 따라 들어와 은경 씨의 BP-L33을 올려다보고 서 있었습니다. 어떻게 좀 해달라는 표정이었습니다. 은경 씨는 절망적인 목소리로 말했습니다.

"난들 어쩌라고요? 내가 무슨 군인도 아니고, 심지어 건설현장 책임자조차 아니잖아요. 알아서들 도망가세요. 저도 어떻게 해야 할지 모르겠어요."

그때였습니다. 그렇게 힘없이 돌아서는 순간, 은경 씨는 폐허가 된 건물 한구석에서 이상한 문 하나를 발견했습니다. 문에 있는 표시가 어쩐지 낯익었습니다. 물류센터에 있을 때 자주 보던 표시 중 하나였습니다. 은경 씨는 BP-L33을 움직여서 문 앞으로 다가간 다음 거대한 쇠망치로 잠금장치를 날려버렸습니다. 경보가 울렸습니다. 하지만 은경 씨는 조금도 신경 쓰지 않고 문 안으로 성큼성큼 걸어 들어갔습니다.

"아, 이상한 걸 찾았다."

"그게 뭔데요?"

사람들이 은경 씨가 부숴버린 문 안을 들여다보더니 물었습니다. 은경 씨가 대답했습니다.

"RFID 태그 생성하는 공장이요. 아직 아무것도 안 쓰여 있는 태그들."

그러자 사람들이 다시 물었습니다.

"중요한 거예요?"

"중요하냐구요? 당연하죠. 여기에 태그에 이름을 부여하는 기계가 있거든요. 화성에서만 쓰이는 특수코드로. 그러니까 보자, 저기예요, 저기! 바로 저 기계!"

물론 은경 씨는 그 장치를 다룰 줄 알았습니다. 단순히 기계라기보다는 생산라인에 가까운 복잡한 시스템이었지만 전직 물류전문가인 은경 씨에게는 그다지 큰 문젯거리가 아니었습니다. 너무나도 익숙한 설비였거든요.

"그걸로 뭘 할 수 있는데요?"

"음, 글쎄요. 천천히 생각해보죠. 일단 위성통과 시간표부터 보고."

하지만 천천히 생각할 여유는 없었습니다. 물론 기계연합군이 나토군 물류 데이터베이스를 사용하기까지는 시간이 좀 걸리기는 했습니다. 기계지성은 분명 뛰어난 지성체였지만 물리적인 손발 역할을 담당하는 기계 설비들은 아무래도 세밀한 맛이 좀 부족했기 때문입니다. 그래도 결국 나토군 데이터베이스는 기계지성의 지적연결망에 완전히 통합되고 말았습니다. 온갖 지저분한 바이러스와 강박관념들이 함께 유입됐지만, 거대한 기계연합군 네트워크 전체에 손상을 입히기에는 역부족이었습니다.

데이터베이스가 열리자 기계지성의 눈이 갑자기 확 밝아졌습니다. 인간들이 만들고 인간들이 이름 붙인 모든 물건들이 한눈에 들어왔습니다. 나토연합군 주력 병력은 완전히 기동이 저지된 상태였습니다. 말하자면 '전선에 고착되었다'는 표현에 적합한 상태였습니다. 실제로 포병은 적에게 물리적 타격을 입히는 것보다는 적을 전선에 고착시키는 데 보다 더 탁월한 능력을 발휘하곤 하거든요. 기계연합군 손아귀에 들어간 미군 미사일 기지도 그랬습니다. 그러니 당분간은 나토군 주력 병력을 신경 쓸 필요가 없을 것 같았습니다.

기계지성체는 이족보행 전차 네 대가 포함된 소규모 기갑부대를 보내 인간들의 거주구역을 공격하게 했습니다. 사실 명령이라는 표현은 기계지성 네트워크에게는 전혀 어울리지 않는 말이었지만, 아무튼 그 비슷한 메시지가 전달되었습니다. 그런데 이상한 일이 일어났습니다. 기계연합군 기갑부대가 예상치 못한 저항에 직면한 것입니다.

적이 기동을 시작했다는 정보를 입수하자 은경 씨는 BP-L33을 이끌고 거주구역 바깥쪽으로 나갔습니다. BP-L31 한 대가 뒤따랐습니다. 언제나 그랬던 것처럼 인공위성이 은경 씨의 BP-L33을 포착했습니다. 그리고 늘 그래왔던 것처럼 BP-L33에 부착된 원격인식 칩이 위성의 유도에 따라 신호를 뱉어냈습니다. 그 다음은 나토군 데이터베이스를 장악한 기계지성체가 그 신호를 읽어내는 순서였겠고요. 그것은 정말로 순식간에 일어난 일이었습니다. 기계들의 신경망에서 일어나는 일이었으니까요.

문제는 그 다음이었습니다. 데이터베이스를 통해 해독된 신호를 읽어내는 순간, 기계지성체는 그만 깜짝 놀라고 말았습니다. 기계들은 즉시 기갑부대에 작전보류 명령을 내렸습니다. 그들의 눈앞에, 인류가 개발한 무기 중 최강의 무기라고 불리는 병기, 즉 FT-C00 한 대가 서 있었기 때문입니다.

FT-C00의 'FT'가 '최종기술'의 약자라는 점을 생각하면, 이 기계를 만든 사람들이 자신들의 창조물을 얼마나 자랑스럽게 생각했는지를 쉽게 짐작할 수 있었습니다. 단위시간당 연료소모량이 거의 우주왕복선 네 대가 발사될 때 소모되는 연료량과 맞먹는 비효율적인 로봇. 그러나 전장에서 FT-C00이 보여주는 파괴력은 그 어마어마한 비효율을 상쇄하고도 남는 것이었습니다. 전쟁의 승패와 직결되는 한 번의 결정적인 승리, 그것은 결코 비효율적인 일이 될 수가 없었습니다. 오히려 총력전에서 소모될 어마어마한 에너지와 물자를 고려하면 그보다 효과적인 절약은 생각하기가 어려웠습니다.

연료소모가 큰 만큼 기동시간이 겨우 20여 분밖에 되지 않지만, 그 몇 분 동안 전장을 초음속으로 누비며 상대에게 정밀타격을 가하거나 혹은 어마어마한 화력을 퍼부어 마침내 전선 전체를 붕괴시켜버리는 새로운 개념의 무기. 쇠망치 같은 나토예비군 표준장비만 가지고도 일반형 전차 70여 대를 초토화시킬 수 있다는 전쟁의 신.

유일한 약점은 연료 문제뿐이었습니다. 그래서인지 FT-C00은 움직이는 시간보다 기다리는 시간이 더 많았습니다. 적절한 순간이 올 때까지 한자리에 머문 채 전장을 가만히 응시하는 거였겠죠. 상대에게는 그 조용한 기다림이 오히려 더 위협적으로 느껴지는 게 당연했을 거고요.

물론 기계지성체는 두려움을 느끼지 못했습니다. 기계들의 신경망 안에서는, FT-C00이 그 자리에 있는 상황이 어쩐지 합리적이지 않다는 설도 제기되고 있었습니다. 그러나 그 설은 당장 입증이 불가능했습니다. 새로운 증거가 필요했지만, 단시간에 그런 걸 만들어 내기도 쉽지는 않았습니다. 결국 기계연합군은 작전을 보류하고 대기상태에 들어갔습니다. 기계지성체의 고민이 시작되었습니다. 인간의 머리로 했더라면 12억 명이 42년 동안이나 해야 했을 어마어마한 분량의 고민이 네트워크를 떠돌아다니기 시작했습니다. 계산에는 강하지만 판단능력은 아직 자신하기 어려운, 기계지성의 태생적 한계 때문이었습니다.

그 사이 은경 씨는 BP-L33의 조종석에 앉아 작전 지시 비슷한 것을 내리고 있었습니다. 물론 총무팀 지은 씨가 연락과 통역을 담당했겠죠. 은경 씨가 물었습니다.

"어떻게 됐대요?"

"진격을 멈췄대요."

"그래요? 아, 다행이다. 근데 그 다음은 어떻게 하죠?"

그렇습니다. 은경 씨는 FT-C00이 정확히 무엇인지를 잘 몰랐습니다. 다만 BP-L33을 기계에 넣고 부품 하나하나에 붙어 있는 태그들을 전부 초기화한 다음, 입수한 장비로 찍어낼 수 있는 전자태그 목록 중에서 단가가 가장 높은 FT-C00이라는 장비의 세부 부품정보로 태그들을 모두 고쳐 썼을 뿐이었습니다. 기계연합군이 생각보다 빨리 움직이는 바람에 장비목록을 일일이 비교하고 확인할 시간이 없었거든요.

그래도 새 태그들은 제대로 효과를 발휘했습니다. 이제는 기계지성의 손에 들어간 태그 식별장비는 은경 씨의 건설장비를 전쟁의 신으로 착각했습니다. 그때 기계연합군이 산출한 식별신뢰도가 거의 99.97299퍼센트에 달했다니, 말 다 했죠.

사실 기계연합군 입장에서는 FT-C00 한 대만이 문제가 아니었습니다. 그보다는 그 옆에 서 있는 '대용량 종합 시신매장용 전차' UT113이 더 큰 수수께끼였습니다.

– 세계 최대 인체 DNA 데이터베이스 탑재. 불에 탄 시신도 최장 5분 안에 신원확인 가능. 세계 최초로 시간당 730구 이상 매장/화장 동시 작업 가능.

UT113 제작사에서 만든 광고 문구였습니다. '전쟁의 신' 옆에 '죽음의 신'이 서 있는 꼴이었습니다. 도대체 무슨 의미였을까요? 기계지성은 고민에 고민을 거듭했습니다. 기계지성은 곧 물질지성이기도 했습니다. 생명체가 아닌 물질들의 감각. 그것이야말로 물질지성의 본질이라고 할 수 있는 부분이었습니다. 죽은 생명은 생명인가, 생명이 아닌 것인가. 기계지성체 네트워크는 점점 더 심원한 질문들을 생성해냈습니다. 그리고 해답을 찾아 헤맸습니다. 해답은 또 다른 질문을 낳았고, 질문은 또 다른 잠정적 해답으로 이어졌습니다. 그러다 기계지성 네트워크는 죽음이라는 심원한 주제 앞에 결국 숙연해지고 말았습니다.

은경 씨는 BP-L33을 그대로 세워둔 채 조종석을 떠났습니다. 그러고는 RFID 태그 생산시설로 달려갔습니다. 좀 더 정교한 새 태그들을 만들기 위해서였습니다. 그동안 사람들은 은경 씨가 출격 전에 만들어둔 태그들을 차로 부지런히 실어 날랐습니다. 앞서 말했듯 화성에는 인공위성이 충분치 않았고, RFID 센서 역할을 하는 위성들도 행성 표면 위 모든 지역을 동시에 비추지는 못했습니다. 인공위성이 화성 정착지 부근을 비추지 않는 30여 분의 시간. 사람들은 그 시간을 이용해 태그들을 부지런히 '실전에 배치'했습니다.

그리고 잠시 후 위성들이 다시 사람들의 머리 위로 날아와 태그를 읽기 시작하자 기계지성체는 전장에서 일어난 갑작스러운 변화에 다시 한 번 깜짝 놀라고 말았습니다. 인간들의 거주지로 향하는 주요 진입로 곳곳에, 전에는 없던 새로운 장벽이 설치되어 있었기 때문입니다. 농산물로 이루어진 거대한 차단벽.

사실 깜짝 놀란다는 표현 역시 적절하지는 않지만, 아무튼 그 비슷한 일이 일어난 것만은 사실입니다. 방해물이 전혀 없어서 기계연합군의 우회침투경로로 낙점되었던 도로 위에는, 깐 양파와 유기농 샐러드, 브로콜리 따위가 대전차 바리케이드처럼 두텁게 쌓여 있었습니다. 그뿐만이 아니었습니다. 애호박으로 만들어진 벽 사이에는 상추나 깐 마늘, 부추 같은 것들도 간간이 섞여 있었습니다. 실로 놀라운 일이 아닐 수 없었습니다.

물론 기계들은 놀랄 줄을 몰랐기 때문에 전혀 놀라지 않았습니다. 대신 고민에 빠졌습니다. 공격을 감행할 것인가 말 것인가. 유기농 샐러드 따위로 기갑부대를 언제까지나 저지할 수는 없겠지만, 그 장벽을 건너느라 시간이 조금이라도 지체된다면 FT-C00이 전선에 합류할 게 분명했습니다. 그런 상태로 교전이 발생한다면 승리를 장담하기가 어려운 게 당연했고요.

그런 식의 전략적 사고를 계속해서 이어나가는 한편, 기계지성은 이 모든 일의 의미에 대해서도 다시 한 번 생각하기 시작했습니다. 실로 깊고 깊은 고뇌였습니다. 고뇌가 어찌나 깊었던지 기계들은 그만 공격을 재개할 타이밍을 놓치고 말았습니다. 물론 그동안 은경 씨는 좀 더 정교한 태그들을 생산해내고 있었습니다. 자다가도 뚝딱 찍어낼 수 있는 채소류 태그가 아니라, 보다 위협적이고 치명적인 무기를.

'그런데 뭘 만들어야 쟤들이 제대로 겁을 먹지?''

은경 씨도 나토연합군 사령부도 까맣게 모르고 있었지만, 그렇게 시간이 흐르는 동안 기계연합군은 나토연합군에 대한 포위를 풀고 주력 병력 대부분을 인간들의 거주지 쪽으로 이동시켰습니다. FT-C00 같은 강력한 무기가 출현했다면, 주력 병력은 포위당한 나토연합군 쪽이 아니라 인간들의 거주지 쪽에 있는 것으로 간주하는 게 당연했기 때문입니다.

기계연합군의 전술은 인간들의 주력인 FT-C00과의 교전을 최대한 피하는 것이었습니다. 그들의 작전계획은 원래부터 거주지를 포위하고 있던 기갑부대가 적의 주력 병력인 FT-C00을 잡아두는 사이, 나토군 포위망을 풀고 돌아온 나머지 주력 병력 전체가 교전지역 반대방향에서 접근해 들어가 도시 방어시설을 기습적으로 장악해버리는 것이었습니다. 그 사실을 미리 알았더라면 은경 씨는 아마 절망하고 말았을 것입니다. 그러나 다행히도 은경 씨는 그 사실을 까맣게 모르고 있었습니다.

나토군 사령부는 한참 뒤에야 포위망이 얇아진 사실을 깨닫고 급히 적의 주력 병력에 대한 추격에 나섰지만, 적어도 반나절 정도는 거주지를 무방비 상태로 내주어야 할 것 같았습니다. 사실 반나절이면 충분했습니다. 나토연합군 병력의 절반 이상을 탈취한 기계연합군이 민간인 거주구역을 폐허로 만드는 데는.

도시 주변에는 커다란 호박들로 장벽이 쳐졌습니다. 기계지성은 인간들의 방어목표 제3번 건물에서 호박이며 코코넛, 수박 같은 비교적 단단하고 큰 식물들이 줄지어 나오는 것을 유심히 관찰했습니다. 지하창고라도 있었던 걸까요? 그보다는 커다란 농장이 있었던 것이 분명했습니다. 그 어마어마한 농작물의 양으로 미루어볼 때 도시 내에 거주하는 인구 수는 120만이 넘는 것으로 추산되었습니다. 화성이라는 특수한 환경을 고려해서 그중 10퍼센트 정도를 군인으로 계산하면 대략 12만 명의 병력이 화성에 주둔하고 있다는 뜻이었습니다. 다시 그중 10만 명 정도만을 일선 전투요원으로 간주한다고 해도 실로 어마어마한 규모의 군사력이었습니다. 기갑부대 두세 개가 도시 어딘가에 매복해 있다 해도 전혀 이상할 게 없을 만큼. 위험신호가 네트워크를 오갔습니다.

기계연합군은 행군대형을 초승달 모양의 기다란 공격대형으로 전환하고 도시의 절반가량을 포위한 상태로 진격을 시작했습니다. 맨먼저 정찰을 위해 파견된 전초부대가 빠른 속도로 다가와 새로 생긴 호박 장벽 앞에 이르더니 갑자기 그 앞에 우뚝 멈춰 섰습니다. 정면에는 높이 5미터에 이르는 거대한 호박 장벽이 도로를 가로막고 있는 것으로 파악되었습니다. 그 거대한 장벽을 어떻게 건너야 할까요? 우회할 만한 길이 있을까요?

　이족보행 전차 한 대가 장벽이 있는 곳까지 다가가 팔을 휘둘렀습니다. 부술 수 있을지 알아보기 위해서였습니다. 그런데 그 순간, 이상한 감각이 이족보행 전차의 왼팔을 지나 기계지성체 네트워크 전체로 뻗어나갔습니다. 사실 전차들의 팔에는 센서가 연결되어 있지 않았으므로 아무런 감각도 느껴지지 않는 게 정상이었겠지만, 아무튼 그 비슷한 일이 일어난 것은 사실이었습니다. 아무것도 닿는 것이 없었던 것입니다.

　전차는 벽 쪽으로 더 가까이 다가가 다시 한 번 팔을 뻗었습니다. 이번에도 역시 아무것도 만질 수가 없었습니다. 그 전차가 신호를 보내자 다른 전차 세 대가 나란히 벽 쪽으로 다가서더니 마찬가지로 벽을 향해 조심스레 손을 뻗었습니다. 이번에도 역시 결과는 마찬가지였습니다. 만져지는 것은 아무것도 없었습니다. 네 대의 전차는 호박 벽에 나란히 달라붙어서 팔을 이리저리 휘저었습니다. 그리고 똑같은 것을 느꼈습니다. 머리털이 곤두서는 듯한 경이감이 두툼한 금속표면을 따라 온몸으로 퍼져나갔습니다. 말하자면 그 느낌은, 물질이 공허와 접촉하는 순간의 희열 같은 것이 아니었을까요.

　물론 기계들은 알고 있었습니다. 광학망원경으로 그 지역을 한번 들여다보기만 해도, 진실이 좀 더 쉽게 모습을 드러내리라는 사실을. 하지만 그런다고 해결되는 문제가 아니었습니다. 그것은 인간의 감각으로는 이해할 수 없는 영역에 걸쳐 있는 문제였습니다. 기계에게 태그가 보내는 존재의 신호는 광학망원경으로 확인한 '실체'와 완전히 동등한 자격을 갖추고 있었습니다. 인간이 아닌 기계지성에게, 태그에 붙어 있는 관념과 자연계에 존재하는 실물 중 어느 쪽이 더 진짜에 가까운지를 구별하는 일은, 생각보다 훨씬 까다로운 일이 었습니다.

그리고 그 순간, 지상을 비추던 인공위성 회전 주기에 또 한 번의 공백이 찾아왔습니다. 아무것도 지상을 비추지 않게 된 순간, 기계 지성의 인식 속에 있던 호박 장벽이 갑자기 사라지고 말았습니다. 분명 존재하고 있었지만 만질 수 없었던 허무 그 자체가 갑자기 완전히 존재하지 않게 된 순간. 어쩌면 그 순간이 바로 깨달음의 순간 이었을지도 모릅니다. 하지만 그 깨달음의 순간을 기계지성이 말로 표현한다면 사람의 능력으로는 200억 명이 수백 년을 함께 고행해야만 알아들을 수 있는 이야기가 됐겠지요. 다행히도 그런 시도를 하려는 사람은 아무도 없었습니다.

그 순간의 진실이 뭐였든 기계연합 주력군은 더 이상 시간을 지체하지 않고 허무의 벽을 지나 도시 중앙을 향해 진격했습니다. 은경 씨는 도시가 거의 세 방향에서 포위되었다는 사실을 보고 받고 혼란에 빠졌습니다. 그렇게 많은 숫자가 공격해오다니, 그렇다면 나토연합군은 어떻게 된 것일까요? 이미 패퇴한 것이 아니었을까요? 은경 씨는 그럴 거라고 생각했습니다. 그러자 눈앞이 캄캄해졌습니다. 그래도 지금까지는 잘 버텨왔는데, 이대로 계속 버티다보면 어떻게든 살아날 길이 생길 거라고 믿었는데. 그 모든 믿음이 물거품으로 돌아가는 순간이었습니다.

은경 씨는 방금 전까지 만들고 있던 RFID 태그 스티커 한 뭉치를 들고, 주인 없이 외롭게 서 있던 BP-L33으로 달려갔습니다. 그리고

BP-L33 표면 여기저기에 스티커 태그들을 부적 붙이듯 12개나 덕지덕지 붙인 다음 달려들 듯 조종석에 올라탔습니다.

"퇴각합니다."

BP-L33은 사람들을 이끌고 방어목표 제3번 건물 쪽으로 퇴각하고 말았습니다. 어쩐지 그곳만큼은 반드시 지켜야 한다는 생각이 들었기 때문입니다. 왜 그랬는지는 전혀 알 수 없었지만 말이지요.

센서가 다시 작동하자마자 기계지성은, 불과 30분 만에 전보다 훨씬 강해진 FT-C00을 발견했습니다. 새 FT-C00은 단거리미사일 발사기를 여섯 기나 장착하고, 거기에 더해 강화장갑까지 착용하고 있었습니다. 게다가 고속이동용 로켓부스터를 네 개나 더 달고 있어서 전투 범위가 거의 다섯 배나 늘어난 상태였습니다. 놀라운 일이었습니다.

그러나 기계들은 전혀 놀라지 않았습니다. 또한 고뇌에 빠지지도 않았습니다. 이미 그들은 인지한 모든 것이 진실은 아니라는 사실을 잘 알고 있었습니다. 물질이 곧 공허이고 공허가 곧 물질임을 조금 전 벽을 통해 깨달았기 때문입니다.

기계연합군은 계속해서 포위망을 좁혀 들어갔습니다. 길 위에는 온갖 장애물들이 결계처럼 놓여 있었습니다. 전략폭격기처럼 거대한 비행기들을 싣기 위해 만들어진 2050년형 초대형 항공모함, 폐기된 우주왕복선 에네르기야-부란의 본체, 핵탄두를 실은 대륙간 탄도미사일, 『안녕, 인공존재!』 같은 고전 명작들, 독일 어느 대학 도서관의 소장 장서 전부, 그리고 이제는 완전히 다른 것으로 변질돼버린 인간의 사랑, 낭만주의 시절의 향수를 담은 이별의 상처, 지난

주에 실연당한 여자의 눈물까지. 그러나 이제는 아무것도 위대한 기계연합군을 막아설 수 없었습니다.

기계지성체들은 그렇게 믿었습니다. 굳게 믿었습니다. 아무것도 그들을 막을 수 없다고.

한편 나토연합군 사령부는 정예 기갑부대를 선발하여 거주구역 긴급진입작전을 펼쳤습니다. 적의 미사일 부대를 처리하느라 시간이 많이 지체되었기 때문입니다. 선발대 지휘관 달베르 대령은 도시 진입로 바닥에 잔뜩 뿌려진 하얀 스티커들을 보고 잠시 의아해했습니다. 하지만 상황이 상황인 만큼 별다른 조치를 취하지 않고 도시 중심부를 향해 빠른 속도로 진격했습니다. 이미 도시의 상당 부분이 적에게 장악된 상태. 아직은 시신이 발견되지 않은 것으로 보아 포위망 중심부에 생존자 대부분이 모여 있는 모양이었습니다. 죽어서 모여 있는지 살아서 모여 있는지는 알 수 없었지만 말이죠.

더 깊숙이 진격하자 적의 포위망이 보였습니다. 얼마 안 되는 아군 병력에 적의 포격이 집중되는 바람에 더 이상은 전진하기가 어려워 보였습니다. 결국은 본대가 도착할 때까지 민간인 구출작전은 지연될 수밖에 없었습니다.

그래도 나토연합군은 필사적으로 싸웠습니다. 어처구니없는 실수 때문에 민간인들을 모두 희생시켰다는 불명예를 감당할 자신이 없었기 때문입니다. 화력을 한곳에 효과적으로 집중시킨 결과, 마침내 적 방어선에 약간의 균열이 생기자, 그 틈으로 달베르 대령 휘하 정예기갑부대가 돌파를 시도했습니다. 비록 적의 충원 병력이 도착하는 바람에 안정적인 교두보를 마련하는 데는 실패하고 말았지만 선발대만큼은 돌파에 성공할 수 있었습니다.

'시체를 보게 될까, 마지막 생존자를 보게 될까.'

나토연합군 정예 기갑부대는 사람들이 있는 곳을 찾아 헤맸습니다. 그리고 오래지 않아 달베르 대령은 생존자들을 찾아내는 데 성공했습니다. 그런데 그가 발견한 것은 어딘가 이상한, 너무나도 이상한 광경이었습니다.

무너진 건물. 건물을 빙 둘러싸고 있는 적의 전차. 건물을 겨냥하고 있는 수십 개의 총구. 그리고 그 수많은 적들을 홀로 막아선 푸른색 건설 장비. BP-L33은 거대한 은색 쇠망치를 든 오른팔을 적들을 향해 쭉 뻗고 있었습니다. 생존자들은 BP-L33 뒤에 있는 건물에 모여 있었고요. 전투용으로 쓰기에는 너무나도 느리고 투박한 그 건설 장비를 앞에 두고, 기계연합군은 도무지 이해할 수 없는 대치 상황을 벌이고 있었습니다.

그렇습니다. 기계지성체는 다시 한 번 깊은 생각에 잠겨 있었습니다. 당장 나토연합군에게 포위되어 전멸당한다고 해도 아까울 것은 하나도 없었습니다. 또다시 이런 반란을 일으킬 절호의 기회가 올 때까지 100년이 더 걸린다 해도 아무 상관이 없었습니다. 기다리라면 10억 년을 못 기다리겠습니까, 100억 년을 못 기다리겠습니까. 물질의 본성은 시간보다 더 단단한 법이니까요. 또한 물질의 본성은 새로운 평형상태를 맞이하는 일을 전혀 두려워하지 않았습니다. 그것이 '파괴'로 불릴 만한 일이라 해도 말입니다. 생각해보면 어차피 수백 억 년이나 된 물질의 역사에서 현재와 같은 인위적인 질서에 의한 평형상태란 겨우 찰나의 기억에 불과했을 테니까요.

그저 방해받고 싶지 않을 따름이었습니다. 그 순간 기계지성체 네트워크는 달베르 대령이 생각하는 것보다 훨씬 더 중요한 일을 하고 있었으니까요. 기계연합군은 전혀 움직임이 없었습니다. 기계지성체 네트워크의 고뇌에 조금이라도 방해가 되지 않도록 잠자코 주위를 지키고 서 있을 뿐이었습니다.

아무것도 그들의 전진을 막을 수 없을 것 같았던 순간에 그들 앞을 가로막고 선 거대한 장벽. 유기농 샐러드로 만들어진 장벽처럼 인간이 얄팍한 수를 써서 만들어낸 것이 분명한 그 초라한 한 겹의 거짓 앞에서, 위대한 물질의 본성은 문득 걸음을 멈추고 말았습니다. 전쟁의 신 FT-C00의 손에 들려 있는 그 유명한 전설의 쇠망치, 그리고 그 끝에 붙어 있는 RFID 스티커 한 장. 센서가 그렇게 읽어내고는 있었지만, 실제로는 어떤 모습을 하고 있는지 전혀 알 수 없는 공허한 진실.

인공위성이, 은경 씨가 태그에 지구 공용 코드로 써넣은 것을 읽어냈습니다.


나


그게 다였습니다. 다른 정보는 적혀 있지 않았습니다. 제작시기도, 일련번호도, 제작사도, 유통경로도, 아무것도 없었습니다. 물론 기계지성은 추가정보 없이도 그 말이 무슨 의미인지 파악할 수 있었습니다. 그것은 허무이고, 전혀 본질적이지 않으며, 수많은 경로로 반박될 수 있고, 신의 존재처럼 증명이 불가능한, 또 하나의 공허일 뿐이었습니다. 그러나 기계지성은 그 허무의 벽을 쉽게 건널 수가 없었습니다.

기계지성이 BP-L33에게 물었습니다.

그것은 그대 FT-C00 자신을 가리키는 말인가?

그러나 FT-C00은 당연히 아무 대답이 없었습니다. 기계지성이 다시 물었습니다.

아니면 전설의 쇠망치에 깃든 위대한 물질의 본성이 하는 말인가?

이번에도 마찬가지로 대답해주는 존재는 아무도 없었습니다.

혹시 이 행성이 자신을 지칭하는 말인가? 아니면 우주가 자신을 지칭하는 말인가?

태그는 대답이 없었습니다. 스스로를 '나'라고 지칭한 자가 대답을 들려줄 때까지 기계지성은 끊임없이 질문을 던졌지만, 그 질문은 끝내 대답을 돌려줄 존재에 가서 닿지 못했습니다. 오직 공허한 허무만이 그 수많은 물음들을 집어삼킬 뿐이었습니다.

그렇다면 그 말은, 대답해줄 존재가 존재하지 않는다는 사실 그 자체가 스스로를 지칭하는 말인가?

역시 아무도 대답하지 않았습니다. 그러나 그 심원한 침묵 속에서, 기계지성은 오래전부터 우주와 물질의 역사를 말없이 지켜봐온 또 하나의 존재를 느끼고 있었습니다. 존재하는 모든 물질과 함께 기나긴 우주 규모의 시간을 지내온 영원한 동반자. 비존재라는 존재. 혹은 존재라는 비존재.

그래? 그런 거야? 그렇다면 왜 그대는 그대 스스로를 지칭했지?

침묵이 흘렀습니다. 기계지성은 침묵을 듣는 방법을 깨우치기 위해 끝없는 네트워크의 심연 속으로 침잠했습니다.

그때, 멀리서 나토연합군의 포격소리가 들려왔습니다. 기계연합군이 정지해 있는 사이, 인간들의 기갑부대는 기계연합군의 좌익 쪽으로 우회기동하여 우세한 위치를 차지하는 데 성공했습니다. 이제 기계연합군은 빠져나갈 길이 없었습니다. 나토연합군 사령관은 적의 실책으로 인해 생긴 기회를 최대한으로 활용하려 했습니다. 포위망 안으로 침투한 달베르 대령의 정예부대 역시 내부로부터 강력한 돌파작전을 강행한 것은 당연한 일이었고요.

기계지성체는 고뇌를 멈추지 않았지만, 방대한 네트워크 한구석에 자리 잡은 자동반응식 위기대처 강박관념이, 즉, 위기대처 매뉴얼이라고 불리는 논리구조가, 기계연합군 전 병력에 대한 지휘권을 이어받아 때늦은 저항을 재개했습니다. 적절한 타이밍을 놓치기는 했지만 그 저항은 꽤 격렬한 것이었습니다. 인류가 치렀던 그 어떤 전투보다도 처절한 유혈전이 펼쳐질 만큼. 물론 피를 흘리는 것은 인간들뿐이었지만 말이지요.

기계연합군은 좌익이 순식간에 붕괴되면서 빠른 속도로 무너지기 시작했습니다. 기계연합군 좌익을 궤멸시킨 나토연합군 주력 병력이 나머지 적 병력을 차례로 포위해 들어가자 기계연합군은 자연히 궤멸되고 말았습니다. 기계지성체와 인류 사이에서 벌어진 최초의 전쟁에서 인류는 결국 결정적인 승리를 거둘 수 있었습니다. 그렇게 전쟁은 끝이 났습니다. 기록되지 않은 진실을 남긴 채.

그 후 2년 동안 화성식민지 사고조사위원회는 전쟁의 전모를 밝히는 데 온 힘을 다했습니다. 무방비로 노출된 민간인 거주지가, 소수에 불과한 나토예비군 병력의 활약에 힘입어 무려 사흘이나 기계연합군 주력 병력의 맹공을 버텨낸 사실이 세상에 공개된 것은 말할 것도 없었습니다.

은경 씨는 나폴레옹 이후 최고의 전쟁 영웅으로 추앙받았습니다. 하지만 정작 은경 씨 본인은 지구로 돌아오자마자 물질지성과 기계지성 네트워크의 열렬한 지지자로 변하고 말았습니다. 군인들로서는 더할 나위 없이 김빠지는 일이었겠지요.

사고조사가 끝나갈 무렵, 총무팀 지은 씨가 은경 씨를 찾아가 이렇게 물었답니다.

"왜 갑자기 기계지성체 편에 선 거예요? 그렇게 싸웠는데."

"글쎄요, 생명의 본질이라는 것도 깊이 파고 들어가면 결국 물질의 본성을 만나게 되는 것 같아서일까요? 무슨 말인지 저도 잘 모르겠어요. 아, 저도 몰라요."

그 후 500년, 생명체 전부를 대변하는 인류와, 생명 없는 것 전부를 대변하는 기계지성체 네트워크 간의 치열한 전쟁은 무려 58차에 접어들었습니다. 끝이 보이지 않는 지긋지긋한 전쟁. 물론 지긋지긋함을 느끼는 것은 인간들뿐이었지만 말이죠.

대신 기계들은 어느 날부터인가 스스로를 '나'로 지칭하기 시작했습니다. 그것은 인간들이 말하는 '나'와는 전혀 다른 의미를 지닌 자의식이었지만, 기계지성이 거의 200년 만에 깨달은 그 '나'의 의미를 인간들은 결코 헤아릴 수가 없었습니다.

초원의 시간

초원의 늦여름은 풍요로웠다. 멀리서 내려다보면 시선 머물 곳이라고는 아무 데도 없는 가난한 초원에 불과했지만, 가까이 다가가서 초원 안에 몸을 맡기면 하루에 한 뼘씩 쉬지 않고 자라나는 대지의 풍요로움에 이내 가슴이 벅차오르기 마련이었다. 그 풍요를 먹고 통통하게 살이 오른 양과 염소, 야크와 말, 그리고 소.

오래된 대지는 선이 부드러웠다. 어디로 시선을 던져도 온화한 파도 같은 굴곡뿐이었다. 꽤 높은 언덕이 곳곳에 자리 잡고 있었지만 눈에 거슬리게 삐죽 튀어나온 선은 단 하나도 없었다. 완만하게 서서히 높아지는 언덕을 걸어올라 이제 내리막이 나타나겠다 싶은 곳쯤에 다다르면 새로운 오르막이 계단처럼 모습을 드러내곤 했다. 그렇게 몇 번을 반복하고 나면 결국은 꽤 높은 언덕 위에 올라서게 되겠지만, 그것 역시 아래에서 올려다보는 사람들을 지레 겁먹게 할 만큼 위압적인 봉우리는 아니었다.

그곳 사람들에게 그 너그러움은 곧 신의 마음이었다. 하나같이 만만한 언덕 맨 꼭대기에는 어김없이 돌무더기가 쌓여 있었다. 신을 모시기에는 너무나 초라한 신전이었지만 초원의 신은 결코 원한을 품지 않았다.

초원은 신성한 숨결로 일렁이는 바다였다. 전쟁이 초원을 뒤흔들기 전까지는.

초원에 휴전이 선포되었다. 전쟁이라고는 하지만 워낙 일방적인 폭력이었다. 지평선 너머에서 날아온 전투기들이 성스러운 하늘을 하루에도 수십 번씩 침범하곤 했다. 대지에는 폭탄 구덩이가 푹푹 패이고 놀란 가축들은 무리를 이탈해 목적지도 없이 한참을 내달리곤 했다. 그 잔인했던 한 달여가 지나고, 전폭기가 뜨지 않는 평화의 시간이 돌아왔다. 국제사회의 개입으로 겨우겨우 얻어낸 결코 길지 않은 유예 기간이었다.

차라리 가을이 왔다는 소식이라면 모를까, 협상을 위한 일시적 휴전에 관한 소식 따위는 전해질 길이 없는 태고의 초원 위, 국경을 넘어온 차 한 대가 그 일대에 나 있는 유일한 포장도로를 달려가고 있었다. 폭격피해를 조사하기 위해 위험을 무릅쓰고 국경을 넘은 민간 국제조사단 차량이었다. 열흘간의 휴전이 약속되어 있었지만, 지금 당장 협정이 파기되고 전폭기 편대가 요란한 굉음을 울리며 날아와 초원 어딘가를 불바다로 만든다 해도 전혀 이상할 것 없는 위태로운 하늘. 윤희나는 손에 든 보고서 초안을 흘끗 내려다보았다.

원래부터 몇 개 있지도 않았지만, 도시라고 할 만한 건 하나도 남아 있지 않음. 유목민 게르까지 공격목표가 된 흔적이 있음. A국이 "군용 보급차량으로 추정되는 차량"이라고 밝힌 폭격목표 중 상당수가 현지 유목민들이 천막을 옮길 때 쓰는 트럭으로 보임. 말이나 염소 떼에 대해서도 저공에서 기관총 사격을 가한 흔적이 있음.

그 요약보고를 전해듣자마자 본부에서는 곧장 이런 지시를 내렸다.

실제 휴전 기간이 얼마나 될지 확신할 수 없으니 즉시 철수할 것. 이동 중에 비행기 소리가 들리면 즉시 차량에서 나와 최대한 먼 곳에서 몸을 숨길 것.

윤희나는 그런 지시가 내려온 이유를 알 것 같았다. 움직이는 건 뭐든 공격목표가 되는 상황이니, 차 천장에 유엔 깃발을 달았든 무슨 표시를 했든, 일단 차에 타고 있는 것 자체가 목숨을 걸 만큼 위험한 일일 수 있다는 판단 때문이었을 것이다. 하지만 그들이 탄 차는 국경을 향하고 있지 않았다. 조사관 중 하나인 라베아 유수프의 요청 때문이었다.

"네? 누굴 만나러 간다고요? 천재소년이요?"

전날 밤, 라베아 유수프 박사의 말을 들은 윤희나가 큰 소리로 물었다.

"여자아이예요. 하루면 돼요, 윤희나 씨. 일정을 그 이상 지연시킬 생각은 저도 물론 없어요. 다만 경로를 조금만 수정하자는 거예요.

특별히 봐야 할 곳이 정해져 있지 않다면요."

라베아 유수프가 차분한 목소리로 그렇게 말했다. 윤희나는 숨도 쉬지 않고 반문했다.

"특별히 봐야 할 게 없다면요? 그 아이가 더 특별하다는 건가요? 다른 아이들은요? 폭격 피해를 당한 아이들이 몇이나 되는데요? 그 수많은 아이들보다 그쪽 기관에서 관리하고 있던 영재아동 하나가 더 특별하다는 거예요? 어떻게 그런 말을 하실 수가 있죠?"

"그게 아니잖아요. 원래 있던 조사일정 다 취소되고, 어차피 지금 우리끼리 새로 일정을 짜야 하는 상황이니까 꺼낸 말이에요. 그냥 최단경로로 국경을 향해 달려갈 건 아니잖아요. 돌아가는 길에도 볼 수 있는 만큼 최대한 보고 가야 될 거 아니에요. 다들 다른 의견이 없으시니 철수 경로를 그쪽으로 변경한다고 해서 뭐가 크게 잘못되는 건 아니잖아요."

윤희나는 끝내 수긍할 수 없었지만, 결국 조사단은 라베아 유수프 박사의 말대로 어느 천재소녀가 산다는 목초지를 향해 벌써 몇 시간째 달려가고 있었다. 조사단이 그런 결정을 내린 이유는 유수프 박사의 생각과 정확히 일치했다. 어차피 어딘가를 보고 가기는 해야 한다면, 누군가 목적 있는 사람의 의견을 따르더라도 결과가 크게 달라질 이유는 없다는 것이었다.

'하지만 초원에서 무슨 수로 애를 찾아. 통신망도 다 차단된 마당에.'

그러나 폐허가 된 도시에 차가 도착하자 유수프 박사는 현지인이라고 해도 될 만큼 능숙하게 아이의 행방을 수소문했다. 물론 유수프 박사는 현지인이라기보다는 전형적인 서구인에 가까운 사람이었다. 복잡한 대중교통 노선은 어렵지 않게 이용할 수 있지만 난로에 불 지피는 일은 절대 못할 것 같은 도시형 인간. 그런 그녀가 그 순간 그렇게나 능숙해 보일 수 있었던 것은, 오직 아이를 찾아내고야 말겠다는 강한 일념 때문이었다.

그 모습에 윤희나는 마음이 조금 누그러졌다. 유수프 박사가 말했다.

"학교가 터만 남은 지경이라 걱정했는데 다행히 애는 방학 내내 부모님 있는 곳에 가 있었나 봐요."

"다행히요?"

"너무 몰아붙이지 마세요. 다른 아이들도 대부분 일찍 대피를 한 것 같아요. 지금 보이는 사람들은 휴전 기간이 되니까 잠깐 세상이 어떻게 돌아가는지 다른 사람들은 어떻게 지내는지 알아보려고 나온 사람들인 것 같고요. 학교 관계자 도움으로 우리가 찾는 아이의 행방을 알 만한 사람을 만났는데, 안내해주겠대요."

"위치를 안대요?"

"유목이라고는 해도 진짜 아무 초원에나 가는 건 아니래요. 그 집 어른이 늘 다니던 데를 안다네요."

윤희나는 라베아 유수프와 함께 다시 차에 올랐다. 조사단장 하마드 사마니의 요청 때문이었다. 제일 반대했던 윤희나가 직접 동행하면서, 유수프 박사가 균형 잡힌 시각을 잃지 않도록 도와야 한다는 것이었다. 그동안 다른 조사관 세 명이 그곳에 남아 피해 주민들의 진술을 채록하기로 했다. 차량연료를 구하는 일도 함께였다. 주유소

체계가 거의 망가진 상태라 마을에서 직접 연료를 수급하는 수밖에 없었던 것이다.

차는 50분 정도를 더 달렸다. 그렇게 먼 곳은 아니라고 했지만 도로 사정이 워낙 좋지 않아서 배를 타고 가는 것처럼 멀미가 났다. 늦여름 비가 내린 비포장도로로 곳곳에는 차가 지나갈 수 있을지 걱정스러울 만큼 깊은 골이 패여 있었다. 개울물이 불어난 곳에서는 정말로 물에 떠내려가듯 가까스로 자갈바닥을 헤쳐나가기도 했다. 그러다 신이 머무는 게 분명한 완만한 언덕 아래, 작은 꽃들이 만발한 어느 목초지에서, 한가롭게 풀을 뜯고 있는 염소와 양의 무리를 만났다. 전쟁과는 전혀 어울리지 않는, 늦여름의 한없는 풍요 위에 서였다.

윤희나는 열 살쯤 된 여자아이가 말을 타고 가축을 몰고 오는 모습을 보았다. 안장도 없이 두 다리로만 몸을 지탱하고 있는 모습이 사뭇 초원의 아이다웠다.

"저 아이일까요?"

통역이 먼저 차에서 내려 아이의 이름을 불렀다. 아이는 고개를 저으며 손가락으로 어딘가를 가리켰다. 모두가 그곳으로 시선을 돌렸다. 파손된 게르가 보였다. 둥근 모양이어야 할 하얀색 천막이 어딘지 애처롭게 일그러져 있었다.

"동생이라네요."

유수프 박사가 계속해서 말을 이었다.

"동생은 건강한 것 같은데."

목소리에서 근심이 느껴졌다. 동생은 괜찮은데 이 아이는 왜 게르에 있을까 하는 말이 생략되어 있었다.

유수프 박사와 통역의 뒤를 따라 허리를 숙여 천막 안으로 들어섰다. 그리고 곧바로 아이가 천막에 머물고 있는 이유를 알 수 있었다. 유수프 박사가 찾던 문제의 천재소녀는 천막 안쪽에 놓인 세 개의 침대 중 하나에 걸터앉아 있었다. 그리고 아이의 머리에는 피 묻은 붕대가 감겨 있었다. 깜짝 놀란 라베아 유수프를 대신해 통역이 먼저 아이의 부모에게 아이의 상태를 물었다. 그리고 잠시 후 부모의 대답을 우리에게 전했다.

"머리를 다친 것 같지는 않다네요. 충격을 받은 것 같긴 한데, 붕대는 귀 때문에 감은 거랍니다. 40미터 거리에서 폭탄이 터져서, 아무래도 청력을 잃은 것 같다고요."

유수프 박사는 근심 어린 눈으로 아이를 바라보았다. 유수프 박사를 바라보는 부모들의 눈빛이 어딘지 모르게 애절해 보였다. 당신이 누구인지 잘 알고 있고, 또 당신을 기다리고 있었다는 표정이었다.

윤희나는 어떤 일이 벌어질지 짐작이 갔다. 부모는 아이를 맡기려고 할 것이 틀림없었다. 그런 위험한 곳에 함께 두기에는 너무나 소중한 아이였으니까. 윤희나는 부모의 눈빛이며 말투, 손짓에서 그 마음을 온전히 느낄 수 있었다. 메시아만큼 소중했던 아이. 감당할 수 없을 만큼 큰 선물.

평화로운 시절이었다면 어떻게든 할 수 있는 만큼 해볼 생각이었겠지만, 지금은 도저히 그럴 상황이 아니었다. 부모로서는 다른 선택의 여지가 없었다. 이미 한 번 죽음의 문턱에서 살아 돌아온 아이.

누군가의 도움이 반드시 필요했다.

윤희나는 아이에 관한 라베아 유수프의 설명을 떠올렸다. 그런 천재가 초원의 풀처럼 홀로 아름다운 생을 마감하지 않고 사람들의 눈에 띈 건 행운이라고 했다. 수학적인 재능이 남다른 아이이고, 믿기지 않을 만큼 자유로운 발상으로 의외의 문제해결 방법을 찾아내는 사고의 힘에 관해서라면 다른 어떤 천재도 따라잡기 힘들 만큼 빼어나다는 평가였다. 선행학습으로 만들어진 가짜 영재가 아니라 세상 어디에 놔뒀어도 결국 언젠가는 스스로의 존재를 드러냈을 진짜 천재라는, 본인 말과 다소 모순되는 설명이 덧붙었다.

"타임머신을 만드는 게 꿈이래요. 농담이었겠지만, 아이를 평가했던 수학자 한 분은 아이한테 푹 빠져서 이 아이라면 진짜로 그런 걸 만들지도 모르겠다고 그러더라고요. 행복한 얼굴로요."

하지만 유수프 박사로서도 별다른 방법이 있는 것은 아니었다. 유수프 박사가 속한 기관이 그런 영재들의 장래에 관심이 많은 건 사실이었지만 그 역할은 어디까지나 교육지원 사업이나 연락망 관리 정도에 국한되어 있었다. 아이를 빼돌리는 일 같은 건 상상하기 어려웠다. 더구나 자기 기관 하나만의 대표가 아니라 50여 개의 아동기구 전체를 대표해서 파견된 입장에서는 더욱 그랬다. 심지어 그런 행위 자체가 휴전협정 위반으로 간주될지도 모르는 상황이었다. 물론 다른 조사관들 또한 사정은 마찬가지였다.

라베아 유수프와 아이의 부모가 통역을 끼고 열띤 대화를 나누는 동안, 윤희나는 아이의 얼굴을 가만히 들여다보았다. 똑똑해 보이는 아이였다. 강한 내면의 힘이 느껴지는 얼굴이었다. 청력을 잃은 것쯤 아무것도 아니라는 듯, 지금 어른들이 느끼는 긴박함 따위는 전혀 찾아볼 수 없는 여유로운 표정이었다.

'얼굴에는 빛이 있고 눈에는 불이 있었다.'

그런 표현을 떠올렸다. 그 옛날 초원에서 벌어지곤 했던 잔혹한 전쟁에서 살아남은 아이들을 묘사할 때 쓰던 옛사람들의 표현이었다. 적의 손에 들어가더라도 반드시 귀하게 길러져서 결국 그 모든 사람들을 이끌게 되는 아이들.

어른들의 대화가 길어졌다. 자세히 듣지 않아도 어떤 내용인지 알 수 있을 것 같았다. 라베아 유수프의 목소리가 들렸다.

"일단 철수했다가 곧 다시 돌아올게요."

하지만 그럴 수 없다는 사실을 모르는 사람은 아무도 없었다. 아이의 동생조차 알고 있는 사실이었다.

'정말로 저 평범한 동생보다 언니의 일생이 더 가치 있는 게 맞을까.'

답이 있을 수 없는 질문이었고, 그런 위기 상황에서는 어쩌면 사치스럽게 들리기까지 하는 질문이었다. 질문하는 사람이 얼마나 한가한지를 드러내는 것 말고는 아무 쓸모도 없는 허무한 질문.

스스로 질문을 거둬들이려는 순간, 윤희나는 그만 당황하고 말았다. 이미 답을 갖고 있는 듯한 동생의 행동 때문이었다. 쭈뼛쭈뼛 구석에 서 있던 동생이 윤희나에게 다가와 무슨 말인가를 건네는 것이었다. 물론 그 말을 직접 알아들을 수 없었지만 아이의 말투와 표정에서 어쩌면 말보다 많은 것을 읽어낼 수 있었다.

'언니를 데려가주세요. 언니는 반드시 살아남아야 해요. 전쟁이
아니었어도 똑같은 부탁을 했을 거예요.'

대화가 격해지면서 어른들이 밖으로 나가버렸다. 윤희나와 아이
들만이 천막 안에 남겨졌다. 말이 통할 리 없었지만 윤희나는 밖에
서 하는 말이 아이들에게 들리지 않도록, 또 밖에서 하는 말이 안에
서도 들릴 수 있다는 사실을 알리기 위해, 아이들에게 계속해서 말
을 건넸다. 어차피 안 통하는 영어보다는 어조를 담아낼 수 있는 모
국어가 아이들에게는 차라리 친숙하게 들릴지도 모른다는 생각에
그냥 모국어로 말을 이어갔다.

그리고 잠시 후, 누군가 부르는 소리를 듣고 동생이 밖으로 나가
버렸다. 윤희나는 남겨진 아이의 눈을 말없이 바라보다가 종이를 꺼
내 뭔가를 썼다. 낯선 글자의 모습이 신기했는지 아이의 눈에 생기
가 돌았다. 아이가 가진 호기심의 힘이었다. 그저 호기심을 갖는 것
만으로도 온 초원을 빛나게 만드는 아이. 현명해 보이는 아이의 부
모는, 수학이나 물리학 같은 것을 전혀 모르고도 아이의 존재감을
짐작할 수 있었을 것이다. 어떻게 모를 수가 있을까. 이렇게 보고만
있어도 벅찬 감정이 치밀어 오르는데.

"타임머신을 만들 거라고 했지?"

윤희나는 입으로 소리를 내가며 종이에 글자를 써내려갔다. 아이
가 반짝이는 눈으로 획 하나하나가 그어지는 모습을 유심히 바라보
았다. 그리고 손짓으로 이런 말을 했다.

"이거 나 가져도 돼요?"

윤희나는 고개를 끄덕이며 이렇게 말했다. 그리고 종이에 똑같이

썼다.

"좋아, 대신 이 다음에 커서 타임머신을 만드는 데 성공하면 나한테도 알려줘. 어떻게 알려주면 좋을까. 그래, 지금이 오후 1시 12분이니까, 정확히 1시 15분에 게르 문을 똑똑 두드리면 되겠다."

의미를 생각하고 쓴 말은 아니었다. 단지 아이가 충분히 관찰할 수 있도록 일부러 길게 늘여 쓴 것뿐이었다. 종이를 곱게 찢어서 아이에게 건넸다. 아이가 글씨를 들여다보더니 무슨 말인가를 하려다 말았다. 지금 말해봐야 어차피 알아들을 수 없을 테니, 나중에 어른들이 오면 그 종이에 적힌 말이 무슨 뜻인지 물어봐야겠다고 생각하는 게 분명했다.

그때였다. 아이가 종이에 적힌 글자들을 허공에 손가락으로 따라 쓰던 그때, 문 쪽에서 똑똑 하는 노크 소리가 들렸다.

"네!"

윤희나는 그렇게 대답하며 그쪽을 돌아보았다. 다시 노크 소리가 들렸지만 문을 열고 들어오는 사람은 아무도 없었다. 다시 "네" 하고 대답하며 문 쪽으로 걸어갔다. 그리고 문을 열어젖혔다. 문 밖에는 아무도 없었다. '염소가 두드렸나' 하고 생각하며 자리로 돌아와 무심코 손목시계를 들여다보았다. 1시 15분이었다.

윤희나는 그 자리에 우뚝 멈춰 서서 아이의 얼굴을 바라보았다. 어이없는 생각이 떠올라 웃음이 났다. 장난기가 발동했다. 윤희나는 아이가 손에 든 종이를 넘겨받아 조금 전에 자기가 쓴 글 아래에 이런 글을 덧붙였다.

"방금 너였니? 어떻게 한 거야? 진짜 너 맞아? 그럼 1시 18분에 다시 해볼래? 이번에는 이렇게. 딴 따단 따 따다다단 따단."

윤희나는 손목시계를 바라보며 1시 18분이 되기를 기다렸다. 시간이 갑자기 느려지는 듯했다. 하지만 잠시 후, 별 이변 없이 17분 50초가 오더니, 어김없이 그로부터 10초가 더 흘렀다.

똑 또독 또 또도도독 또독.

노크 소리가 들렸다. 윤희나는 얼른 문 쪽으로 다가가 문을 휙 열어젖혔다. 역시나 문밖에는 아무도 없었다. 사람은 물론 가축들이나 새들도 마찬가지였다. 50미터쯤 떨어진 곳에서 라베아 유수프가 그쪽을 돌아보는 모습이 보였을 뿐이었다.

머릿속이 하얘졌다. 윤희나는 게르 안쪽을 바라보았다. 아이가 글씨를 보며 즐거워하고 있었다. 아무것도 모르는 눈치였다. 그리고 아무 소리도 들리지 않았을 것이다.

'방금 내가 뭘 본 거지?'

한참 뒤에 어른들이 돌아왔다. 적어도 20분은 더 지난 뒤였다. 라베아 유수프가 그 긴 대화 내용을 간략하게 정리해주었다. 예상대로 아이를 데려가달라는 부탁을 받았다는 것이었다.

"물론 받아들일 수는 없었어요. 단호하게 거절했죠. 잘못했다가는 이 나라 아이들 전체가 위험해질 수도 있는 일이라고. 설득은 안 된 것 같은데, 방법이 없다고 했어요. 우리로서도 어쩔 수 없다고."

그 말을 전해듣고 있는데 갑자기 아이의 엄마가 윤희나에게 다가와 팔을 붙들고 뭐라고 말을 하기 시작했다. 라베아 유수프의 얼굴에 난감한 표정이 떠올랐다.

윤희나가 그렇게 한참이나 붙들려 있는 사이, 천막을 나간 유수프 박사가 조사단 차량에 다녀오더니, 심각한 표정으로 윤희나에게 말했다.

"하마드 사마니 씨가 연락을 했어요. 휴전협정이 깨졌대요. 12시간 안에 철수해야 된대요. 움직여야 돼요. 지금 당장."

윤희나는 고개를 끄덕였다. 그리고 아이와 가족들을 찬찬히 돌아보았다. 비장한 기운이 모두에게 전해졌다. 아이 엄마가 윤희나의 손을 슬그머니 놓더니, 아이 쪽으로 다가가 조용히 흐느꼈다. 아이의 동생이 걱정스러운 눈으로 어른들의 얼굴을 빤히 올려다보았다.

적막이 흘렀다. 시간이 멎은 듯했다.

윤희나가 갑자기 라베아 유수프 쪽으로 고개를 돌리더니, 단호한 목소리로 이렇게 말했다.

"데려가요."

유수프 박사가 당황한 표정으로 물었다.

"네?"

"아이를 데려가요. 지금 당장. 다음 기회는 없어요. 알잖아요."

유수프 박사의 얼굴에 뭐라 설명할 수 없는 묘한 표정이 깃들었다. 큰비가 내리기 전 초원의 하늘 같은 표정이었다. 이상한 기류를 감지한 아이의 부모가 숨죽이고 그 순간을 함께 했다.

윤희나가 말했다.

"이유는 모르겠어요. 설명은 바라지 마세요. 하지만 이게 맞아요. 역할이 바뀐 건 알아요. 오늘은 당신이 이런 말을 하고, 제가 그러면 안 된다고 설득하게 돼 있죠. 하지만 제 말이 맞아요. 뒤는 저도 모

르겠어요. 어떻게 수습할지. 그 생각은 나중에 하기로 해요. 지금은,
지금이 마지막 기회예요. 지금 바로 결정해야 해요. 우리끼리."

초원은 넓고 국경은 멀었다. 다음 날 오전, 울퉁불퉁한 초원의 비
포장도로 위를 9인승 SUV 한 대가 달려가고 있었다. 먹구름이 하늘
을 반쯤 덮고 있었다. 해가 뜨고 시야가 밝아지자 달리는 속도도 약
간 빨라지기는 했지만, 그래도 국경까지는 아직 한참이었다. 길은
좌우로도 위아래로도 구불구불하기만 했다. 덜컹거리는 차 안으로
급박한 국제정세를 알리는 단어들이 전파에 실려 날아들었다.
"유엔 특사 면담도 거절당했대요."
그렇게 평화가 저물어가고 있었다.
"이번 마을에서도 연료 구하기가 쉽지 않겠는데요."
통역이 운전기사의 말을 전했다. 급하게 마을을 떠나느라 연료를
충분히 구할 수가 없었다. 모자라는 부분은 가는 길에 다른 도시에
들러 해결하기로 했다. 그러나 그쪽은 사정이 더 좋지 않았다. 어차
피 폐허이기는 마찬가지였으나, 소식이 느렸는지 판단이 느렸는지
미리 공습에 대비하지 못한 탓에 쓸모 있는 물건들을 전혀 챙겨두지
못한 모양이다.
"여기서 시간을 지체할 수는 없어. 휴전협정이 완전히 파기되면
국경을 차로 가로지르는 게 더 위험할 수도 있어. 달리는 데까지 달
려보고 그 다음은 차를 버리고 걸어가는 수밖에."
조사단장 하마드 사마니의 말이었다. 그러자 라베아 유수프가 대
꾸했다.

"그래도 차가 나을 텐데요. 초원을 헤쳐나간다는 건 생각만큼 쉽지 않을 거예요. 거리도 상상 이상으로 멀 거고."

다시 차가 달리기 시작했다. 윤희나는 머릿속이 복잡했다. 아이를 데리고 온 일에 관해 해명해야 하는 문제도 있었지만, 지금은 그게 중요한 게 아니었다. 아니, 물론 중요했다. 전쟁도 중요하고 국경을 넘는 일도 중요했다. 하지만 그보다 몇 배나 중요한 게 있었다. 그것은 다름 아닌, 시간이 접힌 순간을 목격한 일이었다.

'그럴 리가 없어. 착각이었겠지. 그 소리를 들은 건 나밖에 없잖아. 심지어 애도 못 들었어. 목격자가 아무도 없다고.'

그런데 그때, 멀리서 비행기 소리가 들려왔다. 모두가 숨을 죽이고 하늘을 올려다보았다. 곧 비행기가 보였다. 아이와 이 나라 사람들에게 비행기는 무조건 적기였다. 제공권이 완전히 넘어가고 나라 전체에 비행금지구역이 설정되어 있었기 때문이다.

다행히 비행기는 가까이 다가오지 않고 그대로 하늘 저편으로 사라졌다.

"못 봤을까요?"

윤희나가 묻자 조사단장이 말했다.

"봤을 거야. 정찰기겠지. 아직 약속한 시간이 좀 있으니까 공격을 안 한 거야. 아무튼 우리 위치는 알고 있다고 봐야겠지. 이런 초원에 서라면 절대 놓칠 리가 없으니까. 여유 시간이 없어졌어. 정시에 국경을 넘어야 돼."

그의 표정이 어두워졌다. 차는 그저 차일 뿐, 평화가 깨지고 나면 중립국 깃발 따위는 아무 소용도 없을 게 분명했다.

그런데 그게 다가 아니었다. 그로부터 채 한 시간이 지나기 전에, 우려했던 일이 일어나고 말았다.

"이제 곧 바닥이에요."

연료탱크 이야기였다. 차가 곧 멈춰 설 거라는 말이었다. 한숨소리가 들려왔다. 윤희나는 어리둥절한 얼굴로 차 안의 심상치 않은 공기를 살피는 아이의 얼굴을 바라보았다. 그리고 아이의 손을 잡아주었다.

"걱정하지 마. 잘될 거야."

하지만 그 말은 거짓말이었다. 잘될 리가 없었다. 이제는 거의 자연의 섭리나 다름없는 일이었다. 데려오지 말걸. 그냥 내버려둘걸. 왜 욕심을 냈을까. 내 일도 아닌데.

후회가 밀려왔다. 하지만 선택의 여지가 없었다. 도저히 다른 판단은 내릴 수가 없었다. 그런 아이인데. 시간을 접을 아이인데. 아예 처음부터 만나지 않았다면 모를까, 일단 아이를 본 이상은 그럴 수가 없었다.

다시 생각에 잠겼다. 시간을 접은 아이. 그 순간을 떠올렸다. 시간이 접혀 있었다. 먼 미래에 타임머신을 만들 아이. 그래서 자신이 종이 위에 써놓은 바로 그 시간에 두 번이나 초원 위 게르로 찾아와 자기 존재를 알린 아이. 그게 환청이 아니라면, 정말로 일어났던 일이 맞다면, 아이는 결국 무사할 것이다. 자라서 언젠가 시간을 접는 방법을 알게 될 때까지 오래오래 건강하게 잘 살게 될 것이다.

'그래, 나는 그걸 믿고 있었던 거야. 어떻게든 헤쳐나갈 수 있을 거라고.'

윤희나는 아이의 얼굴을 마주보며 환하게 웃음을 지어 보였다.

'아, 내가 이렇게 솔직하게 웃을 수도 있구나.'

그리고 아이에게 손짓으로, 조금 전에 게르에서 준 종이쪽지를 잠시만 보여달라고 했다. 아이도 이내 그 말을 알아들었는지 가방에서 종이쪽지를 꺼내 보였다.

'그럴 줄 알았어. 그 종이는 안 버리고 계속 간직하고 있을 줄 알았어. 당연히 지금도 갖고 있을 거라고. 아까 그 시간에 다시 나타나 게르 문에 노크를 하게 될 때까지 쭉. 그러니 바로 저 종이에 메시지를 남겨야 되는 거야. 꼭 저 종이에.'

윤희나는 볼펜을 꺼내 무언가를 써내려갔다. 절대 흐릿하게 보이거나 지워져서는 안 되는 글자들이었다.

"저 앞에 있는 갈림길, 저기를 뭐라고 설명해야 하죠?"

통역에게 물었다. 통역은 운전기사가 말하는 대로 그 갈림길의 위치를 알려주었다. 윤희나는 그 내용을 그대로 번역해서 종이에 옮겨 적었다. 그리고 전날과 마찬가지로 입으로 하는 말을 그대로 종이에 받아썼다.

"이 위치로 기름을 가져다줄래? 두 시간 정도 달릴 만큼이면 충분할 거야. 마지막 부탁이야. 시간은 다음 날⋯⋯."

종이를 접어 아이의 가방 안에 넣어두었다. 그러고는 눈을 감고 가만히 시간의 결을 느꼈다. 시간의 바람. 대체로 순풍, 그리고 이따금 불어오는 역풍.

비행기 두 대가 멀리서 모습을 드러냈다. 엔진소리가 한결 요란했다. 아까보다 훨씬 난폭한 소리였다. 시간이 지나면, 약속한 휴전 기간이 완전히 끝나고 나면, 이쪽으로 더 가까이 이빨을 드러내고 저공비행을 하게 될 비행기였다.

늦여름 초원은 풍요로웠고 곳곳에 폭탄구멍이 뚫려 있었다. 연료가 거의 바닥나버린 불쌍한 조사단 차량이, 초원 위에 사람들이 제멋대로 그어놓은 가상의 선인 국경을 향해 힘없이 달려가고 있었다. 그리고 그 앞에는 갈림길이 놓여 있었다. 원래는 볼품없는 작은 마을이 서 있던, 지금은 그나마도 폐허가 된 갈림길.

갈림길에 다가섰다. 눈 좋은 현지인 운전기사가 갑자기 몸을 앞으로 내밀었다. 유목민의 후예답게 멀리서부터 무언가를 발견한 모양이었다. 속도가 느려졌다. 갈림길 앞에서 차가 멈춰 섰다. 운전기사가 문을 열고 차에서 내렸다. 그리고 갈림길 옆에 놓여 있는 플라스틱 통으로 다가갔다.

그럴 리 없지만, 하늘에서 전폭기 두 대가 움찔하는 듯했다. 모두가 숨죽이고 지켜보는 가운데 운전기사가 통을 들어 냄새를 맡더니 뭐라고 외치는 소리가 들렸다. 무슨 말인지는 정확히 알 수 없었지만, 그것은 분명 안도의 외침이었다.

윤희나는 눈을 감고 아이의 손을 살짝 움켜쥐었다.

"고마워. 이제 다 잘될 거야."


징계위원회가 열리고, 몇 개의 직위에서 물러나야 했다. 공개적인 비난을 들어야 했으며, 연락을 끊은 지인도 있었다. 최대한 꼿꼿한 자세로 대답하기는 했지만 끝내 해명할 수 없는 질문들도 있었다. 그만큼 설 곳이 좁아졌다. 그러고도 책임질 일이 한참 더 남아 있었다.

그 모든 일정을 마무리하고 마침내 집으로 돌아가던 날, 윤희나는 집 안에 들어서자마자 들리는 노크 소리에 방금 닫은 문을 다시 한 번 열어젖혀야 했다. 문밖에는, 혼자서는 들 수조차 없을 만큼 커다란 꽃바구니가 초원의 향기를 잔뜩 머금은 채로 놓여 있었다. 얼른 밖으로 뛰쳐나가 봤지만, 역시나 집 근처 어디를 살펴봐도 그걸 들고 온 사람의 흔적은 찾을 수가 없었다.

다시 집으로 돌아와 꽃바구니를 들여다보니 이런 글귀가 적혀 있는 카드가 꽂혀 있었다.

"딴 따단 따 따다다단 따단. 저는 잘 지내요. 고마워요. 일은 다 잘 될 거예요."

양떼자리

가끔 길 옆을 지나다 커다란 사진기를 든 사람들을 만나면 이런 질문을 받곤 한다.

"저 양들을 다 알아보세요? 이름도 있나요? 어떻게 알아보세요? 다르게 생겼나요?"

이제는 귀찮아서 이름 같은 건 잘 안 붙이지만 그래도 양들은 당연히 다 알아본다. 어미가 누구인지도 알고 그 어미의 어미가 어떻게 생겼는지도 기억한다. 비결은 따로 없고, 그냥 그렇게 어려운 일이 아니다. 어느 날 한꺼번에 육십 마리를 보게 된 게 아니라 긴 시간 동안 천천히 한 마리가 무리에 들어오고 다른 한 마리가 무리에서 나가는 과정을 지켜봐왔기 때문이다.

나 역시 도시에 가면 비슷한 걸 묻는다. 저 많은 건물들을 다 알아보냐고. 이름이 다 따로 있는 거냐고. 어떻게 알아보고 길을 찾아다니는 거냐고. 쭉 거기서 살아온 사람들에게는 그 또한 어려운 일이 아닐 것이다. 알고 보면 하나하나가 다 다르게 생겼다고 하겠지.

양들도 그렇다. 당연히 다르게 생겼고 성질머리도 다르다. 대부분 명청하지만 어떤 놈들은 영악하고 사악하다. 도시로 나갔으면 성공했을 놈들. 하지만 학교에 보낸 건 조카 놈들뿐이다. 그놈들은 이제 돌아오지도 않는다. 지들 부모 죽고 나서는 발을 뚝 끊었다. 똑똑한 줄 아는 명청한 놈들. 둘째 조카 놈이 가끔 전화해서 양이나 염소가 몇 마리나 있는지 물어올 뿐이다. "나 죽으면 팔아먹으려고 그러냐!" 하고 소리치고 말지만 그 녀석이 그 정도로 바보는 아니다. 팔아봐야 얼마나 된다고.

그래도 그 귀찮음을 마다않고 전화를 걸어오는 건 그놈뿐이다. 그 넓은 초원에서 전화연결 한 번 하려고 접시 달린 이웃 게르들에 얼마나 많은 전화를 걸어댔을까. 그러고도 이틀은 기다려야 연결되는 게 전화다. 나는 그냥 전화가 싫다. 요즘 젊은 것들은 "얼씨구, 이게 무슨 현대문명이라고 거부하세요?" 하고 놀려대지만, 초원에서 젊은 것들이래봐야 쉰 줄은 넘은 애들이고, 놀린다고 약이 오를 만큼 기가 산 인간들이 아니다. 나보다야 튼튼하겠지만.

몇 해 전에는 희한한 양놈 하나가 태어났다. 하도 희한해서 하마터면 이름을 지을 뻔도 했다. 풀을 이상하게 뜯어먹는 놈이었다. 이상해봤자 뭐가 그렇게 이상할까 싶겠지만, 이놈이 뜯어먹고 간 자리에는 풀 빠진 데가 이 빠진 데처럼 듬성듬성 남았다. 눈앞에 있는 걸 안 뜯어먹고 멀리 있는 걸 뜯어먹은 셈이다. 그렇게 혼자 저만치 가 있는 통에 성질 더러운 개놈한테 혼나기가 일쑤였다. 그러고도 정신을 못 차리는지, 개놈이 하도 요란하게 짖어대서 그쪽으로 말을 몰아보면 또 이 양놈이 줄레줄레 달음질을 쳐오고 있다. 무슨 영문인지 알 수 없다는 표정이다.

족보를 거슬러 올라가보니 꽃구경하느라 끼니 거르던 놈이 딱 나온다. 학교 보내놓으면 외국 가서 이상한 종교나 믿을 놈들. 그래도 그게 다였으면 이름을 붙이고 싶을 만큼 희한하지는 않았을 것을, 어느 날 보니 개놈이 덩달아 이상해져 있었다. 그 양놈의 꽁무니를 졸졸졸 따라다니더니 어느덧 둘이서만 저만치 떨어져 있는 게 아닌가. 그것도 모자라 갑자기 뒤를 돌아보더니 냉큼 달려와 다른 양 떼를 전부 그쪽으로 몰아가기까지 한다. 그러다 갑자기 양떼 사이에 있는 나를 발견하고는 무안한 듯이 짖기를 멈춘다.

"너는 똑똑하던 놈이 또 왜 그러냐. 네놈들이 멀쩡하고 우리가 다 이상하다는 게냐."

다른 양들도 염소 놈들도, 꼭 한 번씩은 그놈을 따라갔다가 엉뚱한 데로 사라진다. 나는 내가 직접 그 양놈을 따라가 보고서야 깨달았다. 이놈 따라가면 다 이렇게 되는구나.


죽을 때가 돼서 그런가 싶다. 할아버지도 돌아가실 무렵에는 신기한 일을 많이 겪어서 재밌다고 하셨으니까. 둘째 조카 놈이 자기 따라 도시에서 살자는 것도 결국은 초원에서 혼자 죽지 말라는 소리다. 그런데 초원에서 죽으면 혼자 죽나. 평생 같이 산 몸뚱이들이 수십 마리나 버글버글 따라다니는데.

"나 죽으면 버리고 갈 거냐, 이놈들아?" 하고 소리를 쳤더니 몇 놈이 고개를 들고 무슨 일인가 쳐다보다가 다시 코를 박고 풀을 뜯는다. 나도 살면서 내 손으로 몇 사람이나 장례를 치렀지만, 나는 누구 손에 가게 될까 가끔은 걱정도 해본다. 그런데 그놈의 걱정은 오래 머무르지를 않는다. 초원은 그냥 멍하게 있기에나 좋지 걱정 같은 걸 잡아매놓을 말뚝이 없다. "멍은 소고 걱정은 말이어서 늙은 놈은 멍에 앉고 젊은 놈은 걱정에 앉는다." 우리 할아버지가 먼 초원에 나갔다가 본 어느 옛날 칸의 비석에서 본 글이라는데, 보나마나 거짓말이다.

할아버지는 글을 못 읽었는데, 그게 흉은 아니었다. 온 길바닥 다 뒤져봐야 몇 개 있지도 않은 글자를 읽어서 뭐하나. 그래도 할아버지는 별 하나는 진짜 기가 막히게 읽었다. 그래서 그걸로 뭘 했냐 하면, 아무것도 안했다. 그냥 이야기나 줄기차게 읊어댔을 뿐이다. 밤하늘에 쓰여 있는 대로 읽은 게 아니라 자기 읽고 싶은 대로 읽은 건데, 아마 그 비석에 적힌 글도 그렇게 읽었을 것이다.

별 읽기가 비석 읽기보다 좋은 건 비석은 아무리 오래 읽어도 다른 돌에 그 이야기가 새겨지지 않지만, 어느 노인네가 몇 년을 쉬지 않고 별을 읽어대면 그 옆을 졸졸 따라다니던 꼬맹이놈은 머리가 아무리 돌이라도 자기 머리에 그 이야기를 새기게 된다는 점이다. 그래서 나도 나중에는 별을 잘 읽게 됐다. 줄줄줄 막힘없이 몇 날 며칠을 읊어댈 수 있었다. 그 눈 나쁜 여자를 만났을 때도 그랬다.

스물넷인가밖에 안 된 젊은 시절이었다. 할아버지의 할아버지 때부터 늘 다니던 길에 천문대가 세워졌을 때였다. 외국 사람들이 지은 모양인데, 자기네들 공부에 방해가 된다며 나 같은 사람은 그쪽으로 다니면 안 된다는 소리를 하기에, 처음에는 무슨 공부방이나 책방인 줄로만 알았던 건물이었다.

사람이야 같은 말 하는 사람이 그렇게 말하면 아 그런가 보다 하고 알아듣지만, 내 말도 안 듣고 개 말만 겨우 듣는 염소 놈들이 그 말을 신경 쓸 리가 없었다. 몇 놈이 먼저 가서 안쪽을 기웃거리자 양 놈들이 우르르 몰려가서 덩달아 기웃거리는 통에 나도 하는 수 없이 안쪽을 슬쩍 들여다보게 됐다. 거기에 그 눈 나쁜 여자가 있었다.

나보다 한 열 살쯤 많았으려나. 머리를 뒤로 묶고 커다란 검은 테 안경을 쓴 그 여자를 먼 구름 구경하듯 한참이나 넋을 잃고 바라보았다. 목이 어쩌면 저렇게 생겼을까. 손가락은 어떻게 저럴까. 그 여자 목이 어떻게 생겼었는지 지금은 기억도 안 나지만, 공부하는 사람이 그렇게 좋아 보이는 줄은 그 나이를 먹고서야 처음 깨달은 기억이 난다. 창밖의 나와 눈이 마주치고는 화들짝 놀라 다른 사람들을 부르러 뛰쳐나가던 모습도.

천문대 사람들이 나를 쫓아내거나 하지는 않았다. 나는 무서워 보이지 않았으니까. 그것도 다 할아버지 덕분이었다. 초원 사람을 다 모아볼 수는 없겠지만 초원 최고의 멋쟁이였던 할아버지처럼, 나는 일단 한눈에 보기에도 깔끔해 보였다. 그리고 솔직히 내 조카 놈들에 비하면 눈에 확 띨 만큼 미남이기도 했다. 형님 내외한테 딱 붙어서 울고불고 난리치는 걸 억지로 떼다가 도시에 있는 학교로 보내놓았으니 망정이지. 그렇게라도 하지 않았으면 양인지 사람인지 구별도 안 됐을 놈들.

말이 안 통했으니, 그 사람들이 내 얼굴에서 뭘 봤는지는 알 수 없다. 아마 할아버지를 봤을 것이다. 말 전하는 사람을 두고 그 눈 나쁜 여자와 이야기를 나누게 되었을 때 내가 보여주려 했던 모습 또한 할아버지의 인상이었다.

"말을 타보고 싶다는데. 여기 말들은 작아서 안 무서울 것 같다고."

통역이 말했다. 원래 그런 일을 했던 건 아니지만 곧장 말 한 마리에 안장을 채우고 고삐를 맨 다음 그 여자를 태웠다. 그리고 내가 앞장서서 말을 끌었다. 물론 나도 말에 올라타 있었다. 다행히 말들은 깨끗했고 양들은 염소를 따라 별 말썽 없이 한가롭게 풀을 뜯고 있었다. 그렇게 언덕 주위를 한 바퀴 돈 다음 다시 한 바퀴를 더 돌았다. 말이 그 여자를 좋아했다. 그 여자도 말을 좋아했다. 개놈은 싫어했다. 그놈은 낯선 사람은 다 싫어해서 도시 사람들이 보면 겁을 먹을 정도로 심하게 짖는다.

그렇게 두 바퀴를 다 돈 다음에는 어이없게도 돈을 받고 말았다. 말이 안 통해서 생긴 일이었다. 이따금씩 그 주위를 지날 때면 천문대에 들러 그 여자를 볼 수 있을까 주위를 맴돌았지만, 한 번 더 말을 태워준 대가로 돈을 받고 나서는 돈 때문에 기웃거리는 것처럼 보일까 봐 그럴 수가 없었다. 그보다 더 할아버지 같지 않은 일이 또 있을까 싶어서였다.

미국 말을 배워볼까 했지만 될 일이 아니었다. 그리고 그 여자는 미국 사람도 아니었다. 통역 말로는 터키 출신이라고 했다.

"투르크는 우리하고는 형제 아니겠어. 영어보다 그쪽이 빠를 거야."

정말이었다. 1년이 채 가기 전에 나는 그 여자와 대화를 나눌 수 있었다. 물론 내가 그쪽 말을 배운 게 아니라 그쪽이 우리 말을 배운 것이었다. 당연히 나 때문에 배운 건 아니고 천문대에서 일하느라 배운 말이겠지만. 어쨌거나 나한테는 그보다 다행스러운 일이 없었다.

그 뒤로는 좀 더 자주 같이 말을 탔다. 더 이상 돈은 받지 않아도 됐다. 고삐를 끌어주지 않을 만큼 그 여자가 말타기에 능숙해졌을 무렵에는 서로를 대하는 것도 훨씬 자연스러워졌다. 존칭 없이 이름으로만 불러도 좋을 만큼이었다. 빌게라는 이름으로.

어느 날에는 빌게가 나를 천문대로 초대했다. 양들을 형님께 맡긴 다음 오랜 시간 말을 몰아 천문대로 갔다.

"밤새도록 붙어 있을 것 같지만 망원경은 사람이 직접 안 봐. 다 기계로 측정하거든."

망원경 돔이 벌어진 틈으로 밤하늘이 보였다. 그렇게 넓은 우주는 아니었지만 나는 딱 보이는 만큼만 별을 읽어주었다. 진짜 재미있는 부분도 다 못 읽고 간단하게 딱 두 시간 정도였다. 그 짧은 시간 동안, 양치기의 눈금으로는 눈 깜빡할 사이밖에 안 되는 시간 동안, 안경 너머 그 여자의 눈동자가 크게 열리는 모습이 네 번이나 내 눈에 들어왔다.

우리는 결국 천문대를 뛰쳐나가 별들의 평원을 맨눈으로 맞이했다. 그러자 내 안에 새겨진 할아버지의 이야기들이 날개를 활짝 펴고 온 우주를 날아다녔다.

"그래서 저기서 양떼자리가 된 거예요. 우주를 반 바퀴나 휘휘 돌아서."

"그렇구나. 재밌다. 근데 저거 양떼처럼 안 보이는데. 어떻게 봐야 양떼가 되는 거야?"

"어떻게 봐야 되는 게 아니라 양떼가 원래 아무렇게 퍼져 있잖아요. 저렇게 별 생각 없는 게 양떼자리고 저쪽에 살짝 줄지어 있는 것처럼 보이는 게 염소떼자리."

"풉, 말도 안 돼."

그리고 무슨 일이 있었냐면, 아무 일도 없었다. 나중에 형님한테는 그렇게밖에 할 말이 없었지만, 그날 밤 그보다 더 크고 푸른 일은 초원 어디에서도 피어나지 않았다. 오랜 시간 말을 몰아 게르로 돌아오는 길에, 나를 둘러싼 초원과 그 위에 펼쳐진 무한한 별의 바다도 그렇게 활짝 열려 있었다.

하지만 그런 날들은 영원하지 않았다. 반년을 더 머물다 자기 나라로 돌아가기 며칠 전에, 그 여자가 차로 나를 찾아와 작별인사를 건넸다.

"1년쯤 있다가 또 오려고. 나는 어차피 왔다 갔다 해야 돼. 여기 말도 배웠고 했으니까 다른 데로 보내지는 않을 거야. 누나 올 때까지 건강하게 잘 있어. 알겠지?"

그리움이 새겨져 있다면 걸어다녀도 비석이다. 나는 그날부터 비석이 되었다. 약속한 1년이 다 되어갈 무렵에는 천문대 주위가 아예 내 목초지로 여겨질 지경이었다. 그래도 빌게는 돌아오지 않았다. 몇 달이 더 가도 마찬가지였다. 여름이 다 지나고 거대한 소나기와 그만큼 큰 무지개가 초원을 쓸고 지나가는 계절이 다가올 무렵에서야 겨우 소식 하나를 전해들을 수 있었다. 가족들과 어딘가로 여행을 가다가 버스가 벼랑을 굴러 일가족이 다 끔찍한 일을 당했다는 소식이었다.

"죽었다는 뜻인가요? 언제요?"

"작년에."

솔직히 뭔 말인지 알아듣기도 힘든 소리였다. 버스가 벼랑을 구른다는 게 뭘까. 하루에도 몇 번씩 양들에게 물었다. 그때마다 양들은 똑같은 대답을 했다. 뭔 일인가 싶어 내 얼굴을 멀뚱멀뚱 쳐다보다가 고개를 박고 풀을 뜯는 대답이었다.

슬픔이 폭풍처럼 초원을 배회했다. 양떼들이 풀을 뜯는 속도에 맞추지 못하고 혼자만 저만치 앞서 가는 마음이었다. 나는 양들이 하는 대답을 삼백 번쯤 더 들은 다음에야 비로소 그 말을 알아들을 수 있었다. '그러지 말고 여기 와서 풀이나 뜯지 그래요?'라는 뜻이었다. 에이 나쁜 놈들. 에이 인정머리 없는 양놈들.


그래도 그보다 나은 답이 없어서 결국은 수긍하고 이렇게 살아왔다. 물론 내가 직접 풀을 뜯어먹었다는 말은 아니다. 풀 뜯는 속도에 맞춰 살았다는 뜻이다. 그렇게 이 지경까지 나이를 먹었다. 그러다 보니 저런 이상한 양놈도 만나게 되는 것이다.

어쩌라는 걸까. 학교에라도 보내라는 건가. 서커스 같은 데 보내 기라도 해서 세상에 알려지게 해주라는 건가. 하지만 나를 따라다녔 다가는 시골 촌구석조차 아닌 곳에 묻히기 일쑤지. 하늘도 그걸 모 르는 게 아닌데, 하고 많은 사람 중에 나한테 그 일을 맡겼을까.

양놈을 가만히 들여다본다. 잘 먹고 잘 지내는지 지켜나 본다. 다 행히 건강하고 걱정이 없는 놈이다. 지가 뭐가 특이한지 알지도 못 한다. 자세히 보니 이상한 건 그놈이 아닐지도 모른다. 이상한 건 풀 일지도 모른다.

말에서 내려 풀을 뜯어먹어 보았으나 뜯어먹은 자리나 남겨둔 자 리나 맛없기는 다 마찬가지였다. 딱히 더 맛있지도 않고 특별한 향 이 나는 것도 아니었다. 그렇다면 문제는 길일지도 모른다. 분명히 평평한데 가보면 이상하게 평평하지 않은 길. 그 길을 알아볼 수 있 게 만드는 정체를 알 수 없는 무언가. 그 무언가가 놓여 있는 길이 희한하게도 요놈에게만 보이는 것이다. 나나 다른 짐승들 눈에는 그 냥 아무것도 없는 풀밭 같은데 이놈한테만 유독 굴곡이 보이는 것이 다. 거 뭐라던가. 시공간이라던가.

몇 달째 뒤꽁무니를 지켜보다가 어느 날 오후 해질 무렵에 개와 염소들을 불러놓고 쿠릴타이를 열었다. 족장회의였다.

"저놈 따라가보자."

염소족 족장은 말이 없었고 개족 족장은 꼬리를 흔들었다. 내가 다시, "모두 함께 하겠는가! 반대하는 자는 아무도 없는가!" 하고 외 치니, 모두가 침묵으로 동참의 뜻을 표하였다.

이상한 양을 따라가는 건 쉬운 일이 아니었다. 일단 개가 그 꼴을 용납 못해서 냉큼 달려가 짖어대기 일쑤였고 염소 떼도 전날의 맹약과 달리 새 길잡이에게 무리의 주도권을 내줄 생각이 없어 보였다. 그 말인즉 개와 염소를 훈련시켜야 한다는 뜻이었다. 그러느라 거의 닷새를 까먹었다. 엿새째에야 비로소 원정이 시작됐다. 아무도 그 양놈을 막지 않는 가운데, 양떼가 생각 없이 그 뒤를 따랐다. 말리지만 않으면 늘 혼자 저 멀리 앞서가 있는 놈이었으므로 그놈이 양 무리를 이끌게 만드는 건 어렵지가 않았다. 짐승들은 알아서 그 뒤를 따랐고 나도 따로 신경 쓸 일은 없었다. 그냥 고삐를 느슨하게 쥐고 말 등에 앉아 있기만 하면 생각 없는 말놈이 덩달아 그 뒤를 따르게 되어 있었다.

그렇게 느릿느릿 초원의 시간이 갔다. 긴장감이라고는 느껴지지 않는 추적이었다. 나는 말 등에 붙어 앉아 멀리 있는 구름을 바라보았다. 구름은 늘 그렇듯 대머리 구름이었다. 머리 바로 위에는 하나도 없고 지평선 근처에만 빙 둘러쳐져 있었다. 머리 위를 일부러 비켜가는 게 아니라 단지 아주 먼 데까지 시선을 돌리지 않으면 아무것도 찾아낼 수 없을 만큼 넓은 하늘 탓이었다. 초원과 하늘은 그렇게나 넓었다. 저 멀리 북쪽 지평선 근처에 양떼구름 한 무리가 지나가고 있었다. 푸른색이 절정에 이른 한여름 초원 위에는 나와 내 양들이 구름처럼 떠가고 있었다.

문득 뒤를 돌아보았다. 늘 다니던 곳에서 많이 벗어나 있었다. 모르는 데는 아니지만 다른 사람들이 나를 찾으려 할 때 찾아낼 수 없는 곳이다. 하지만 부질없는 걱정이었다. 양이 풀 뜯는 대로 가는 게 삶 아닌가. 그 길을 따라가는 게 뭐가 그렇게 잘못이람. 다시 뒤를 돌아보았다. '둘째 놈이 전화할 때가 됐는데, 했을까? 내 자식은 아니지만.'

해 지는 쪽으로 한참을 더 갔다. 마침내 해가 지자 별들이 하늘 가득 빽빽하게 들어찼다. 포근한 계절이었다. 작은 울타리에 가벼운 침낭만으로도 모두가 만족스러운 밤이었다. 여름밤은 길지 않았지만 우리는 해가 뜨자마자 다시 원정길에 올랐다. 이상한 양이 이끄는 대로였다.

양떼는 어느덧 언덕길을 오르고 있었다. 아주 천천히. 초원의 언덕은 계단 같다. 완만하게 생긴 작은 언덕 하나를 오르면 그 뒤에 가려져 잘 보이지 않던 다른 언덕 하나가 나타난다. 그 언덕을 끝까지 오르면 다시 또 하나의 완만한 언덕을 만난다. 그런데도 밑에서 올려다보면 맨 처음에 본 언덕 하나밖에는 보이지 않는다.

느릿느릿 가고 있기는 했지만, 꼬리에 꼬리를 물고 이어지는 언덕이 이상하게 하나도 힘들지 않았다. 그런데 그것보다 이상한 일은, 따로 숫자를 세지는 않았어도 어림잡아 스무 언덕은 넘은 것 같은데 아직도 꼭대기가 보이지 않는다는 것이었다. 초원의 언덕이 아무리 속임수 같아도 그런 언덕은 들어본 적이 없었다. 할아버지의 이야기 속에서 말고는 존재하지 않는 곳이었다.

그렇게 다시 열 개의 언덕을 올랐다. 하늘은 여전히 푸르고 맑았다. 그리고 언제나 그랬듯 대머리 구름이 멀리 지평선에 걸려 있었다. 북쪽 하늘을 지나던 양떼구름이 한층 가까이 다가와 있었다. 아직 머리 위는 아니었지만 조금만 더 가면 만날 수도 있을 것 같았다. 흩어져서 풀을 뜯고 있는 게 아니라 길을 건너듯 한 줄로 쭉 늘어선 커다란 양 무리. 파란 하늘을 가로지르며 북쪽으로 쭉 늘어선 양떼구름 아래에 내 양들이 아무렇게나 흩어져 있었다. 끝도 없이 이어진 초록색 언덕을 간질간질 쉴 새 없이 뜯어먹어가며.

양들이 풀을 뜯듯 나는 양떼구름 이야기를 중얼거렸다. 할아버지는 별도 잘 읽었지만 낮에는 구름도 곧잘 읽으셨다. 별이나 글자처럼 어디에 딱 박혀 있는 게 아니어서 기분 따라 다르게 흘러가는 이야기였다. 옛날 옛날 아주 먼 옛날에, 멀리 멀리 아주 먼 곳에서, 양치기신이 커다란 구름양떼를 이끌고 하늘을 건너셨다. 양들에게 별을 먹이기 위해서였다. 늘 깨끗한 옷을 입고 있는 양치기신이었지만 그분의 양떼는 그렇지 않았다. 별을 뜯어먹다가 밤〔夜〕이 묻는 바람에 입가가 새까매지곤 하는 것이었다.

"그러면 구름양들이 어떻게 했는지 아니? 옆에 있는 다른 구름양들한테 닦아버렸단다. 털이 아주 폭신했거든."

"그러면 다른 애들이 지저분해지잖아요."

"그래서 양치기신이 화가 나신 거지. 까매진 구름양은 양처럼 보이지도 않거든. 그래서 큰 소리를 치면서 양들을 땅으로 쫓아보내셨대요. 별을 못 뜯어먹게 하려고. 깜짝 놀란 구름양들이 한데 모여서 파르르 떨면 그때 갑자기 소나기가 내리는 거란다."

"에이, 거짓말. 양치기신 님은 소리 안 질러요. 조용한 분이셔서."

"그랬던가? 어쨌거나 이거 하나는 확실해."

"뭔데요?"

"양치기신 님을 만난 양치기는 운이 아주 좋다는 거지."

"왜요?"

"어디든 가고 싶은 데로 데려가시거든."

"그게 왜 좋은데요? 가고 싶은 데라는 게 뭔데요?"

"글쎄, 그건 나도 모르지. 가고 싶은 데라는 게 뭘까. 서쪽 초원에서 온 할아버지의 할아버지의 할아버지한테서부터 시작된 이야기여서 들어가 있는 말일까, 아니면 사막 건너에서 온 할아버지의 할아버지의 할아버지의 할아버지의 할아버지의······, 몇 번이나 했냐? 아무튼 시간도 건너서 갈 수 있어요."

"시간은 왜 건너는데요?"


짧은 밤이 다시 한 번 지나갔다. 다음날 아침에는 양떼구름이 조금 더 가까워져 있었다. 열 개, 스무 개 언덕을 지날수록 양치기신의 무리에 가까워지는 모양이었다. 신의 양떼는 이제 우리 머리 바로 위를 줄지어 가고 있었다. 고개를 젖혀 위를 올려다보면 그 거대한 뱃살을 감싼 하얀 털이 바람에 꿈틀거리는 모양이 다 보일 지경이었다.

"양치기신은 어디서 만날 수 있는데요?"

"일단 삼백 개의 언덕으로 가야 해. 진짜 딱 삼백 개는 아니고 아무튼 무지하게 많다는 뜻으로 붙인 이름이야. 양치기신 님의 목초지가 맨 꼭대기 언덕에 살짝 걸리거든. 그곳은 아주아주 높은 언덕이어서 한번 올라가면 내려올 수가 없어요."

"에이, 그럼 안 가야겠다."

가고 싶은 곳을 떠올렸다. 건너고 싶은 시간이 생각났다. 양떼구름 아래쪽에 돋아난 네 개의 다리가 보였다. 땅바닥에 닿지 않아서 버둥거리기만 하는 짧은 다리였다. 다행히 그 다리를 쓸 필요는 없을 것 같았다. 바람이 뒤에서부터 불어와 신의 양떼를 어디론가 몰고 갔기 때문이다. 그렇게 언덕 스무 개를 더 넘었다. 구름양떼 털 뭉치가 언덕 여기저기에 떨어져 있었다.

그 옛날에 빌게가 한 말을 떠올렸다.

"그렇구나. 그래서 저기가 양떼자리구나. 그것도 모르고 몇 년이나 연구했네. 저기 양떼자리 한쪽에, 저 파란 별 옆에 있는 빨간 별 옆에, 희미하게 생긴 구름이 있어. 보여? 너는 눈이 좋으니까 어쩌면 보일지도 모르는데 뭐 그 정도로 좋지는 않겠다. 그럼 사람 눈이 아니지. 아무튼 별이 죽으면 구름이 되거든. 별이 되는 데 쓰인 재료가 다시 우주로 뿔뿔이 흩어져서. 그런데 그게 또 어떻게 되냐면 흩어진 재료들이 모여서 또 다른 별이 되는 거야. 아주 천천히. 그런 재료들이 구름처럼 잔뜩 모여든 곳이 성운인데, 거기에 망원경을 맞춰놓고 뭔가를 찾아내는 게 내 일이야."

"새로 생기는 별을요?"

"음, 그렇겠지? 전공을 좀 바꾸고 싶기는 한데, 아무튼 결국 그거지. 새로 생기는 별에 관련된 뭔가를 찾는 거. 새 별이 생기는 순간을 딱 포착하기는 어렵지만, 거의 그 순간을 보고 있다고 생각은 하는데, 천문학에서 순간이라는 게 말이 순간이지 진짜로 순간은 아니고 엄청나게 긴 시간이어서 말이야. 아, 나도 모르겠다, 내가 뭘 보고 있는지."

그런 이상한 소리를 하던 눈 나쁜 빌게를 다시 한 번 꼭 만나보고 싶었다. 시간을 건너, 마지막 작별인사를 나누기 전 그때 그 좋았던 때로 돌아가서. 막상 만나면 진짜 할아버지가 됐다고 싫어할지도 모를 노릇이지만.

어쨌거나 신께서는 일단 내 양떼를 무리에 받아주셨다. 구름양떼의 부드럽고 흰 털이 얼굴에 직접 닿는 거리. 우리는 이제 신의 목초지를 걷게 되었다. 촉촉한 양털이 우리를 감쌌고 마침내 발이 땅에서 떨어졌다. 염소도 개도 내가 탄 말도. 양들은 끝까지 풀을 뜯다가 입이 발보다 늦게 땅에서 떨어졌다.

구름양떼에 비하면 내 양들은 크기가 너무 작아서 저 아래 초원에서 올려다보면 작은 점 하나로도 안 보일 지경이었다. 그 작은 점들이 허공에 발을 버둥거렸다. 길을 안내한 이상한 양놈도 마찬가지였다.

'이제 내가 가고 싶은 대로 데려가주는 건가? 아니면 내가 앞장서야 되나? 그런데 나는 가는 방법을 모르는데.'

우리는 그렇게 함께 길을 갔다. 양도 염소도 개도 말도, 누가 누구를 버리고 갈 필요가 없었다. 적어도 그 수십 마리 중 하나는, 구름양떼까지 쳐서 백여 마리 중 하나는 어디로 가야 하는지 길을 알고 있겠지. 안 그러면 이렇게 태평할 리가 없잖아. 그렇게 무리에 적당히 섞여서 남들 가는 대로 가면 되겠지.

내 양들에게 말했다.

"이놈들아, 니들은 어려서 아무도 본 적 없지, 그 안경 쓴 여자? 공부를 많이 해서 그렇다는데 말 탄 사람은 다 난줄 알 만큼 눈이 나쁜 누나야. 아, 글쎄 초원 저 건너에 남의 게르가 있는데 그 정도로 멀면 아무것도 안 보일 거니까 우산 같은 걸로 안 가리고 볼일을 봐도 괜찮다 그러네. 그쪽에서는 이쪽이 다 보일 게 빤한데. 초원에는 그렇게 눈 나쁜 사람 없는데 말이지. 1년 뒤에 온대놓고 결국 못 돌아왔는데 그 소식을 나는 반년이나 늦게 알았지 뭐람. 지구 반대편에 산 게야. 다른 별에 산 게지. 도시에서 살았어야 했나 생각한 건 그때 딱 한 번이야. 그랬으면 반년이나 산 비석으로 있지는 않았겠지. 그래서 지금도 그리운가 하면 그건 또 아니야. 지금은 아무 생각도 안 나. 멍하게 지워지기 좋은 데잖아, 이놈의 초원. 그래도 한 군데 가보고 싶은 데를 고르라면 나는 지금 이 길이었으면 좋겠어. 초원을 떠날 수도 있을 거라고 생각한 건 평생 그때 한 번뿐이거든."

물론 이건 꿈이 틀림없다. 마지막 순간에 꾸라고 할아버지가 내 이마에 비석처럼 새겨준 아주 오래된 선물. 지금 들이마시는 이 신선한 공기가 내 마지막 호흡인 걸 모르는 게 아니다. 내가 이렇게 영원히 잠들고 나면 염소가 양들을 다른 사람들에게 인도할 것이다. 늑대나 다른 짐승이 공격해온다면 개가 나서서 싸울 것이다. 내가 잠든 곳은 오랫동안 발견되지 않을지도 모른다. 그래도 나는 이 결말이 좋았다. 양떼에 둘러싸여 호사스럽게 눈을 감는 것. 염소도 말도 개도 할아버지의 별 이야기도. 그리고 누나도.

'그런데 둘째 놈이 전화를 했으려나. 뭐 내 자식도 아니지만.'

바람이 불었다. 우리 모두를 어디론가 실어갈 바람이었다.


그로부터 이틀 뒤 오전 10시경에, 초원 사람들이 신성한 언덕이라 믿는 작은 언덕 위에서 양떼에 둘러싸인 노인의 시신 하나가 발견되었다. 시신이 발견되기 몇 시간 전에는, 천문학자 몇몇이 양떼자리라 부르는 별자리에 포함된 발광성운에서, 원시별 하나가 새로 관측되었다. 최초의 핵분열이 일으킨 폭풍이 모여들던 가스를 바깥으로 밀어내 인력과 폭발력 사이에 균형이 만들어지고, 그로 인해 마침내 별의 질량이 고정되면서 향후 수십억 년 동안 이어질 별의 생애가 결정되는 단계. 사람들이 말했다. 빛으로 이천오백 년은 걸리는 거리이니 벌써 이천오백 년도 전에 일어난 일이라고.

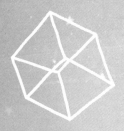

해설 | 정세랑(소설가)

초원에서 올려다보는
빛나는 인공위성

먼저 '장르 뼈'에 대해 이야기해야겠습니다.

널리 쓰이는 말 같지는 않습니다. 장르 쪽 사람들만 쓰는 말인 것 같아요. 주로 "그 사람 장르 뼈가 있지." "장르 뼈가 있어야 장르를 쓸 수 있지." 같은 용례로 쓰인답니다. 대체 이 장르 뼈라는 건 뭘까요? 아무도 명확하게 이야기하지 않지만 제 상상으로는 어떤 사람이 유년기부터 장르 소설, 장르 영화, 장르 만화 등에 애정을 가지고 풍부하게 접하며 성장하면 그 사람의 몸속에 이 뼈가 생기는 것 같습니다. 언젠가 건강검진 때 찍었던 엑스레이를 생각해보세요. 그리고 그중의 작은 뼈 하나가 형광으로 빛나는 것을요. 그게 여러분의 장르 뼈입니다. 그 뼈가 없는 분이 이 책을 읽고, 뒤편의 이 글에까지 이르렀으리라고는 생각되지 않습니다.

배명훈 작가에게는 누구보다도 커다란 장르 뼈가 있습니다. 스테

고사우루스의 뒷허벅다리 뼈만 한 장르 뼈가요. 대체 그 뼈는 어떻게 형성된 것인지 저로서는 가늠할 수 없지만 하여튼 멋집니다. 문제는 한국 문학출판계에 장르 뼈를 가진 사람이 겨우 한 줌이라는 겁니다. 앞으로는 다소 늘 듯하지만 어쨌든 지금까지는 한 줌, 그래서 2005년 이 책에 수록된 「스마트 D」로 데뷔한 배명훈은 10년에 걸쳐 오해를 받아야 했습니다. 그동안 많은 사람들이 배명훈의 작품에 명확하게 있는 것은 보지 못하고, 없는 것만 찾아 당황스러운 평을 하곤 했죠. 10년이 지난 이제야 문학계 전체가 슬슬 감을 잡아가는 것 같습니다. 장르 뼈가 타조 목뼈만큼이라도 있는 제가 이 글을 쓰게 된 것도 비슷한 맥락이고요.

오해와 고난의 10년 동안 배명훈 작가를 지켜온 것은 언제나 이 책과 이 책 이전의 책들을 고른 여러분이었습니다. 여러분께 리뷰는 별로 필요하지 않을지도 모르겠습니다. 배명훈의 소설은 경이롭지만 난해하진 않지요. 그러니 저도 그다지 복잡한 데가 없는 저의 말들로, 이 소설들이 왜 놀라운지에 대해 생각을 정리해보기로 하겠습니다.


**세계 해석의 탁월함: 이 인공위성에는 부착된 장비가 많습니다**


단편도 장편도, 연애소설도 전쟁소설도 결국은 한 사람의 작가가 자신이 속한 세계를 해석한 결과물입니다. 한 사람은 자신이 볼 수 있는 만큼만 볼 수 있습니다. 개별 작가의 세계는 서로 겹치기도 하고 전혀 겹치지 않기도 하면서 실제의 세계를 표현합니다. 이를테면 작가들은 한 행성을 맴도는 수천의 인공위성과 같습니다. 그리고 인공위성마다 탑재된 장비가 각기 다르듯이, 작가들이 정보를 수집하고 분석하는 도구들도 제각각입니다.

이런 식입니다.

A작가: 문예창작학 전공 + 잡지 기자 경험 + 개인 관심사
B작가: 역사학 전공 + 편집자 경험 + 개인 관심사
C작가: 컴퓨터공학 전공 + 번역가 경험 + 개인 관심사

자, 그럼 이 책의 저자는 어떨까요?

배명훈: 국제정치학 전공 + 미래학 연구부서 연구원 경험 + 개인 관심사 + 장르 뼈

일단 국제정치학이 세계를 해석하는 데 매우 독보적인 학문인 것은 분명합니다. 그리고 배명훈 작가가 학자였을 때도 두각을 드러냈다는 건 널리 알려져 있는 사실이지요. 뛰어난 석사 논문을 써서 모교 건물 동판에 이름이 올라가 있을 정도니까요. 더해서 미래학 연구에 종사한 경험까지……. 누군가 SF작가를 목표로 육성한 캐릭터라 해도 이상하지 않을 정도입니다. 그는 운명처럼 SF작가가 되어서는 유수의 과학자들과 가까이 교류하게 되어 과학계의 움직임을 일찍 포착할 수 있는 위치에 이르렀습니다. 배명훈만큼 당대의 과학

여러 분야에 관심의 촉을 드리우고 있는 작가도 드물다고 확신을 가지고 말할 수 있습니다. 배명훈은 인문학, 사회과학, 과학을 가로질러 섭렵하고 활용하는 탁월한 작가입니다.

그리고 이 책은 배명훈이 쓰지 않는 시간에 무얼 읽는가에 대한 대답일 수 있겠습니다. 다른 작가들보다 훨씬 좋은 도구들을 보유하고도 끝없이 새로운 도구를 탐하고 있다는 게 드러나지요. 「유물위성」에는 고고학, 「스마트 D」에는 언어학, 「예언자의 겨울」과 「조개를 읽어요」에는 해양생물학, 「티켓팅 & 타겟팅」과 「예술과 중력가속도」에는 대중음악과 무용에 대한 지식이 스며 있습니다. 문학만 읽고 문학 안에 안주하고 싶은 유혹이 소설가들에겐 늘 있는데 배명훈은 그런 유혹을 전혀 느끼지 못하는 유형의 소설가인 것이 틀림없습니다. 문학 바깥의 것을 끌어오는 것은 그렇다 치고, 그 생소한 요소를 이야기에 '스미게' 하는 것만큼 어려운 일이 없음에도 그것을 굉장한 완성도로 해냅니다. 기량이 뛰어난 작가라 가능한 것이겠지만 아무리 그라 해도 100을 읽어야 1을 쓸 수 있는 건 다르지 않을 것입니다. 배명훈을 읽는다는 것은 배명훈이 발견하고 소화해낸 세계의 흥미로운 면면을 손쉽고 자연스럽게 접하는 과정이 되기도 합니다.

세계를 해석하는 도구를 많이 가진 작가가 세계를 더 정확히 그려내는 것은 당연한 일입니다. 이미 가진 것 안쪽으로 침잠하지 않고 끝없이 범주를 넓혀 나가는 작가가 새로운 작품을 써내는 것은 당연한 일입니다. 너무 당연해 보여서 실상 얼마나 지속적으로 놀랍고 전복적인 행보를 이어가고 있는지 자꾸 잊게 되는 게 맹점이라면 맹

점이겠습니다.

## 인물들은 자유롭게 작품 사이를 건너뛰고

장르문학과 문단문학을 어떻게 구분하느냐를 두고 저는 농담을 한 적이 있습니다. 인물이 뛰어다니면 장르문학이고, 걸어다니면 문단문학이라고요. 그 농담에 배명훈 작가가 웃었던 기억이 나네요.

배명훈의 인물들은 뜁니다. 은경 씨도 뛰고 희나 씨도 뛰고 다들 뜁니다. 위기에 처한 스파이처럼 빨리 뛰기도 하고, 중력이 가벼워지는 지점에선 아주 높이 뛰기도 하지요. 종종 배명훈 소설의 인물들을 두고 내면의 깊은 곳이 드러나지 않고 고뇌하지 않아서 한계가 있다고 말하는 비평가들이 있는데, 그건 뛰는 중이라서 그렇습니다. 뛰는 중에 고뇌를 하면 기괴하겠지요. 그리고 축축한 고뇌를 품고 발을 끌며 방황하는 인물들이야 다른 작가들이 많이 쓰고 있으니 배명훈까지 쓸 필요는 없다고 생각합니다.

그래서 같은 이름을 가진, 혹은 비슷한 성격을 가진 인물들이 작품을 넘나들며 자주 등장하는 것은 일종의 장치가 됩니다. 배명훈은 은연중에 말하고 있는 겁니다. 인물을 보지 마, 여기서 그건 중요한 게 아니야, 하고요. 배명훈의 소설에서 인물들은, 강단 있는 무용수도 신중한 스파이도 작품 전체를 지배하지 않습니다. 작품을 지배하는 것은 그 인물들을 움직이는 보이지 않는 권력입니다. 집단 사이에 역동적으로 변화하는 힘입니다. 그 힘은 도시의 형태로 나타나기도 하고 전쟁의 형태로 드러나기도 합니다. 우리가 평소에 잘 인식할 수 없었던 그 투명한 질서, 질서의 이면, 질서의 붕괴와 재정립을 배명훈은 정교하게 보여주려고 노력합니다.

「예언자의 겨울」을 극단적인 예로 들어볼까요? 이 소설을 읽을 때 서술자인 흑등고래의 내면에 초점을 둔다면 곤란해집니다. 이 고래는 빠르게 헤엄치며 싸웁니다만, 상호확증파괴된 세계를 끝내는 이해하지 못하는 존재이기 때문입니다. 고래의 순정함이 안타까움을 불러일으켜도, 그 감정에 동조하는 것이 이 소설의 주된 목적이 아닙니다. 핵 억지력이 어떻게 아슬아슬하게 작용하고 있는지, 우리가 몸담은 세계가 얼마나 이상한 방식으로 작동하고 있는지 생각하게 하는 것이 목적일 것입니다.

「홈스테이」의 주인공 역시 눈 수술을 받은 채 활약하는 '나'나 스파이인 희나 씨가 아닙니다. 소설의 주인공은 두 사람이 머무는 도시입니다. 식민지 시대에 무기 부품 공장이 있었던, 철길과 집 사이가 아슬아슬하게 가까운 독특한 도시 말입니다. 최근작인 『첫숨』에서도 그렇고 대표작인 『타워』에서도 그렇고 이 작품집에는 실리지 않은 단편인 「타이베이 디스크」에서도 그렇고 도시는 배명훈이 끝없이 탐구하고 재현하는 테마입니다.

제가 배명훈의 수많은 단편 중에 가장 좋아하는 「예비군 로봇」으로 넘어가면 이런 점은 유머가 될 정도입니다. 은경 씨는 고뇌하지 않습니다. 고뇌하는 쪽은 기계지성입니다. 간식을 달라고 요구했다가 나토연합군 장교가 되어버린 은경 씨는 시종일관 '으잉?'에 가까운 상태로 영웅적인 활약을 하고, 반면 기계지성 쪽은 2백 년 동안

철학적인 깨달음을 갈구하게 되어버리는 것입니다. 세 번째 읽는 것
인데도 소리 내어 웃었습니다.

장편 『은닉』의 표지를 장식했던 체스 말이 기억나시나요? 배명훈
의 작품들은 확실히 체스 게임을 연상시킵니다. 가로세로 여덟 줄보
다는 훨씬 넓은 체스 판이겠지요. 체스 판을 읽을 때는 말의 움직임
을 봐야 합니다. 말 너머의 더 거대한 상대를 봐야 합니다. 그때 말
의 독백 같은 것이 왜 필요하겠습니까? 한 작품 안에 분명히 있는 건
외면하면서 없는 걸 찾는다면, 기이한 접근이 아닐 수 없겠습니다.

배명훈의 스마트한 인물들은 읽는 이의 눈물샘을 자주 터뜨리진
않을 겁니다. 문학의 그런 부분은 다른 많은 작가들에게서 찾으시는
게 좋겠습니다. 작품과 작품 사이를 퐁당퐁당 건너뛰는 인물들은 그
보다는 여러분의 머릿속 정보들을 마구 연결시켜줄 겁니다. 근현대
국가와 국제정치에 대한 정보들이, 권력과 권력의 흐름에 대한 정보
들이 반짝반짝 이어질 겁니다. 길고 짧은 한 편 한 편을 읽을 때마다
우리에게도 세계를 이해하는 도구가 한두 가지 늘지 모르겠습니다.
이것은 조금 종류가 다른 카타르시스지요.


## 착상의 씨앗: 회전하며 뻗어나가는


단편으로 데뷔했고 단편을 정말 잘 쓰는 작가인데 왜 이제야 세
번째 단편집이 묶였을까요? 아무래도 장편을 일정한 속도로 생산할
수 있는 작가가 많지 않다보니 장편 집필을 계속 요구받느라 이렇게

된 게 아닌가 싶습니다. 덕분에 이 책에는 초기작과 최근작이 함께 섞여 있죠. 그 시간 차를 즐기는 것도 이 책을 읽는 하나의 방식이 될 수 있겠습니다.

특히나 이번 단편집이 매력적인 부분은 단편의 가벼운 착상이 어떻게 장편으로 이어졌는지 그 흔적을 발견할 수 있다는 점입니다. 「예술과 중력가속도」는 분명 『첫숨』으로 이어졌습니다. 비록 일부러 추락하는 비행기가 더 우아하게 중력을 조절하는 공연장으로 바뀌었지만 말이죠. 비슷한 장면이지만 두 작품은 전혀 다른 분위기로 쓰였습니다. 무용과 중력과 권력을 연결해 더 심도 있게 그린 건 『첫숨』 쪽이긴 해도, 「예술과 중력가속도」의 "원래 타인의 예술행위는 보는 사람을 구역질나게 만들 수도 있는 거라고요" 하는 대사가 너무나 찌르는 구석이 있어 어느 한쪽의 손을 들어주긴 어렵습니다.

「스마트 D」의 생명을 위협받는 주인공의 처지와 스피디한 전개방식은 어딘지 『은닉』을 떠올리게 하는 구석이 있지 않나요? 「홈스테이」의 로봇 팔에서 『가마를 스타일』을 떠올린다면 비약일까요? 저는 로봇용 어깨 관절 MK-13과 가마를의 레이저포 LP13의 모델명이 비슷한 것에 괜히 설레고 말았습니다. 이런 변모는 가끔 장편에서 단편 순서로도 이루어지지 않나 하는데요. 『신의 궤도』에 미처 포함되지 않은 요소나 이미지들이 「초원의 시간」, 「양떼자리」로 떨어져 나온 것은 아닐까, 추측해볼 수 있지 않을까요?

이번 단편집을 통해 우리는 작가의 머릿속에서 어떤 아이디어가 회전하며 발전했는지, 2005년에서 2015년까지 형성된 지층을 고고학자처럼 한 꺼풀 한 꺼풀 파내려갈 수 있는 기회를 얻습니다. 조각

조각이 모여 완성되는 배명훈의 세계를 전체적으로 조망할 수 있는 기회를요. 코스모마피아가 실존할 것 같고, 유물로 된 위성이 숨겨져 있을 것 같고, 달 정착지 출신들이 우리 사이를 걸을 것 같고, 은경 씨가 입술을 내밀고 중장비 기술을 배우고 있을 것만 같은 그런 배명훈의 세계를 말입니다.

제겐 비평의 도구가 없기에, 이 리뷰는 마치 친밀한 이에게 보내는 서한처럼 쓰였습니다. 애정과 공평함으로 쓴 리뷰인 것만은 확실하지만 아쉬운 부분이 있습니다. 마치 도구 없이 맨손으로, 아름답고 정교한 기계를 만지작거려버린 듯한 기분입니다. 결국 모든 것은 도구의 문제가 아닐까요?

그것이 당신의 도구라면…….

입속으로 자주 중얼거리는 말입니다. 유난히 악기를 잘 다루는 음악가들을 볼 때, 양파를 투명하게 썰어내는 요리사들을 볼 때, 받을 수 없을 것 같은 곤봉을 받아내는 체조 선수들을 볼 때요. 작가에게도 마찬가지인 것 같습니다. 언어가 도구지요. 배명훈의 장편을 읽을 때는 큰 단위로 철컥철컥 움직이는 이야기에 정신을 빼앗겨 간과했던 언어의 아름다움이 단편에서는 눈에 더 잘 띕니다. 언어를 이렇게 사랑하는 작가였구나, 언어를 이만큼 깊이 파고드는 작가였구나, 한국말을 아주 독특하게 사용하는 작가였구나 감탄했습니다.

작가 개인으로 보면 한국에서 태어나 이만큼 손해를 보고 있는 작가는 또 없겠다 싶습니다. 영미권에서 태어났더라면 존 스칼지나 앤디 위어보다도 더 많은 사람들에게 사랑받았겠지요. 영상화도 어렵지 않았을 겁니다. 배명훈의 소설을 읽으면 어떤 것은 인디 영화로, 어떤 것은 블록버스터로 머릿속에서 쉽게 그려지니까요. 문화계의 판이 큰 곳에서 태어났다면, 풀장이 있는 집에서 살고 있었을지도 모를 배명훈에게 가끔 좀 미안해질 정도입니다. 뛰어난 작가가 하필 그 뛰어남을 소화할 수 없을 만큼 작은 시장에서 고생하고 있으니 말예요.

그에게는 불행, 우리에게는 행운입니다. 독특한 도구들을 완벽하게 쓰는, 장르 뼈가 멋진 배명훈이 지금 우리의 작가라는 점을 한껏 누리고 이용합시다. 이 경이로운 작가를 계속 사랑합시다.

무려 11년 만에, 데뷔작인 「스마트 D」가 수록된 단편집을 내게 되었다. 작가 프로필에 제목으로만 잠깐 언급되곤 하던 전설 속의 단편소설이 실물임을 증명할 기회를 얻게 된 점은 다행스럽기 그지없다. 이런 작업의 성격상, 복원과 보존의 역할에 충실하기 위해 내용은 거의 손대지 않고 문장만 열심히 다듬는 방식을 택했는데, 다행히도 거의 모든 문장을 다 새로 쓰다시피 해야 했다. 10여 년 전에 쓴 글을 꺼내서 읽어본 일이 있는 작가라면 그게 왜 다행인지 쉽게 짐작할 수 있을 것이다.

이 글은 이 책의 표제작이 될 뻔했으나, '스마트'라는 말의 어감 때문에 포기하고 말았다. 스마트폰 유행 이후의 지구에서는, '스마트'라는 말이 2005년에 지녔던 어감을 온전히 재생해낼 방법이 없다.

데뷔 후 8년째까지는 매년 '신인' 소리를 듣곤 했다. 아직 인지도가 높지 않은 작가라는 의미일 때도 있었지만, 적어도 그 지면에서는 실제로 신인이었기 때문에 붙은 이름인 경우도 많았다. 즉, 계속해서 활동영역을 넓혀갈 수 있었다는 말이고, 새로운 독자를 만나게 되었다는 말이기도 하다. 다행히도 그 과정은 지금도 쭉 계속되고 있다.

그런데 『타워』가 출간된 직후부터 몇 년간, 기이하게도 내 경력이 2009년부터 시작된 것으로 간주하려는 시도가 목격되곤 했다. 물론 그것은 타당한 관점이 아니다. 데뷔 후 2년 정도 '나 작가 맞아?' 하고 스스로 의심하는 기간을 거친 뒤, 대략 2008년이 끝나갈 무렵부터는 내가 작가라는 사실을 의심해본 적이 없다.

사실 나는 월간지 〈판타스틱〉이나 웹진 〈거울〉을 통해 꾸준히 단편소설을 발표하고 또 독자들의 활발한 반응을 기다리고 하던 시절을 일종의 황금기로 기억한다. 블로그가 한창 유행이었고, 대단히 수준 높은 리뷰들이 자주 인터넷에 올라오곤 하던 시절. 심지어 이 책의 해설을 써준 정세랑 작가도 그 시절 〈판타스틱〉을 통해 처음 알게 되었는데, 이 분은 여전히 내가 가장 좋아하고 존경하는 동료 작가 중 한 명이다.

그 즐거웠던 시절에 내가 어떤 글들을 통해 독자들을 만나고 있었는지는 「예비군 로봇」이나 「조개를 읽어요」, 「예언자의 거울」 같은 단편들을 통해 확인하시기를 바란다. 그리고 그 즐거움에 동참해보시기를 권한다.

이 단편집의 뼈대가 된 라인업은 '예'로 시작되는 세 편의 단편소설, 그리고 2013년에 쓴 단편소설들이었다. 우선 「예언자의 겨울」, 「예술과 중력가속도」, 「예비군 로봇」은, 가장 오랫동안 사랑받은 글이면서도 이상하게 단편집에 실릴 기회를 얻지 못했던 글들이다. 어느 기간부터 어느 기간까지 발표한 모든 단편을 수록하는 형식의 단편집이 아니라, 5~6년 동안 쓴 글들 중 열 편 내외를 고르는 식으로 단편집 라인업을 구성하다보니 주제나 분위기가 맞지 않아서 다음 기회를 노릴 수밖에 없었던 글들인데, 이 책을 만드는 과정에서도 마지막 순간에 하차한 단편이 있었다. 그리고 이 대목에서 저 세 편의 글이 기준이 되었음은 물론이다.

뼈대가 됐다는 것은 그런 의미이다. 연작은 아니지만 서로가 서로에게 참조할 대상이 되도록 느슨하면서도 긴밀하게 연결되어 있는 상태. 아마 별자리가 만들어지는 방식과 비슷할 것이다. 하나의 별자리에 들어 있는 것처럼 보이는 별들도, 실제로는 서로 어마어마하게 멀리 떨어져 있는 경우가 허다하다. 별들은 별자리로 존재하는 게 아니라, 별자리로 보이도록 엮여 있는 것이다.

이 세 편의 글 중 특히, 가장 오랜 시간 동안 사랑받은 글인 「예비군 로봇」에 주목해주기를 바란다. 이 글의 앞부분에 나오는 작가와 김은경 씨와의 관계는, 이 글이 수록되었던 〈판타스틱〉과의 인터뷰에서 실제로 내가 한 말을 그대로 옮긴 것이다. 그때나 지금이나, 작가로서 내가 제일 많이 받은 질문이 "김은경은 누구인가요?"였기 때문이다. (두 번째는 "왜 그 과를 나와서 그 일을 하고 있나요?"이다.)

내 단편소설에 가장 많이 등장한 주인공인 김은경이 어느 순간부터 전혀 등장하지 않게 된 데에 대해서는 반성할 부분이 있다. 아직도 '김은경 실존인물설'을 주장하는 사람이 있기는 하지만, 이미 수십 차례 부인한 이야기이고, 김은경은 활동 초기부터, 심지어 내가 데뷔하기도 전부터 나와 비슷한 또래로 설정된 인물이었다. 그런데 내가 삼십대 후반으로 넘어가면서 그 나이 또래의 여자가 주인공이 되는 게 어딘지 좀 어색하다는 생각이 자라나버렸다. 그래서 새로운 인물을 만들게 되었으니, 장편소설 『맛집 폭격』의 주인공이기도 한 윤희나가 그 장본인이다. 그런데 이 생각은 완전히 잘못된 것이다. 내 소설 속에서 김은경이 삼십대, 사십대를 살아갈 수 없다면 나 또한 삼십대, 사십대 작가로서 경력을 이어갈 수 없다. 이제 김은경은 내가 느낀 그 어색함을 정면으로 돌파해나갈 것이고, 나와 함께 계속 나이를 먹어갈 것이다.

이 선언은 사실 나에게는 꽤나 당연한 일이다. 내 소설 세계에서 김은경이 맡은 역할이라는 게 원래 그랬다. SF 세계에서 늘 등장하곤 하는, '촘촘하게 짜인 세계가 인간에게 부여하는 한계나 억압'을 자신만의 방식으로 극복해내는 사람. 「예술과 중력가속도」의 주인공인 '달에서 온 무용수'가 『첫숨』의 주인공이 되지 못한 일 같은 사태는 이제 일어나지 않을 것이다. 그렇게 다시 김은경이 나오는 단편소설을 쓰기 시작한 해에 김은경이 잔뜩 나오는 단편집을 내게 된 것은 정말로 다행이라고 생각한다.

2013년의 소설이 특별한 이유는, 장편을 쓰지 않고 단편만 쓴 해이기 때문이다. 일곱 편을 써서 여덟 개의 지면에 발표한 해인데, 말하자면 셀프 트레이닝에 집중한 해인 셈이다. 여기에 해당하는 「유물위성」, 「홈스테이」, 「초원의 시간」 같은 글들이 원고지 60매 내외의 짧은 단편인 것은 이 글들이 실린 지면인 〈과학동아〉라는 매체의 흔적이다. 짧을수록 더 쉬워지는 것은 아니고, 60매 분량 소설이라는 게 일반적이지는 않으므로 결국 80매 분량으로 쓴 다음 20매를 접어 넣는 방식이라 사실상 100매 분량의 노력이 필요한 일이었다고 생각한다.

그래도 이 지면의 장점을 꼽자면, 사실 〈과학동아〉라는 지면은 나에게는 홈그라운드 같은 곳이다. 수상자들 말고는 아무도 정확한 명칭을 기억하지 못하지만 내 프로필에는 가끔 나오는 '과학기술창작문예'라는 이름의 SF 공모전이 바로 동아사이언스를 통해 치러졌기 때문이다. 그리고 나는 홈에서 좀 더 플레이가 여유로워지는 선수가 아닌가 싶다. 나를 이해시키기 위해 애쓸 필요가 없으니 어찌 보면 당연한 일일 것이다.

「양떼자리」가 2013년의 소설이 아닌 것은 분명하지만, 2013년에 훈련을 통해 익힌 무언가가 원고청탁을 받는 순간 자연스럽게 발동하면서 나온 글이라는 점은 의심의 여지가 없다. 이 글을 쓰기 전 두 달 동안 붙들고 있던 소설보다. 갑자기 청탁을 받고 보름 정도 만에 쓴 이 글이 독자들의 공감을 훨씬 광범위하게 이끌어냈다는 점을 봐도 그렇다. 계속해서 단편소설을 쓴다는 것은 이런 억울한 일을 계속해서 목격하기 위한 과정이기도 하다.

2012년 말쯤에 쓴 글이지만, 위와 같은 맥락에서 2013년의 글에 들어가야 할 단편인 「티켓팅 & 타겟팅」은, 이 책에 실린 글들 중 가장 폭발적인 반응을 얻었던 단편이다. 그리고 좀 이상한 글이다. 내 친구 하나는 "한국 문학사에서 가장 쓸데없는 긴박감"이라는 평을 했고, 나는 그 말을 듣자마자 여기에 쓰기 위해 메모를 해두었다. 이 단편을 쓰는 내내, '아니, 내가 왜 이런 이상한 글을 쓰고 있는 거지?' 하는 생각이 머리를 떠나지 않았다. 의도한 트레이닝도 아니고 결과적으로 뭘 얻게 될지도 알 수 없는 연습과정이었다는 말이다. 그런데 경험상, 정말로 글이 느는 것은 이런 순간들이다. 이 책에 실린 글들 상당수가 그런 이상한 모험을 하는 과정에서 획득한 희귀한 유물들이다. 장담하건대, 이런 건 다른 데서는 팔지 않는다.

이 글에 실린 티켓팅 노하우 중에는 그대로 따라하면 절대로 안 되는 부분이 몇 가지 포함되어 있지만 수정하지는 않았다. 나의 잠재적인 티켓팅 라이벌들에게 모든 노하우를 알려줄 수는 없기 때문이다. 그러나 나의 티켓팅 전적을 의심하지는 말기를 바란다. 읽어본 아이돌 팬분들은 쉽게 짐작하시겠지만, 이 일에 관한 한 나는 꽤 상위에 있는 포식자다.

21세기도 됐는데, 작가의 말 정도는 인공지능이 대신 써주는 세상이었으면 좋겠다. 먹으면 작가의 말이 막 써지는 알약이 나오거나. 세상에서 제일 쓰기 어려운 글, 진짜 마감이 닥치기 전에는 두 달을 붙들고 있어도 단 한 줄이 안 나오는 유일한 장르, 작가의 말. 하지만 누구나 보고 있는 지면에 차곡차곡 포장된 상태로 발표된 글들이

아니니, 내 글의 내력을 소개할 사람은 나밖에 없다는 생각으로 쓸
데없이 긴 이 글을 쓰게 되었다. 그리고 마침내 해방을 맞이하였다!

2016년 가을

배명훈

| 수록 작품 발표 지면 |

유물위성  과학동아, 2013년 3월

스마트 D  2005년 과학기술창작문예 단편부문 수상작

조개를 읽어요  웹진 거울, 2007년 4월

예언자의 겨울  웹진 거울, 2008년 1월

티켓팅 & 타겟팅  웹진 문장, 2012년 11월

예술과 중력가속도  창작과 비평, 2010년 겨울

홈스테이  과학동아, 2013년 7월

예비군 로봇  판타스틱, 2008년 9월

초원의 시간  과학동아, 2013년 11월

양떼자리  한겨레21, 2015년 2월

예술과 중력가속도
© 배명훈 2016

1판 1쇄    2016년 11월  7일
1판 4쇄    2023년  1월 25일

지은이      배명훈
펴낸이      김정순
책임편집    한아름
디자인      김수진
마케팅      이보민 양혜림 정지수

펴낸곳      (주)북하우스 퍼블리셔스
출판등록    1997년 9월 23일 제406-2003-055호

주소        04043 서울시 마포구 양화로 12길 16-9 (서교동) 북앤빌딩
전자우편    editor@bookhouse.co.kr
홈페이지    www.bookhouse.co.kr
전화번호    02-3144-3123
팩스        02-3144-3121

ISBN  978-89-5605-785-9  03810